에구치 렌 지음
author • Ren Eguchi
마사 일러스트
illustration • Masa
정대식 옮김
터무니없는
스킬로
이세계 방랑 밥
16 흰살 생선 뫼니에르
× 해룡의 장송

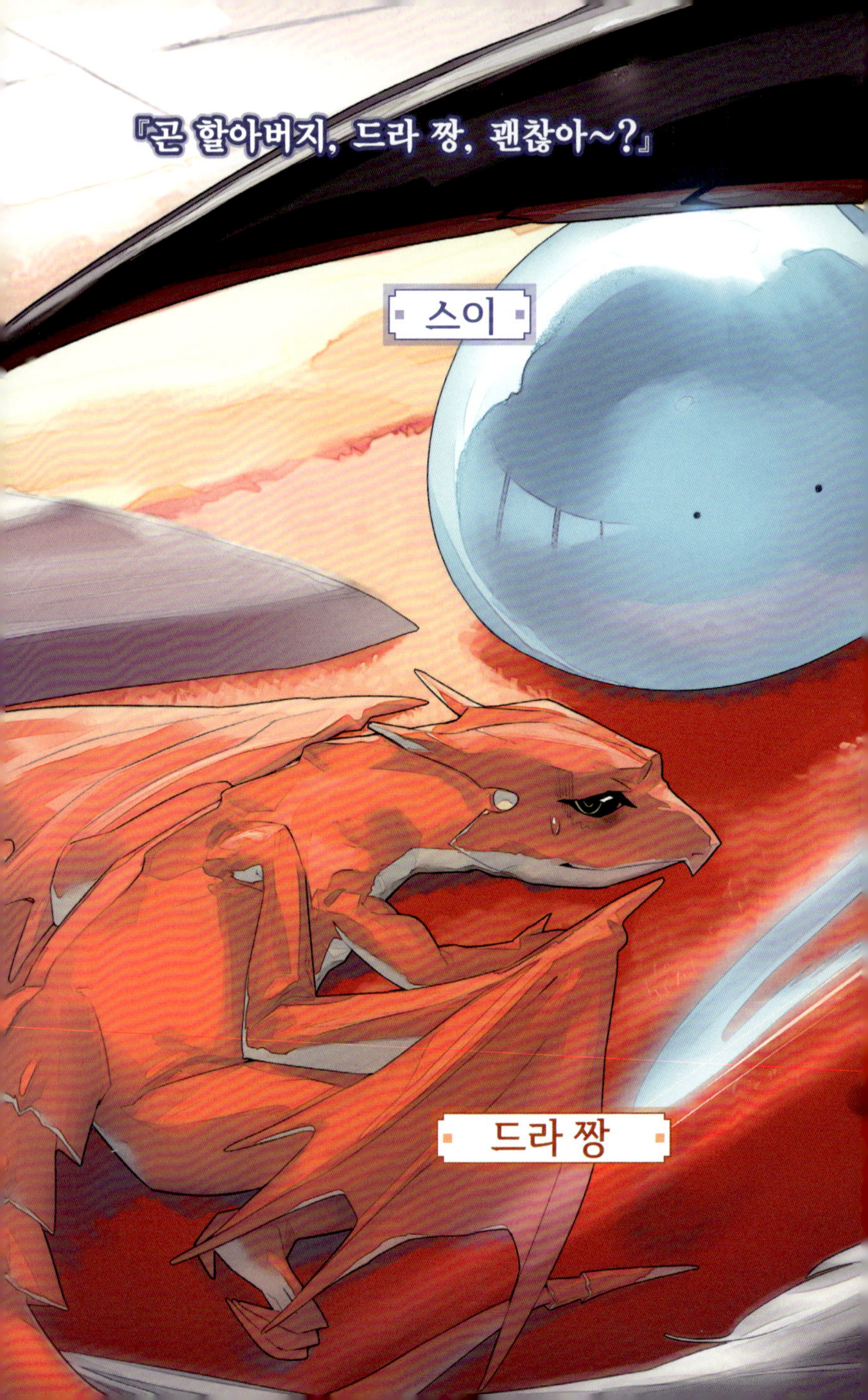
『곤 할아버지, 드라 짱, 괜찮아~?』
스이
드라 짱

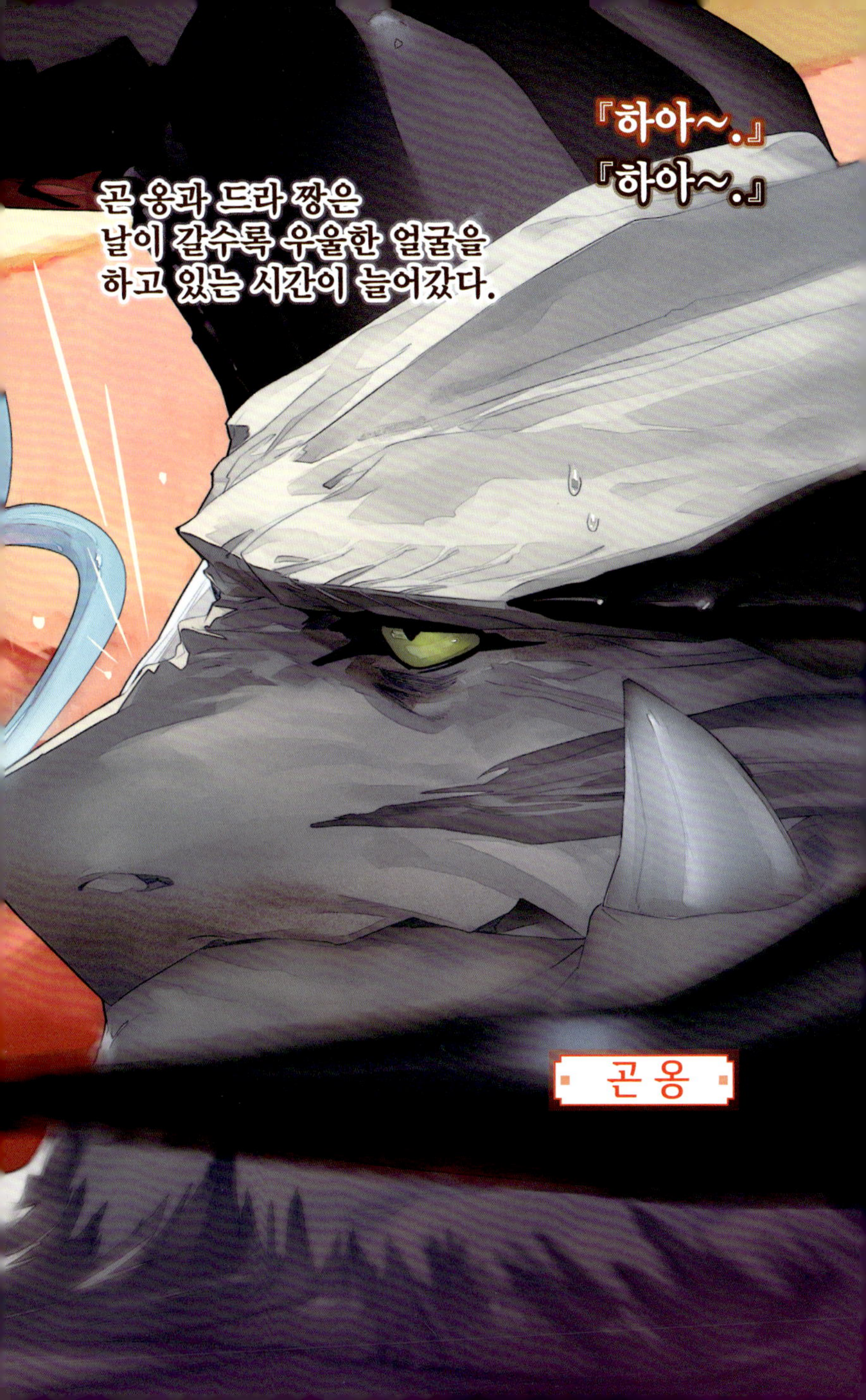
『하아~.』
『하아~.』
곤 옹과 드라 짱은
날이 갈수록 우울한 얼굴을
하고 있는 시간이 늘어갔다.
곤 옹

"폐하와 왕비님이
관람하시겠다더군."
"뭔가요, 저거……."
무코다
빌렘

터무니없는 스킬로 이세계 방랑 밥 16

흰살 생선 뫼니에르
×
해룡의 장송

에구치 렌 지음
author • Ren Eguchi
마사 일러스트
illustration • Masa
정대식 옮김

인물 소개

무코다 일행

곤 옹

사역마(300년 한정)

과거 페르와 격렬한 싸움을 벌였던 에인션트 드래곤(고룡). 아니나 다를까 무코다의 요리를 노리고 사역마가 된다(300년 한정)

드라 짱

사역마

보기 드문 픽시 드래곤. 작지만 성체. 역시 무코다의 요리를 노리고 사역마가 되었다.

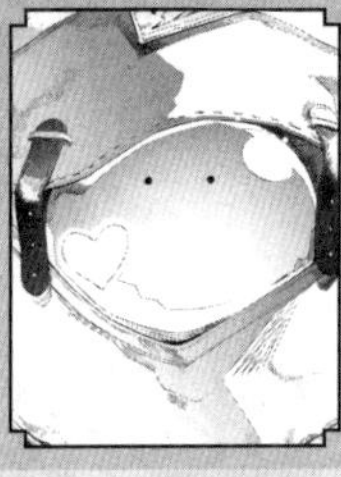

스이

사역마

갓 태어난 슬라임. 밥을 준 무코다를 따르며 사역마가 된다. 귀엽다.

페르

사역마

전설의 마수 펜리르. 무코다가 만든 이세계 요리를 노리고 계약을 요구하여 사역마가 되었다. 채소를 싫어한다.

신 계

루사루카

신

물의 여신. 공물을 노리고 무코다의 사역마인 스이에게 가호를 내린다. 이세계의 음식을 정말 좋아한다.

키샤르

신

대지의 여신. 공물을 노리고 무코다에게 가호를 내린다.
이세계 미용 제품의 효과에 매료되었다.

아그니

신

불의 여신. 공물을 노리고 무코다에게 가호를 내린다. 이세계의 술, 특히 맥주를 좋아한다.

닌릴

신

바람의 여신. 공물을 노리고 무코다에게 가호를 내린다. 이세계의 단것, 특히 도라야키에는 정신을 못 차린다.

◀다음

지금까지의 줄거리

수상쩍어 보이는 왕국의 '용사 소환'에 휩쓸려 검과 마법의 이세계로 오게 된
현대 일본의 샐러리맨 무코다 츠요시(무코다).
무코다는 어찌어찌 왕성을 나와 여행을 떠나게 되었으나,
고유 스킬 '인터넷 슈퍼'로 가져온 상품과 무코다의 요리를 노리고
'전설의 마수'부터 '여신'에 이르기까지 터무니없는 녀석들이 모여들더니
사역마가 되거나 가호를 내려주는 것이었다.
우연히 재회한 모험가 파티 '방주'와 함께
소국군에 있는 아무도 손대지 않은 던전에 도전한 무코다 일행.
그곳에서 리바이어던을 물리친 무코다 일행은
드롭 아이템으로 그 시체를 통째로 손에 넣고 만다.
이 엄청나게 거대한 물건의 해체를 부탁하기 위해
지금껏 피해왔던 왕도로 향하게 되는데……?

목 차

8 × 장
1 × 번 외

다음 ▶

제 1 장 왕도 도착

"오오~ 저게 왕도구나."

곤 옹의 등에서 지금까지 봐온 어떤 도시보다 커다란 도시가 보이기 시작했다.

『호오~ 엄청 큰데?!』

『커다래~.』

내 말에 드라 짱과 스이가 몸을 내밀어 왕도를 쳐다보았다.

『무수히 많은 인간의 기운이 느껴지는군. 그럭저럭인 기운도 다소는 느껴지니 아마도 그럴 거다.』

드러누워서 내 말을 듣고 있던 페르도 그런 소리를 했다.

그나저나…….

"그럭저럭인 기운?"

『음. 고랭크 모험가나 왕궁에 있는 자들이겠지.』

아하.

왕도라면 고랭크 모험가도 그럭저럭 있을 테고, 왕도에도 강한 사람은 있을 테니까.

『그나저나 주공, 어디에 내리면 되겠는가?』

"으음~ 곤 옹이 착륙할 수 있을 만한 곳은, 저쪽 초원이려나."

『그래, 알았네.』

저 초원은 왕도 입구에 있는 문과 지나치게 가까운 듯한 느낌도 들지만, 길드 마스터가 관계 각소에 연락은 해두었다고 했으니 뭐, 괜찮겠지.

착륙 태세에 돌입한 곤 옹의 거대한 몸이(이것도 완전체는 아니지만) 초원에 내려섰다.

아차, 내내 기절해 있던 길드 마스터를 깨워야지.

"길드 마스터, 왕도에 도착했어요! 길드 마스터!"

나보다 상당히 나이가 많지만 전직 고랭크 모험가답게 탄탄한 몸을 흔들어 깨웠다.

"으음………… 음…… 으아아아악!"

정신을 잃기 전의 일이 떠올랐는지 길드 마스터가 벌떡 일어났다.

"떠, 떨어진다! 난 내릴 거야~!!"

많이 당황했는지 소리를 질러댔다.

"길드 마스터, 진정하세요! 이미 지상에 내려왔다고요!"

내가 그렇게 말하자 길드 마스터는 움직임을 딱 멈췄다.

"……뭐라고?"

"글쎄, 이미 왕도라니까요. 도착했어요. 아래를 보세요."

길드 마스터가 내 말에 쭈뼛거리며 아래를 보았다.

곤 옹이 내려선 곳은 초원이라.

당연히 아래에는 파릇파릇한 풀이 자라나 있었다.

그것을 확인한 길드 마스터는 안심했는지 그 자리에 주저앉았다.

"자, 곤 옹한테서 내려서 왕도로 가죠. 문을 통과하는 데에도 시간이 걸릴 테니까요."

위에서 봤을 때, 왕도의 문 앞에 행렬이 죽 늘어서 있는 게 보였단 말이지.

역시 왕도야.

사람과 물건의 출입이 많은 거겠지.

"그, 그래, 어서 가지."

나는 곧 옹에게서 내려 기지개를 켰다.

길드 마스터는 엉금엉금 기며 진지한 투로 "역시 지상이 좋다니까아"라고 중얼거리고 있었다.

뭐, 그 심정을 모르는 바는 아니지만.

그러던 중…….

"어라? 누가 왔는데요. 아니, 좀 위험해 보이는데. 갑옷을 입은 기사가 잔뜩 왔어요."

"뭐라고?"

듬직한 갑옷을 입은 기사들이 왕도의 문에서 우르르 나와 이쪽으로 향하고 있었다.

"저 차림새는…… 근위병인가?"

"엑?"

근위병이면, 왕족이나 왕궁을 경호하고 있는 병사들 아닌가?

"아~ 드래곤으로 간다고 통지했으니까. 왕궁에도 자네가 왕도에 온다는 게 알려진 건가……."

아…….

생각해 보니 드래곤을 타고 다니는 건 나뿐이지.

그렇다 쳐도 왜 갑자기 근위병이 나오는 건데?

설마 위험하다고 판단한 건가?

펜리르나 드래곤을 왕도로 데려오지 말라고 혼나려나?

벌벌 떨며 그 자리에 머물러 있자…….

도착한 근위병이 우리 앞에서 일사불란하게 정렬했다.

"근위 제1사단, 폐하의 명령으로 S랭크 모험가 무코다 공을 모시러 왔습니다!"

"에엑……."

무의식중에 신음 소리가 새어나왔지만 내 잘못은 아니야, 아니라고.

일개 모험가를 데리러 오는데 근위병을 보내는 경우가 어디 있어?

"그렇게 나왔나."

"그게 무슨 말씀이시죠?"

"폐하는 자네를 만나고 싶어 하셨으니 말이야. 그래서 자네가 왕도로 온다는 얘길 듣고……."

마중을 보내온 건가.

하아~. 벌써부터 집에 가고 싶어지는데…….

"자자, 가시지요! 전원 위치로!"

""""""""""네!""""""""""

근위사단이 우리 일행의 사방을 빙 둘러쌌다.

"길드 마스터, 이거 거절할 수는……."

"가능할 것 같나?"

"그렇죠……?"

길드 마스터와 수군수군 이야기를 나눴다.

우리 일행은 어쩔 수 없이 근위병에게 사방을 둘러싸인 채 왕도의 문을 지났다.

페르와 곤 옹도 분위기에 맞춰 얌전히 있는 줄 알았는데, 왕도의 거리를 지나던 중 페르가 염화로 말했다.

『왕궁이 먼저인가. 리바이어던을 먼저 처리할 줄 알았는데, 뭐 됐다.』

"뭐, 거절할 수는 없으니까. 게다가 하기 싫은 일을 먼저 끝내는 편이 움직이기 편하잖아."

『그건 그렇군. 그나저나 인간의 왕을 만나는 건 오랜만인데. 이전에 만났던 왕은 건방지게도 나를 죽이려 한 머저리였다만, 이곳의 왕은 어떨까.』

페르가 그렇게 말하며 사나운 미소를 지어 보였다.

"자, 잠깐, 절대로 날뛰면 안 돼!"

『글쎄다.』

"그런 소리 말고!"

『나도 인간의 왕을 만나는 건 오랜만이라네. 뭐, 페르와 마찬가지로 이전에 만났던 왕은 나의 소재가 어쩌니저쩌니 지껄이기에, 확인하자마자 드래곤 브레스를 먹여줬지만 말이야.』

켁, 곤 옹의 드래곤 브레스면 그냥 임종 코스잖아.

"곤 옹도 그랬어?! 곤 옹도 절대 날뛰면 안 돼!"

『장담은 못 하겠구먼.』

"아 정말~ 페르도 곤 옹도 부탁이니 이상한 짓은 하지 말아주라~!"

엄청나게 불안하다.

페르에 올라탄 드라 짱과 스이는 속 편하게 『저 노점 음식 맛있겠는걸!』이라느니 『사람이 잔뜩 있어~』 같은 소리나 하고 있고.

괜찮을까, 나…….

불경죄 같은 걸 물으면 어떡하지…….

근위병에게 사방을 둘러싸인 채, 우리 일행은 왕궁으로 향했다.

왕도 주민들이 무슨 일인가, 하고 주목하기도 해서 가는 내내 아주 불편하기 그지없었다.

◇ ◇ ◇ ◇ ◇

왕궁에 도착하고서 우왕좌왕하다 보니 어느샌가 임금님과 알현하게 되었다.

사역마인 페르, 곤 옹, 드라 짱, 스이는 평소처럼 긴장감이라고는 찾아볼 수 없었지만, 나와 길드 마스터는 잔뜩 긴장한 상태로 문 앞에서 대기하고 있었다.

"이보게, 헌상품 쪽은 확인을 못 했는데 괜찮은 거겠지?"

길드 마스터가 그렇게 물었다.

사전에 임금님에게 바칠 헌상품이 있다면 일단 왕궁측에서 맡아두겠다고 하기에(길드 마스터의 말로는 경비적인 측면에서도 사전 체크가 필요하기도 하고, 통상적인 절차라는 모양이다), 준비했던 것들을 맡겨두었다.

"일단 직접 헌상하기로 하고, 요전보다 수량도 늘렸으니 괜찮을 것 같기는 한데요……."

확인을 담당한 사람이 "정말 이렇게 헌상할 건가?"라고 목소리를 높이며 물었었는데, 혹시 너무 적은가?

하지만 이제 와서 어떻게 할 수도 없으니.

문제가 생기면 그때 생각하자.

나중에 추가로 뭔가 더 헌상하면 되겠지.

그렇게 자신을 납득시켰다.

지금은 그보다 중요한 일이 있다.

나는 임금님을 알현할 때의 예법을 급하게 배우는 바람에 그걸 잊지 않으려고 머릿속으로 돌이켜보고 있었다.

이건 틀리면 안 되니까.

나는 길드 마스터를 뒤따라가다가, 길드 마스터가 멈추면 따라서 멈춘다.

그리고 한쪽 무릎을 꿇고 왼손을 가슴에 얹는다.

이 시점에서는 머리를 숙이고 있어야 한다.

임금님이 '고개를 들라'고 하면 고개를 들고…….

대화는 전부 길드 마스터에게 맡길 테니 괜찮을 거다.

벼락치기로 예법을 익힌 내가 입을 열었다가 문제를 일으키기보다는 맡겨두는 편이 안전할 테니까.

페르와 녀석들에게는 내 뒤에서 좌우간 얌전히 있으라고 타일러두었다.

거만하게 굴지도 말라고 말해뒀는데, 괜찮겠지?

얘들아, 믿어도 되지?!

그렇게, 알현실의 중후한 문이 열린 것이었다.

◇ ◇ ◇ ◇ ◇

문이 열려 호사스러운 붉은 융단 위를 걸었다.

길드 마스터의 뒤를 따라 걷다가, 길드 마스터가 멈추기에 나도 멈췄다.

그리고 한쪽 무릎을 꿇고, 고개는 숙인 채 왼손을 가슴에 얹는다.

좋아, 됐어.

"고개를 들라."

낮고도 중후한 목소리가 알현실에 울렸다.

고개를 살짝 들었다.

오오, 저게 임금님이구나.

40세 전후의 금발머리에 수염을 기른 위장부(偉丈夫)다.

임금님이라기보다는 장군이라고 하는 게 어울릴 것 같다.

옆에 앉은 왕비님은 20대로 보이는 북유럽 계열 같은 엄청난 미인이다.

그 후에는 길드 마스터와 임금님이 대화를 나눴다.

하지만 나는 무슨 이야기를 하고 있는지 하나도 머리에 들어오지 않았다.

그도 그럴 게, 그런 것보다 신경 쓰이는 게 있었거든.

알현실 양옆에 주욱 늘어선 잘 차려입은 녀석들.

분명 귀족이겠지만 그 녀석들의 시선이 내 뒤로 향하고 있었기 때문이다.

내 뒤에는 당연히 페르와 곤 옹과 드라 짱과 스이가 있다.

우리 애들을 보고 경직된 얼굴이나 찌푸린 얼굴로 수군거리고 있는데.

너희 대체 뭐 하고 있는 거야~.

뒤쪽이 엄청나게 신경 쓰이는데.

무진장 돌아봐서 확인하고 싶지만 이 자리에서 그럴 수는 없는 일이고.

그렇게나 타일러뒀으니 괜찮겠지?

시킨 대로 잘 해주면 상으로 오랜만에 드래곤 고기로 드래곤 스테이크 덮밥을 만들어주겠다고 했으니까.

그랬더니 녀석들도 환한 얼굴로『알았다!』라고 대답했고.

분명 얌전하게 잘 있을 거야.

응, 얌전하게…….

헉!

서, 설마, 그냥 입 다물고 있는 게 얌전하게 있는 거라고 생각하는 건 아니겠지?

이곳에서 벌렁 누워서 편히 쉬고 있거나 한 건 아니겠지?!

내가 분명 예의 바르게 있으라고 했잖아.

괜찮을 거야…….

아~ 무진장 신경 쓰이네.

얘들아, 진짜 진짜로 믿는다아!

~Side : 먹보 콰르텟~

불안해하는 무코다의 뒤쪽에서는…….

걱정했던 대로 먹보 콰르텟이 아무렇지도 않은 얼굴로 편히 쉬고 있었다.

임금님의 앞이건, 귀족이 있건 말건 개의치 않았다.

페르와 곤 옹은 '일국의 왕 따위를 왜 배려해 주어야 한다는 건지'라는 생각마저 하고 있었다.

『있지있지, 페르 아저씨~ 끝나려면 멀었을까아? 스이, 배고프기 시작했어~.』

『그러게 말이야~. 빨리 노점 순회하고 싶다.』

『뭐, 그렇게 오래 걸리지는 않겠지. 조금만 더 얌전히 있으면 밤에는 오랜만에 드래곤을 먹을 수 있다. 이 녀석이 그랬지 않으냐. 그러니 조금만 더 기다려라.』

『네에~.』

『맞아. 오늘 밤에는 드래곤 스테이크가 얹어진 덮밥을 먹는 댔지이. 기대되는걸!』

『음. 허나 너무 시간이 걸릴 것 같다면, 내가 나서서 한 마디 해줄까.』

『나도 돕지. 이 왕은 우리를 해하지는 않을 듯하지만, 일국의 왕 따위에게 우리가 이 이상 장단을 맞춰줄 필요는 없으니까. 이번에는 이 녀석을 따라 이곳에 온 것뿐이니.』

『맞는 말이다. 주공의 부탁이 아니었다면 이곳에 있을 의미 자체가 없으니 말이야.』

사역마인 먹보 콰르텟은 알현실에서 당당하게 편히 쉬며 염화로 그런 대화를 나누고 있던 것이었다.

◇ ◇ ◇ ◇ ◇

뒤쪽이 신경 쓰여서 몇 번을 돌아볼까 생각했는지 모른다.

임금님을 알현하고 있는데 그쪽에 집중하지 못하고 계속 안절부절 못하고 있었다고.

그러던 중, 화제는 내 헌상품에 관한 것으로 넘어갔다.

임금님 근처에 서 있는 50살 남짓한 가녀린 체형에 신경질적인 인상을 풍기는 사람은 아마도 재상님 같은 거겠지만, 그 사람이 "모험가 무코다가 폐하께 헌상하고 싶은 물건이 있다고 합니다"라고 말했다.

그러고서 재상님이 손뼉을 치자, 내가 맡겨두었던 헌상품이 차례로 임금님 앞으로 옮겨져 왔다.

그걸 보았는지, 알현실 양옆에 진을 치고 있던 귀족들이 일제히 입을 다물었다.

지금껏 수군수군 속삭이는 소리가 들렸는데 말이다.

어, 이건 역시 너무 적었나?

헌상품을 맡겼을 때도 "정말 이렇게 헌상할 건가?"라고 확인하듯 물었잖아…….

아~ 불안해지기 시작하네.

뒤쪽에 있는 사역마들도 신경 쓰이고.

뭔가 속이 쓰려오는 것 같은데…….

역시 임금님을 알현하러 오는 게 아니었어.

익숙하지 않은 짓은 하는 게 아니라니까.

나는 이곳에 온 게 후회되기 시작했다.

그런 가운데, 내 헌상품의 내역을 읊기 시작했다.

"우선, 펄이 장식된 티아라입니다."

임금님과 왕비님 앞으로 운반된 것들 중 가장 눈에 띄는 그것이 소개되었다.

티아라를 바라보는 왕비님의 눈이 반짝반짝 빛나는 것처럼 보이니, 이건 잘 고른 것 같다.

"그리고 사파이어가 장식된 단검입니다."

이어서 눈에 띄는 보석이 주렁주렁 달린 단검.

이것도 보기에는 좋으니 합격일 것 같은데…….

역시 뭐든 효과가 부여된 게 좋았을까?

내가 사용하는 뱀파이어 나이프처럼 말이야.

하지만 이건 직접 해체할 때 꼭 필요한 물건이라 양보할 수가 없는데…….

이외에는 포이즌 나이프인가 하는 못 써먹을 물건만 남아있고 말이야.

뭐, 이번에는 어쩔 수 없지.

나머지 자잘한 목록들을 재상님이 계속 설명해 나갔다.

으~음, 역시 좀 더 추가해둘 걸 그랬나, 하고 고민하고 있자…….

앞에 있던 길드 마스터가 커다란 몸을 떨고 있었다.

어, 왜 저러지?

"자네, 그렇게나 헌상품은 괜찮은 거냐고 물었건만……."

길드 마스터가 속삭이는 목소리가 들려왔다.

으아…… 어째선지 화가 나셨네.

역시 너무 적었나?

"좀 더 많았어야 했을까요. 죄송합니다."

작은 목소리로 길드 마스터에게 그렇게 답했다.

"반대야. 많아도 보통 많은 게 아니라고. 헌상을 이런 식으로 하면 어쩌자는 거야."

에에엑, 정말?!

너무 많았다고?

아니, 근데 많으면 그건 그것대로 괜찮은 거 아닌가…….

그렇게 생각했지만, 아닌 듯했다.

임금님은 눈이 휘둥그레진 채 굳어 계셨다.

왕비님은 눈을 반짝반짝 빛내며 씨익 웃고 계셨다.

눈을 좌우로 돌려 슬그머니 귀족들의 상태를 살펴봤더니, 입을 쩍 벌린 채 넋을 놓고 있었다.

공적인 자리에서 귀족님들이 그런 표정을 지으면 안 되는 거 아니냐고 딴죽을 걸고 싶을 정도네.

그나저나………….

나, 사고 친 건가?

이, 일 났다…….

덥지도 않은데 땀이 멎질 않는다.

어, 어, 어, 어쩌지.

어쩌면 좋지이이이?!

내가 공황상태에 빠진 그 순간.

『인간의 왕이여, 아직 안 끝난 게냐? 주공의 부탁이라 어울려 주고 있다만, 그만 되지 않았느냐.』

뒤쪽에서 목소리가 들려왔다.

고, 고, 곤 오오오오옹!

무례하게 굴면 안 된다고 말했잖아아아아아아!

『음. 이 녀석도 그렇고 우리도 그렇고 한가하지는 않다. 너무 번거롭게 하지 마라.』

페르 너어어어어!

『맞아. 이런 데에 있어봐야 심심하다고. 빨리 노점 순회나 가자!』

『주인~ 배고파~.』

드라 짱이랑 스이까지이이이!

드라 짱과 스이의 말은 염화라 안 들리겠지만, 그런 태평한 소리를 할 때가 아니거든~!

더는 참을 수 없어서 나는 뒤를 돌아보았다.

"곤 옹이랑 페르, 조용히 해!"

그렇게 말하고서 나는 힘껏 고개를 숙이며 "죄송합니다, 죄송합니다"라고 죽어라 사과했다.

헌상품을 보고 넋을 놓고 있던 귀족들이 곤 옹과 페르의 말을 듣고 정신을 차렸는지, 이번에는 "무례한 것!"이라느니 "짐승 주제에 무슨 소릴 하는 거냐!"라느니 "폐하께 저런 망발을 하다니!

사형이다!”라면서 온갖 험한 말을 쏟아냈다.

나는 단숨에 핏기가 가셨다.

나 이제, 쓰러져도 될까?

아니, 나, 나, 체포되는 거야?

젠장~ 그렇게나 타일러뒀는데, 페르랑 곤 옹이 사고를 치는 바람에~.

어쩌지, 어쩌면 좋냐고오오오오!

나는 기절하기 직전까지 궁지에 몰렸건만, 추가타가 이어졌다.

『닥쳐라, 인간들. 펜리르인 나를 한낱 짐승 따위라고 한 것이냐?』

『그런 식으로 치면 나는 에인션트 드래곤(고룡)이다. 흔해빠진 드래곤과 같은 줄 알다니 부아가 치미는구나.』

『그렇게 싸우고 싶다면 나는 얼마든지 상대해주마.』

『맞다. 나나 페르나, 이 나라 하나 멸망시키는 것 정도는 일도 아니니 말이야.』

그렇게 말하며 페르와 곤 옹은 양옆에 늘어선 귀족들을 향해 고밀도의 살기를 뿌려댔다.

눈을 까뒤집고 쓰러진 사람, 오줌을 지리며 자리에 주저앉은 사람, 눈물을 흘리며 공포에 일그러진 얼굴로 뒷걸음을 치는 사람……. 불과 몇 분 만에 똑바로 서 있는 이가 없어졌다.

“으아아아아아…….”

부, 불경죄가아아아아.

다 끝장이라고오오오오오오.

『인간의 왕이여. 이 녀석의 부탁으로 지금껏 어울려주었다만,

이제 끝이다. 우리는 돌아간다. 더는 방해하지 마라.』

『으음. 이곳에 있어봐야 불쾌할 뿐이니 말이야.』

임금님은 그러한 페르와 곤 옹의 말에 초조해 하더니.

관자놀이에서 땀을 주륵 흘리며 필사적으로 소리쳤다.

"자, 잠깐! 신하들이 무례한 태도를 취한 점, 진심으로 미안하다."

일국의 임금님이 사과를 하자 곁에 있던 재상이 나무라듯 입을 열었다.

"폐, 폐하."

"닥쳐라! 펜리르와 에인션트 드래곤이다! 너는 이 나라를 멸망시키고 싶은 거냐!"

『흥, 안심해라. 이 녀석은 이 나라가 마음에 든 모양이니 멸망시키지는 않겠다. 나도 지금의 생활이 그럭저럭 마음에 들고 말이야.』

『나도 마찬가지다. 허나, 만에 하나 주공을 해하기라도 하는 날에는, 장담하지 못하겠구나.』

『음. 그야 당연하지. 이 녀석에게 무슨 일이 생기면 맛있는 밥을 먹을 수 없게 되니까.』

펜리르와 곤 옹의 말에 임금님은 경직된 얼굴로 "무코다 공에게 해가 될 만한 짓은 일절하지 않겠다고 맹세하지"라고 말했다.

임금님에 이어 미소를 띠고 있던 왕비님이 입을 열었다.

"물론 그러한 짓은 하지 않고, 하게 두지도 않겠어요. 그리고 펜리르 님과 에인션트 드래곤 님, 그리고 무코다 공도 지나친 간섭은 불편하신 모양이군요. 그러한 부분도 저희에게 맡겨주세요. 여러분은 부디 이 나라에서 자유롭게 지내주세요."

"이봐."

"당신은 조용히 하세요. 펜리르 님과 에인션트 드래곤 님이시잖아요. 이 나라, 아니, 어느 나라의 군사력을 총동원해도 이길 수 있는 상대가 아니잖아요? 그렇다는 걸 아는 이상, 품안에 두고 기분 좋게 지내게 해드려, 이 나라를 좋아하게 만드는 편이 훨씬 이 나라에 득이 되지 않겠어요?"

『호오~ 너는 말이 통하는 것 같구나.』

『음. 무슨 일이 생기면 이 녀석을 통해 말하도록. 한 번 정도는 부탁을 들어주마.』

"감사합니다. 그리고 무코다 공, 아주 좋은 물건을 주셔서, 저는 매우 감격했답니다. 진심으로 감사드립니다."

『음……. 페르여, 주공이, 눈을 뜬 채 기절했구나.』

"……부, 불경, 죄…………."

잠꼬대를 하는 것인지, 무코다는 미동도 하지 않고 가끔씩 조용히 중얼거렸다.

『하아~. 하여간 이 녀석은 아무리 시간이 지나도 간이 작군그래.』

그렇게 말하며 페르는 고개를 가로저었다.

『이봐, 우리는 이 녀석을 데리고 돌아간다. 이봐, 곤 옹, 이 녀석을 내 등에 태워라.』

『음.』

곤 옹이 무코다의 옷깃을 잡아 페르의 등에 태웠다.

『드라, 스이, 돌아가자꾸나.』

『어엉! 드디어 끝났구나~. 이제 노점 순회하러 가자!』

『갈래~! 스이, 배고프단 말이야!』

무코다, 페르, 곤 옹, 드라 짱, 스이는 그 누구의 방해도 받지 않고 유유히 알현실을 뒤로한 것이었다.

제 2 장 백작 일가(一家)

"으음…… 불경, 죄………… 사형………. 헉."

벌떡 일어나 보니 나는 어째서인지 거리에 있었다.

심지어 지나가는 사람들이 모두 나를 쳐다보고 있다.

왜 그럴까, 생각하며 자신의 상황을 확인해 보니…….

"어? 내가 왜 페르를 타고 있지?"

나를 태운 페르의 옆에는 드라 짱과 스이를 태운 곤 옹이 있었다.

"왕궁에 있었는데? 어, 그건 꿈이었나?"

혼란스러워 하는 나를 보고 페르가 한숨을 내쉬었다.

『꿈일 리가 있나. 분명 왕궁에 있었다. 너는 한심하게도 기절했지만.』

"시끄러워. 그나저나 기절이라니……. 아, 맞아! 페르랑 곤 옹이 임금님한테 터무니없는 소릴 했었지!"

그렇게나 얌전히 있으라고 했는데 페르와 곤 옹은 임금님에게 거만하게도 '끝나려면 멀었냐?' 따위의 말을 했었지.

『흥, 네 부탁이라 어울려주긴 했지만, 뭐가 그렇게 오래 걸리는 건지.』

『맞는 말이네. 애초에 일국의 왕 따위에게 우리가 장단을 맞춰줄 이유는 없기도 하고 말이야.』

"어, 어, 어, 어째서 너흰 그렇게 거만한 건데~!"

임금님한테도 이런 태도를 취하다니.

아양을 떨라고까지는 안 하겠지만, 입 다물고 얌전히 있어주길 바랬는데~.

『나는 펜리르다. 누구보다도 강하니 거만하게 굴어도 상관없지.』

그야말로 당연한 소리라는 듯이 페르는 그렇게 지껄였다.

『누구보다도 강하다는 페르의 말에는 이의가 있네만, 약자가 강자를 따르는 건 세상의 이치네. 그리고 이 세상 최강자는 에인션트 드래곤인 나란 말일세. 일국의 왕 따위가 나에게 지시를 하려는 것 자체가 이상한 일이지.』

곤 옹도 당연하다는 투로 지껄였다.

"너희들 정말~."

드라 짱과 스이는 둘째 치고, 페르와 곤 옹을 왕궁으로 데려간 건 크나큰 실수였다.

하아, 다 끝난 일이니 어쩔 수 없지.

그보다 앞으로의 일이 문제다.

왜 왕궁에서 나와 거리에 있는지는 모르겠지만, 이 상황에서는 오히려 잘 된 일 같다.

"좋아, 얘들아, 불경죄 같은 걸로 처벌받기 전에 왕도에서 튀자!"

『하아, 넌 대체 무슨 소릴 하는 거냐.』

『주공…….』

페르와 곤 옹이 어이가 없다는 표정을 지어 보였다.

"뭐야, 그 태도는~. 너희가 무례한 태도를 취했기 때문이잖아. 너희의 주인이라는 이유로 처벌은 내가 받을 것 아니야!"

페르와 곤 옹의 너무도 무례한 태도를 떠올리니 울컥해서 무의

식중에 페르의 털을 잡아 뜯었다.

『잠깐, 이봐. 털 잡아당기지 마라!』

"잘못은 너희가 했는데 말이야아~."

『글쎄, 잡아당기지 말라니까!』

"흥, 네 털 따위 죄다 뽑아주겠어!"

『뽑을 수 있으면 뽑아봐라! 네 힘으로는 기껏해야 털갈이하고 난 오래된 털만 뽑을 수 있을 거다.』

"이 자식~ 말 다 했어?! 페르 주제에!"

화가 나서 페르의 털을 있는 힘껏 잡아당겼다.

『어이쿠, 간지럽군그래.』

페르가 고개를 돌려 무시하는 듯한 투로 나에게 말했다.

"젠장~."

계속해서 털을 콱콱 잡아당겨 봤지만, 페르에게는 전혀 효과가 없는 듯했다.

망할.

『크크크크큭. 자자, 주공, 진정하시게나. 죄를 묻지는 않을 터이니. 저쪽에도 제법 말이 통하는 자가 있었으니 말이야.』

"말이 통하는 자?"

곤 옹이 말하는 그 말이 통하는 자가 누군데?

『곤 옹의 말이 맞다. 왕의 옆에 있던 여자 인간이 제법 말이 통하는 자더군. 우리에게는 일절 간섭하지 않고, 하게 두지도 않겠다 했지. 왕의 옆에 있었으니 그럭저럭 힘이 있는 자일 거다.』

임금님 옆에?

…………

"그건, 왕비님이거드은~?!"

『그런가? 왕을 나무라는 걸 보니 왕보다 강한 듯하던데.』

"으윽……."

왕가의 가정 내 서열 구도가 대충 짐작이 되었다.

임금님, 왕비님한테 콱 쥐여살고 있는 걸까……?

『말이 통하는 자이기에, 한 번 정도는 부탁을 들어주겠다고 해두었다. 펜리르인 내가 그렇게 말했으니, 그 기회를 날릴 만한 짓은 않겠지.』

『음. 게다가 이 나라에서 자유롭게 지내도 좋다고도 했네. 우리를 상대로 그리 쉽게 말을 바꾸거나 하지는 않을 것이야.』

그, 그런가?

그렇다면…….

"나, 무죄야?"

『아까부터 괜찮다고 하지 않았느냐.』

『주공은 좀 더 우리 이야기를 제대로 들으시는 게 좋을 듯하네.』

시끄러워.

너희가 무모한 짓만 해대는 바람에 내가 얼마나 마음고생을 하고 있는지 알아?!

그나저나…….

"다행이다. 다행이야아아아."

그렇게 안도의 한숨을 내쉬고 있자, 드라 짱이 내 머리에 들러붙었다.

『너희는 무슨 얘길 그렇게 오래 해! 얘기 끝났으면 노점 순회하러 가자!』

"뭐?!"

『주인, 스이 배고파~.』

『음. 우선 배부터 채워야겠군.』

『왕도의 노점도 나쁘지 않아 보였으니 말이야.』

『좋아, 우선은 내가 눈독을 들여 둔 노점에 가보자고! 저쪽이야!』

드라 짱의 안내에 따라 방향을 틀었다.

그렇게 우리 일행은 드라 짱이 눈독을 들여 둔 노점으로 향했다.

그 후로는 먹보 콰르텟의 독무대가 이어졌다.

페르도 곤 옹도 드라 짱도 스이도 냄새를 따라 이 노점, 저 노점을 지목해대며 왕도의 거리를 오락가락했다.

나는 당연히 녀석들에게 어울려 줘야만 했다.

여기저기 돌아다닌 끝에 녀석들이 만족할 즈음이 되자 하늘이 붉게 물들어 있었다.

『왕도의 노점도 그럭저럭 괜찮네!』

『맛있었어어~.』

『음. 나쁘지는 않더군. 뭐, 고기 던전이 있던 도시의 노점보다는 못하지만.』

『그 도시 말이지?! 그 도시의 노점은 맛있었지!』

『고기 던전~! 또 가고 싶어~.』

『호오~ 그러한 던전이 있었나. 나도 가보고 싶군그래.』

로센달인가…….

그런 일도 있었지.

그곳은 평범한 던전보다 덜 위험했고, 고기를 잔뜩 확보할 수 있다는 점이 좋았어.

고아원 아이들이나 노점을 시작해 보겠다고 했던 메이너드와 엔조도 또 만나고 싶은걸.

무엇보다도 애들과 약속했었으니까.

"다음 고기 던전 축제 때 만나러 가자."

『음!』

『당연하지!』

『갈래~!』

『허허허, 그거 기대되는구먼~.』

한때는 어떻게 하면 좋을까 싶었지만, 이렇게 군것질을 해도 나를 잡으러 오는 사람이 아무도 없는 걸 보면 무죄방면 확정이란 뜻이겠지?

다행이다, 정말 잘 됐어.

그나저나 뭔가 깜박한 것 같은데…….

뭐더라?

"………………아아~ 길드 마스터!"

느긋하게 노점 순회를 하고 나서야 기억이 났다!

길드 마스터도 같이 있었지!

"이, 일단 왕도의 모험가 길드로 가자!"

길을 가던 왕도 주민에게 모험가 길드의 위치를 물어가며 황급히 향했다.

그렇게 다른 도시의 모험가 길드보다 크고 번듯한 왕도 모험가 길드에 도착해서.

쭈뼛거리며 안으로 들어가 보니…….

잔뜩 뿔이 난 길드 마스터가 떡 버티고 서 있었다.

"자, 네, 들, 정마아아아아알."

"히익."

"자네가 떠난 후, 내가 얼마나 고생을 했는지 아나?!"

"죄, 죄송합니다."

길드 마스터는 임금님과 왕비님께 여러 질문을 받았다는 모양이다.

뭐, 그건 그렇다 쳐도 그 이상으로 화가 나는 일이 있었던 듯한데.

"귀족 놈들이 비아냥거리고 잔소리를 늘어놓아서, 몇 번을 확 엎어버릴까 생각했는지 알아?!"

끈질기게 쿡쿡 찔러대는 귀족들이 있었는지 벌레라도 씹은 듯한 얼굴로 길드 마스터는 "아주 날려버리고 싶다는 생각을 몇 번 했는지 모를 거네!"라고 말했다.

"게다가, 겨우 해방되어 모험가 길드에 와 보니, 자네들의 모습은 어디에도 보이지 않고 말이야."

그러고 보니 왕궁에서의 알현이 끝나면 모험가 길드로 오기로 했었지.

완전히 깜박하고 있었지만.

"하지만 자네들은 왕도에 오는 게 처음이니. 모험가 길드에 오는 데 시간이 걸릴 수밖에 없다는 생각에 기다리고 있었더니…….

아무리 기다려도 코빼기도 안 비추지 뭔가."

그렇게 말하며 길드 마스터가 나를 째릿 노려보았다.

윽…….

죄, 죄송합니다.

길드 마스터가 있었다는 건 까맣게 잊고 노점 순회를 하고 있었습니다.

이게 사실이지만 솔직하게 말하면 더 혼날 것 같으니 입 다물고 있어야지.

"그래서, 한가해 보이는 모험가에게 조사를 시켜봤더니……."

켁, 그렇게까지 했다고?

"자네들, 한가하게 노점 순회나 했다면서~? 어엉?"

드, 들켰어…….

진짜로 무섭거든요, 길드 마스터?

이마에 혈관이 뿌직뿌직 튀어나왔다고요.

"심지어, 모험가에게 너희를 불러오라고 시켰더니 '우리 같은 말단 모험가보고 펜리르와 에인션트 드래곤을 상대하라고요?'라느니 '말도 안 되는 소리 마세요~'라느니 '우리보고 죽으라고요?' 라느니, 아주 사람을 악마 취급해서 얼마나 억울하던지."

응, 카레리나였다면 모를까, 여긴 왕도니까.

사역마라 해도 펜리르와 에인션트 드래곤인 데다, 여기 모험가들은 아직 페르와 곤 옹이 익숙지 않을 테니까.

그럼 직접 오면 되지 않았을까 싶지만, 직접 가면 지는 것 같은 기분이 들었던 걸까?

혼날 것 같아서 안 물어볼 거지만.

"뭐, 그건 그렇다 치자고. 하지만 말이야, 그 헌상품은 뭔가?"

"아니, 뭐냐고 물으신들……."

헌상품이 나왔을 때 화를 내셨으니, 짐작은 하고 있었지만.

"확인했다면서 그렇게 자신 있어 하더니, 자네는 정말~! 자네를 믿은 게 잘못이었어!"

잠깐, 말이 너무 심하지 않아?

길드 마스터가 보기에는 이상했겠지만, 내가 보기에는…….

"아니, 하지만 제가 보기에 그 정도면 괜찮을 것 같아서……."

그렇게 생각했으니 어쩔 수 없잖아.

"너무 많다고! 실수했구먼. 자네한테 맡길 게 아니라 똑바로 확인을 할 걸 그랬어."

이제 와서 그런 소릴 해봐야 소용없잖아요.

"게다가 말이네, 양만 많았던 게 아니야! 터무니없는 물건들만 내놓았잖나! 펄이 잔뜩 박힌 티아라에 사파이어로 장식된 단검? 그런 물건은 왕가의 보물고를 뒤져도 없을 일품이란 말이네!"

아니, 그런 소릴 한들.

몰랐는 걸 어떡해…….

그 후에도 길드 마스터는 "자네는 상식이란 게~"라느니 "자제라는 걸 좀~"이라느니 하는 설교를 한참이나 늘어놓았다.

기나긴 설교가 끝나 축 늘어져 있자…….

『흐암~.』

페르가 요란하게 하품을 했다.

전염되기라도 한 듯 곤 옹과 드라 짱도 하품을 했다.
스이는 아직 꿈나라에 가있는 모양이다.
"너희들, 남은 설교를 당하고 있는데 자고 있었어?"
나는 뚱한 얼굴로 녀석들을 쳐다보며 말했다.
『흥, 우리와는 상관없지 않으냐.』
『음. 우리가 잔소리를 들은 건 아니니 말이야.』
『뭐, 기운 내라고!』
크으으윽.
따지고 보면 다 너희 때문인데~.
『그보다 이야기가 끝났으면 그걸 처리하러 가자!』
"그거?"
『주공, 리바이어던 말이네. 리바이어던.』
아~ 그거 말이구나.
가만, 내가 설교를 당했던 건 그냥 넘어가시겠다고?
젠장.
내가 부루퉁해져 있자 길드 마스터가 말을 걸어왔다.
"두 분, 좀 전에 리바이어던 이야기를 하신 것 같은데, 그건 나중으로 미뤄주시겠습니까. 사실 오늘은 이후에 란그릿지 백작님을 뵈어야만 해서 말입니다."
길드 마스터의 말에 따르면 페르 일행도 같이 가기로 했다는 모양이다.
『뭐라고? 귀족 따위가 우리를 불러냈다는 거냐?』
『간이 부었구나.』

페르와 곤 옹이 험악한 눈빛으로 길드 마스터를 노려보았다.
그 눈총을 받은 길드 마스터는 이마에서 폭포수처럼 땀을 흘렸다.
"자자자, 노려보지 말고!"
나는 그렇게 말하며 페르와 곤 옹을 팔꿈치로 찔렀다.
"란그릿지 백작님은 우리가 사는 카레리나의 영주님이시라고. 그 도시는 살기 편하기도 하고, 백작님은 우릴 위해 이것저것 배려해주고 계셔."
『그래서 뭐 어쩌란 거냐.』
『확실히 그 도시는 싫지 않지만, 우릴 불러냈다는 게 좀 그렇구먼.』
나 참, 왜 이 녀석들은 이렇게나 거만한 건지.
"리바이어던을 해체하는 것만 나중으로 미루자는 거야. 리바이어던은 도망치지 않고, 모험가 길드도 도망치지 않잖아."
그렇게 말해도 페르와 곤 옹은 흥, 하고 고개를 홱 돌렸다.
이 자식들~.
이렇게 되면 비장의 수를 쓰는 수밖에.
"그런 식으로 나오신다 이거지? 오늘 알현 때 얌전히 있지 않았으니까 오늘 밤에 주기로 했던 드래곤 스테이크 덮밥은 없었던 걸로 하려고 했지만, 백작님한테 같이 가준다면 드래곤 스테이크 덮밥을 줄까, 하고 있었는데 말이야아~. 그래, 너희는 필요 없다 이거지~?"
내가 그렇게 말하자 스이가 가장 먼저 반응했다.
잠에서 깨서 통, 하고 튀어오르며 이렇게 말한 것이다.

『드래곤 스테이크~!』

스이, 드래곤 스테이크라는 말에 반응해 벌떡 일어나 버리다니…….

이쯤 되니 먹보라는 차원을 넘어선 것 같네.

『아니, 잠깐, 페르, 곤 옹! 난 드래곤 스테이크 덮밥 먹고 싶어! 너희 때문에 못 먹게 되면 원망할 줄 알아!』

우리의 이야기를 듣고만 있던 드라 짱이 드래곤 스테이크 덮밥 이야기가 나오자마자 페르와 곤 옹을 다그쳤다.

『자, 잠깐 드라. 이, 이봐, 나는 안 간다고 한 적 없다.』

『마, 맞네. 나도 안 가겠다고 한 적은 없네.』

드라 짱은 그렇게 압박했고, 드래곤 스테이크 덮밥을 먹을 수도 있겠다는 생각 때문인지 페르와 곤 옹도 갑자기 고분고분해졌다.

"그럼 같이 갈 거지?"

『뭐, 뭐어, 어쩔 수 없지.』

『으, 음. 그렇구먼.』

내키지 않는 티를 팍팍 내면서도 마지못해 따른다는 얼굴로 페르와 곤 옹은 승낙했다.

『좋았어! 그럼 예정대로 오늘밤엔 드래곤 스테이크 덮밥 주는 거다?!』

"그래그래, 알았어, 드라 짱."

『드래곤 스테이크!』

먹보 콰르텟에게는 백작님보다 드래곤 스테이크가 더 중요하다는 건 잘 알았어.

큰 소리로 말하지는 못하겠지만 말이야.

◇ ◇ ◇ ◇ ◇

길드 마스터를 따라 왕도에 있는 란그릿지 백작님의 별저(別邸)에 도착했다.

카레리나에 있는 우리 집보다는 조금 작을지도 모르지만 왕도에서 이 정도 크기면 충분히 호화스러운 편일 거다.

안으로 들어서자 멋들어진 집사님이 곧장 백작님에게 안내해 주었다.

그곳에는 카레리나에서 처음 봤을 때의 유감스러운 모습은 자취를 감춰버린, 자신감 넘치는 중후한 분위기의 미남 백작님이 기다리고 있었다.

보면 볼수록 5대 007 배우랑 닮았네.

진짜 멋져.

그 옆에는 금빛으로 빛나는 머리를 고상하게 가다듬은 이목구비가 또렷한 미인이 있었다.

부인이겠지.

미남미녀 부부라…….

췻.

나 자신과 비교하니 살짝 심통이 났다.

그리고 그 백작 부부 옆에는 10대 중반 정도에 번듯한 드릴 헤어를 지녔으며 역시나 이목구비가 또렷한 미소녀와 복슬복슬한 곱

슬머리에 천사를 연상케 하는 7, 8세 정도의 미소녀이 서 있었다.

미남미녀의 아이는 역시 미소녀, 미소녀이구나.

유전자의 힘이란.

그런 생각을 하고 있자 백작님이 말씀하셨다.

"무코다, 잘 와주었네."

"오랜만에 뵙습니다."

긴장이 되긴 했지만 그렇게 답했다.

"오늘은 아내인 오리안과 딸인 셀레스테, 그리고 막내아들인 바스티안도 동석했네. 큰 아들은 도저히 빠질 수 없는 용건이 있어서 말이야. 동석하지 못하게 된 걸 아쉬워했다네, 하하하."

부인과 아가씨, 도련님에게 인사했다.

"무, 무코다라고 합니다. 잘 부탁드립니다."

"뭐, 너무 긴장하지 말게. 이곳에는 우리밖에 없으니 말이야. 그리고…… 펜리르 님, 오랜만이군요."

『음. 어쩔 수 없이 와주었다.』

잠깐잠깐잠깐~ 왜 그렇게 거만하게 구는 건데!

"페르! 배, 백작님, 죄송합니다. 나중에 호되게 혼을 내두겠습니다."

쩔쩔매며 내가 그렇게 말하자 백작님이 웃으며 답했다.

"아니아니, 상관없네. 펜리르 님은 왕조차도 당해낼 수 없는 존재니까. 그리고…… 에인션트 드래곤 님은 처음 뵙는군요. 이 나라에서 백작 작위를 받은 에드워드 란그릿지라고 합니다. 기억해 주시면 감사하겠습니다."

『주공이 신세를 지고 있다는 이야기는 들었다. 앞으로도 주공을 부탁하마.』

“여부가 있겠습니까.”

『체엣, 나도 있는데 말이야~.』

『스이도 있는데~.』

드라 짱과 스이가 불평을 했다.

『뭐, 어쩔 수 없잖아. 백작님한테는 염화가 안 들리니까.』

내가 염화로 그렇게 말하자『뭐, 상관은 없지만. 시시하기도 하니 나는 잘래』『스이도 코~ 할래~』라고 하더니 드라 짱과 스이는 페르의 등에서 잠들고 말았다.

『그렇게 오래 걸리진 않을 거야, 미안해~.』

우리 사이에서 그런 대화가 오가고 있는 줄은 모른 채, 백작님은 어째서인지 시종일관 미소를 짓고 있었다.

“무코다, 앞으로도 잘 부탁하네. 그리고 확인을 좀 하고 싶은데, 앞으로도 카레리나를 거점으로 활동할 건가?”

“네. 그 도시가 마음에 들고 집도 있으니까요. 물론 여기저기 밖으로 나가기는 하겠지만, 거점은 그 도시입니다.”

그 도시에는 집도 있고 종업원(노예)들도 있으니까.

게다가 그 도시의 주민들도 페르와 곤 옹에게 익숙해져서 떠나기 아쉽거든.

“그래그래. 그렇다니 다행이로군.”

백작님은 짙은 미소를 띤 채 그렇게 말하며 친근하게 어깨를 탁탁 두드렸다.

"백작님, 무코다가 놀라고 있으니 그쯤 하시지요."

서로 지기(知己)인 길드 마스터가 백작님을 말렸다.

사, 살았다.

"무코다, 준비해온 물건을."

길드 마스터가 작은 목소리로 말하기에 아 참, 하고 아이템 박스에서 준비해둔 헌상품을 꺼냈다.

길드 마스터가 사전에 내용물이 보이도록 해서 꺼내라고 알려주어서, 물건을 넣어두었던 보물 상자의 덮개를 열어 백작님께 내밀었다.

"여, 여기 있습니다……."

"오오, 고맙네."

"어머어머, 어머머머머~."

조용히 서 있던 부인과 아가씨가 백작님을 밀쳐낼 기세로 보물 상자의 안을 응시했다.

눈이 번쩍번쩍 빛나고 있는데…….

"이 샴푸와 트리트먼트, 그리고 헤어팩. 애용하고 있답니다~. 정말 고마워요."

"고마워! 아! 어머니, 봐요! 처음 보는 게 들어 있어요!"

"어머? 어머어머어머~."

부인과 아가씨가 이쪽을 쳐다보았다.

"저, 저기, 그건, 얼굴에 바르는 크림입니다, 네."

사냥감을 노리는 듯한 반짝반짝 빛나는 눈에 압도되어 답했다.

"얼굴에 바르는 크림! 그건 그거군요! 람베르트 상회의 마리가 요즘 들어 아름다워진 원인!"

부인이 눈을 부릅뜨고서 그렇게 말했다.

미인이 저렇게 박력 넘치는 표정을 지으니 괜히 더 무섭네.

"아, 아마 그럴 겁니다……."

쩔쩔매며 그렇게 답하자 부인과 아가씨는 만면에 미소를 지어 보였다.

그러더니 "그럴 줄 알았어요!"라느니 "드디어 손에 넣었네요!"라면서 둘이서 폴짝폴짝 뛰며 기뻐했다.

"그래서, 어떤 식으로 쓰면 되죠?"

"그게 말이죠……."

부인과 아가씨에게 사용법을 설명했다.

올인원 젤이 들어있던 상자에 적힌 사용법에는 버찌 크기만큼, 이라고 되어 있었지만 그렇게 말하면 버찌가 뭔지 설명해야 하니 엄지손가락 한 마디 정도의 양을, 아침저녁으로 세수를 한 후에 바르라고 설명했다.

"많이 건조할 때는 다소 넉넉하게 바르는 게 좋다고 합니다."

"그렇군요. 알겠어요."

"어머니, 오늘부터 바로 사용해 봐요."

"그래, 그러자꾸나."

"어흠. 둘 다, 이제 다 됐나?"

"어머, 미안해요, 여보. 우리가 무코다 님을 독점해버린 것 같네요."

"아버지, 죄송해요."

백작님이 사이에 끼어들고 나서야 부인과 아가씨는 마음을 가라앉혔다.

역시 여성은 어떤 세계에서든 이런 물건에 정신을 못 차리는구나아.

"미안하게 됐네. 딸과 아내는 무코다 자네의 미용제품에 푹 빠져 있거든. 뭐, 나도 마찬가지지만 말이야."

네네, 알고말고요.

그 물건도 당연히 들어있죠.

"당연히 발모제와 샴푸도 넣어두었습니다."

"음. 고맙네. 이 물건들은 이제 내가 생활하는 데 없어서는 안 될 것들이 되었거든."

그렇게 말하며 백작님은 풍성해진 머리를 쓰윽 쓸어올렸다.

그러자 길드 마스터가 응응, 하고 고개를 끄덕였다.

그러고 보니 그쪽도 탈모로 고민하고 계셨죠.

지금은 전혀 그렇게 보이지 않지만요.

"무코다, 그리고, 포션도 있지 않나?"

"아 참. 길드 마스터가 말한 대로 포션도 넣어두었습니다. 하급은 세 병, 중급과 상급이 한 병씩 들었습니다."

"오오, 그것 참 고맙군. 정말로 고맙네, 무코다."

기뻐해줘서 안심했다.

그나저나…….

백작님과 부인, 아가씨를 위한 물건을 준비하다 보니 도련님 드릴 게 아무것도 없네.

아닌 게 아니라 도련님이 있는 줄도 몰랐으니까.

딱히 문제가 되지는 않겠지만 뭔가 찜찜하달까.

도련님이 좋아할 만한 게 없을까 생각했지만 도련님 또래의 아이가 좋아할 만한 물건이 떠오르질 않았다.

그러던 중, 도련님이 무언가를 빤히 쳐다보고 있다는 걸 알아챘다.

그 시선 끝에는…….

제 집에 온 듯이 편히 드러누워 있는 페르와 곤 옹이 있었다.

아~ 그러고 보니 저 또래의 애들은 호기심이 넘치니까.

그런 생각을 하던 중, 백작님도 아들의 시선이 어디로 향하고 있는지를 알아챘는지.

"바스티안, 궁금하냐?"

"네."

백작님의 물음에 도련님은 조금 쑥스러워하며 대답했다.

"바스티안 님, 만져보시겠습니까?"

내가 묻자 기쁜 듯한 얼굴로 "그래도 되나요?"라고 물었다.

『페르, 곤 옹, 바스티안 도련님이 조금만 만지게 해 줘.』

염화로 그렇게 말하자 조금 불쾌한 듯한 투로 『이 조그만 것한테 말이냐?』『어째서인가?』라고 대꾸했다.

『뭐, 조금만 서비스해 줘. 드래곤 스테이크를 위한 일인 셈치고.』

『칫, 어쩔 수 없지.』

『하아, 어쩔 수 없구먼.』

마지못해 승낙을 얻어냈다.

"바스티안 님, 오시죠."

바스티안 도련님이 페르에게 다가갔다.

『애송이, 살살 만져라.』

"네!"

"페, 페르!"

백작님의 자제분한테 애송이가 뭐야.

"후하하, 상관없네. 펜리르 님의 눈에 바스티안은 애송이로만 보이겠지."

백작님은 웃으며 용서해 주었다.

"우와아~ 폭신폭신해애."

페르를 쓰다듬으며 바스티안 도련님은 기쁜 듯이 방긋방긋 웃었다.

"드래곤 님도 만져도 될까요?"

눈을 반짝반짝 빛내며 바스티안 도련님이 그렇게 물었다.

"곤 옹, 괜찮지?"

『음. 어쩔 수 없지.』

"바스티안 님, 괜찮답니다."

내가 그렇게 말하자 도련님이 조심스럽게 곤 옹에게 손을 댔다.

아무래도 생김새가 좀 그러니까.

곤 옹은 척 봐도 드래곤이다 보니 궁금하기는 해도 아이들의 눈에는 살짝 무서워보이는 걸지도.

"우와아~ 거칠거칠하고 딱딱해요, 아버지."

"좋겠구나, 바스티안. 펜리르 님과 에인션트 드래곤 님을 만져

볼 기회는 흔치 않다."

곤 옹의 표피를 확인하듯 쓰다듬는 바스티안 도련님을, 백작님과 부인은 다정한 눈빛으로 지켜보았다.

귀족 가문은 좀 더 살벌한 분위기일 줄 알았는데, 백작님 댁은 안 그런가 보네.

어쩐지 훈훈한 분위기가 감도는 가운데, 백작님이 입을 열었다.

"그렇지, 빌렘과 무코다 모두 오늘은 우리 집에서 묵고 가도록 하게."

엑…….

"아니, 그건, 그게, 이 녀석들도 있어서……."

내가 페르 일행을 쳐다보며 말했다.

"응? 물론 펜리르 님과 에인션트 드래곤 님, 다른 사역마들도 묵고 가도 좋네."

백작님은 저렇게 말씀하시지만.

"저녁도 먹여야 해서 말입니다……. 그게, 밥을 엄청 많이 해야 해서요."

응, 페르 일행을 먹이는 건 정말 힘든 일이라고.

"그 정도라면 문제없네. 뭘 드리면 되겠나? 날고기인가?"

다들 날고기는 이제 줘도 안 먹을 텐데에.

우리가 먹는 것과 같은 메뉴여야 만족하지.

게다가 오늘은…….

『우린 이제 날고기 같은 거 안 먹는다. 오늘은 드래곤 스테이크를 먹을 예정이니 방해하지 마라.』

『음. 드래곤 스테이크, 기대되는군그래.』

페르와 곤 옹이 소리 내어 그렇게 말하고 말았다.

"…………드, 드래곤 스테이크라고~?!"

백작님은 놀라서 소리쳤다.

그리고 부인과 아가씨는 굳어버렸다.

길드 마스터는 아이고~ 하고 이마에 손을 짚은 채 고개를 가로 저었다.

나는 이마에서 땀을 줄줄 흘렸다.

페르, 곤 옹, 왜 이럴 때만 소리 내서 말하는 건데…….

"드래곤의 고기라. 나도 먹어보고 싶다아."

그 자리에서 제일 냉정한 것은 바스티안 도련님이었더랬다.

◇ ◇ ◇ ◇ ◇

치이이이이——.

뭐라 형용하기 어려운 고기 굽는 냄새가 호화스러운 주방을 가득 메우기 시작했다.

나는 지금, 애용하고 있는 프라이팬으로 레드 드래곤(적룡)의 고기를 굽는 중이다.

페르와 곤 옹이 드래곤 스테이크라는 말을 소리 내어 하는 바람에, 그럼 안녕~ 하고 가버릴 수가 없게 됐거든.

아니 왜, 그런 분위기에서 어떻게 가보겠다는 말을 해.

돌아가면 우리끼리 드래곤 스테이크를 즐길 거란 걸 빤히 알 텐데.

그래서 내가 백작 일가와 길드 마스터도 함께 드래곤 스테이크를 드시지 않겠느냐고 제안하게 된 거다.

페르와 곤 옹은 『왜 이 녀석들에게?』라느니 『드래곤 고기도 많지는 않지 않나』라는 식으로 불평을 줄줄 늘어놓았지만.

애초에 따지고 보면 페르랑 곤 옹이 드래곤 스테이크 얘기를 한 탓이거든?

뭐, 그런고로 백작님의 별저 부엌을 빌려서 드래곤 스테이크를 굽고 있는 중이다.

꿀꺽――.

침 삼키는 소리가 들린다. 냄새가 끝내주니까…….

그나저나 고기를 굽는 것뿐인데 여기 요리사가 구경하고 있잖아.

뭔가 되게 껄끄럽네.

뭐, 이 사람들에게는 신성한 일터니 다른 사람이 멋대로 사용하는 게 기분 좋지는 않을지도 모르지만 말이야.

어쨌든 대량의 레드 드래곤 고기를 구워 나간다.

어스 드래곤(지룡) 고기도 아직 남아 있기는 하지만, 레드 드래곤 고기 쪽이 아직 수량적으로 여유가 있으니까.

하지만 드래곤은 그리 자주 잡을 수가 없으니 귀중한 고기이기는 하다.

그 귀중한 고기를 최고의 상태로 내놓기 위해서라도 맛있게 구워진 드래곤 스테이크는 식지 않도록 아이템 박스에 일시 보관한다.

팍팍 구워 나가서…….

"뭐, 이 정도면 충분하려나."

란그릿지 백작 일가와 길드 마스터가 먹을 걸 메이드분에게 옮겨달라고 했다.

식기류는 이곳에 있던 걸 빌렸다.

백작 일가와 길드 마스터에게 내놓은 드래곤 스테이크는 심플하게 소금 후추로만 간을 했다.

이러는 편이 고기의 맛을 제대로 즐길 수 있을 테니까.

페르, 곤 옹, 드라 짱, 스이의 것은 약속한 대로 드래곤 스테이크 덮밥이다.

아이템 박스에 보관해두었던 질냄비로 한 밥을 평소처럼 각자의 그릇에 곱빼기로 퍼담고, 그 위에 드래곤 스테이크를 빈틈없이 쌓아올린다.

그 위에, 사전에 소스 포트로 옮겨둔 스테이크 소스를 끼얹는다.

소스는 마늘 풍미 스테이크 간장 소스다.

다들 이걸 좋아하니까.

여기서 만들게 되고서 몰래 스테이크 간장 소스를 소스 포트로 옮겨놓길 잘했다.

아무리 그래도 스테이크 간장 소스가 든 병을 보여줄 수는 없으니까.

"자 그럼, 나도 가볼까."

◇ ◇ ◇ ◇ ◇

샹들리에가 장식된 널찍한 식당.

착석한 백작 일가와 길드 마스터 앞에는 두꺼운 스테이크가 담긴 접시가 있었다.

"이게, 드래곤의 고기…………."

백작님의 목소리가 또렷하게 울렸다.

"네. 이번에는 레드 드래곤의 고기를 구웠습니다."

…………….

어, 왜 정적이 흐르지?

"……무코다, 이번에는, 이라는 게 무슨 뜻인가? 설마 다른 드래곤도?"

으음, 어라?

우리…… 아니, 페르가 어스 드래곤과 레드 드래곤을 잡았다는 게 전달이 안 됐나?

길드 마스터를 보니 이번에도 아이고~ 라고 말하는 듯한 표정을 하고 있었다.

잠깐잠깐, 왜 말을 안 한 건데요~.

"으음, 그게, 어스 드래곤도……."

"설마, 그러한 것까지 잡았을 줄은……."

백작님이 알지 못했던 사실을 알고는 다소 나무라는 듯한 눈으로 나를 쳐다보았다.

저기~ 그런 눈으로 쳐다보신들 말이죠…….

그런 백작님에게 이의를 제기하는 이가 있었다.

"여보, 뭐 어때서요. 펜리르 님과 에인션트 드래곤 님이 계시잖아요. 그렇게 놀랄 일도 아니지 않나요."

역시 마님. 이 집도 부인이 강한 모양이다.

『뭘 좀 아는군. 내가 있으니 드래곤을 사냥하는 것쯤 일도 아니지.』

『음. 나도 마주치기만 하면 잡을 게다.』

페르와 곤 옹이 곧장 소리 내서 그렇게 말했다.

“그, 그렇습니까.”

“저, 저기, 식기 전에 드시죠.”

또 잔소리를 듣기 전에 드래곤 스테이크를 권했다.

“으, 음. 그럼 들도록 하지.”

백작님이 긴장한 얼굴로 드래곤 스테이크를 나이프로 썰었다.

그리고 품위 있게 썰어서 입으로 옮겼다.

눈을 감고 차분하게 씹고 계신다.

“이것이 드래곤의 고기인가……. 상상했던 것보다 맛있군.”

백작님의 그 말에 부인, 셀레스테 아가씨, 바스티안 도련님도 드래곤 스테이크를 드셨다.

“어머, 이건…….”

“이렇게 맛있는 고기는 처음이야!”

“드래곤 고기, 엄청 맛있어!”

응응, 그럼그럼.

“설마 나도 얻어먹게 될 줄이야. 잘 먹겠네.”

내 옆에 앉아있던 길드 마스터도 그렇게 말하며 드래곤 스테이크를 먹기 시작했다.

“드래곤의 고기는 최고라는 이야기를 듣기는 했지만, 이거 듣던 것보다 맛있군.”

길드 마스터는 놀란 나머지 눈이 휘둥그레져서 말했다.

뭐, 그 심정도 이해는 합니다.

드래곤 고기는 맛있으니까.

『그건 그렇고, 우리 몫은 어떻게 된 거냐?』

『주공, 배가 고프네.』

『맞아맞아, 우리 건 어디 있냐고~!』

『스이, 배고파~.』

먹보 콰르텟인 페르, 곤 옹, 드라 짱, 스이가 소란을 떨기 시작했다.

“아, 미안미안.”

페르, 곤 옹, 드라 짱, 스이 앞에 드래곤 스테이크 덮밥을 내주었다.

그러자마자 먹보 콰르텟은 기다렸다는 듯이 달려들었다.

『음. 역시 드래곤 고기는 맛있군!』

『그러게 말이다. 나도 다음부터는 적극적으로 잡아야겠어.』

『언제 먹어도 역시 맛있단 말이지~.』

『맛있어~.』

『『『『한 그릇 더.』』』』

첫 번째 드래곤 스테이크 덮밥을 날름 비우자마자 먹보 콰르텟이 『한 그릇 더』를 외쳤다.

“빠르기도 하네.”

그렇게 말하며 나는 녀석들 앞에 드래곤 스테이크 덮밥을 추가로 내주었다.

"무코다, 자네들이 먹고 있는 건 뭔가? 우리 것과는 조금 다른 듯한데."

페르, 곤 옹, 드라 짱, 스이와 내가 먹고 있는 것을 보더니 백작님이 물었다.

"아, 이거 말입니까? 이건 제 고향의 주식인 '쌀'이라는 곡물인데, 그것 위에 드래곤 스테이크를 얹은 겁니다. 백작님들께는 낯설 것 같아 스테이크만 내드렸습니다."

"그런가. 하지만 그쪽도 맛있어 보이는군."

백작님이 그렇게 말하자 부인과 아가씨, 도련님도 동의했다.

그렇다면…….

"드셔 보시겠습니까?"

"오오, 그러지."

백작 일가는 드래곤 스테이크 덮밥도 먹을 모양이다.

그런고로 백작가에 있던 고급스러운 그릇에 밥을 퍼담고(다소 적게) 그 위에 드래곤 스테이크를 썰어서 얹고 평소처럼 마늘 풍미 스테이크 간장 소스를 끼얹어 건넸다.

그나저나 내놓고서 할 말은 아니지만, 백작님은 성인 남성이니 그렇다 쳐도 부인과 아가씨, 도련님은 다 먹을 수 있을까?

그런 걱정과 달리 "좀 전의 스테이크도 좋았지만, 이쪽도 맛있네요" "음. 이 '쌀'이라는 곡물과 스테이크, 그리고 소스의 궁합이 매우 좋군" "정말로 맛있네요!" "맛있어!"라면서 품위 있게 아구아구 먹어치웠다.

이 이상은 못 먹겠다는 표정이기는 하지만 용케 다 먹었네.

나는 이 덮밥 하나면 충분한데.

뭐, 그러는 동안에도 먹보 콰르텟은 먹고 또 먹고 있지만.

심지어 마늘 풍미 스테이크 간장, 양파 풍미, 간 무 풍미, 버터 풍미까지 네 종류를 한 차례씩 즐긴 후에는 각자 취향에 맞게 추가 주문을 해댔다.

"궁금한 게 있는데 무코다, 슬라임과 새끼 드래곤에게도 드래곤 고기를 주는 건가?"

한숨 돌린 후, 백작님이 와인을 즐기며 나에게 그런 질문을 했다.

아직도 우걱우걱 드래곤 스테이크 덮밥을 먹고 있는 드라 짱과 스이가 신경 쓰였던 모양이다.

"당연하죠. 다들 제 사역마니까요. 늘 같은 음식을 먹고 있습니다. 그리고 새끼 드래곤이 아닙니다. 픽시 드래곤이라는 종족이죠. 크기는 이래도 성체입니다."

"그, 그런가."

그렇고말고요.

새끼 드래곤이라고 오해하게 두면 드라 짱의 체면이 깎이니까.

"아버지, 저도 무코다 씨에게 질문해도 될까요?"

바스티안 도련님도 궁금한 게 있었는지, 백작님에게 질문할 허락을 구했다.

"무코다, 바스티안이 묻고 싶은 게 있다는데 괜찮겠나?"

"네."

내가 그렇게 말하자 백작님이 도련님을 재촉하듯 눈길을 보냈다.

"저기, 큰 드래곤 님과 작은 드래곤 님은, 드래곤인데 같은 드래곤의 고기를 먹어도 괜찮은 건가요?"

아~ 역시 그게 신경 쓰였구나.

『음. 그건 내가 대답해주마. 약육강식이라는 말은 알 테지? 강한 자가 약한 자를 먹는다. 이건 너희 인간에게도 해당되는 말일 게다. 그게 전부다. 사냥당한 드래곤은 우리보다 약했다. 그뿐이다.』

드라 짱도 응응, 고개를 끄덕였다.

『애초에 동족, 내 경우에는 픽시 드래곤을, 곤 옹은 에인션트 드래곤을 먹지 않는 한 동족포식이라 할 수 없으니까. 게다가 그런 식으로 따지다가는 살아남을 수도 없고.』

듣고 보니 드라 짱은 이전에도 그런 소리를 했었지.

"도련님, 완전히 같은 종족을, 픽시 드래곤이라면 픽시 드래곤, 에인션트 드래곤이라면 에인션트 드래곤을 먹지 않는 한, 금기에 해당되지는 않는답니다. 그렇게 하지 않으면 살아남을 수 없다는군요."

드라 짱이 염화로 이야기한 걸, 바스티안 도련님에게도 전해드렸다.

"헤에~ 그렇구나."

"음. 엄격한 자연계에서는 그럴지도 모르겠군."

도련님도, 도련님의 표정을 살피며 이야기를 듣고 있던 백작님도 납득한 눈치다.

"하나 더 물어도 될까요?"

"네."

"이렇게 맛있는 고기는 처음이란 생각이 들 만큼, 드래곤 고기는 아주 맛있었는데, 이것 말고도 맛있는 고기가 있나요?"

너무너무 궁금하다는 듯이 바스티안 도련님이 그렇게 물었다.

"이것 말고요? 으~음, 와이버……."

『드래곤에도 뒤지지 않을 만큼 맛있는 고기라면 최근에 손에 넣었지.』

내가 대답하던 중에 페르가 말을 방해하듯이 그렇게 말했다.

"잠깐, 너 또 무슨……."

무슨 소릴 하려는 건가 싶어 초조해진 내 말을 가로막듯이, 이번에는 곤 옹이 입을 열었다.

『음. 리바이어던의 고기를 말이다.』

너희 자꾸 쓸데없는 소리 할래~?!

"커흡."

우아하게 와인을 마시고 있던 백작님이 사레가 들려서 요란하게 기침을 하고 있잖아!

간신히 와인을 뿜어내는 건 참아낸 듯하지만.

부인과 아가씨도 눈이 휘둥그레져서 굳어있고.

길드 마스터는 기시감이 느껴지는 모습으로 아이고~ 하고 이마에 손을 얹은 채 고개를 가로젓고 있다.

이거, 어떻게 수습하라고?

나는 또다시 이마에서 땀을 줄줄 흘렸다.

"리바이어던! 우와~!! 어떤 맛이 날까아?"

뭐라 형용하기 어려운 분위기가 감도는 가운데, 바스티안 도련님의 천진한 목소리가 울렸다.

바스티안 도련님은, 의외로 거물일지도…….

제 3 장 10일 후……

백작가의 객실로 안내받은 나는 곧장 침대에 뛰어들었다.

"아~ 피곤하다……."

『주인~ 괜찮아~?』

페르를 타고 있던 스이가 나를 따라 침대 위로 올라오더니 그렇게 말하며 내 뺨을 찰싹찰싹 두드렸다.

"괜찮아, 스이."

나는 마음의 위안을 찾듯 스이를 마구 쓰다듬으며 그렇게 답했다.

"오늘은 그만 자자."

『네~에.』

『목욕을 할 수 없는 게 아쉽기는 하지만, 남의 집이니까. 내일은 목욕할 수 있겠지?』

"응. 내일은 이곳을 떠나서 평소처럼 집을 빌려야지."

안 그러면 나도 못 버텨.

오늘은 높으신 분들을 잔뜩 만나서 정신적으로 녹초가 됐다.

심지어 마지막 순간에 페르와 곤 옹이 쓸데없는 소릴 하는 바람에 더더욱 지쳐버렸다.

『어이, 내 이불을 내놔라.』

『주공, 내 것도 부탁하네.』

하여간 이 전설의 마수 콤비는 남의 속도 모르고.

부루퉁한 얼굴로 페르와 곤 옹을 보고 있자 『어이, 이불』이라면서 재촉까지 해댔다.

"그래그래, 이불 말이지?"

무거운 몸을 일으켜 아이템 박스에서 이불을 꺼내 깔아주자, 페르와 곤 옹은 신이 나서 그 위에 진을 쳤다.

『이제 이게 없으면 잘 수가 없단 말이지.』

『음. 이걸 깔기만 해도 잠이 솔솔 오지.』

아주 태평한 소리나 하고 있다.

하여간 이 녀석들은…….

악의가 없어서 더더욱 악질적이라니까.

백작 일가와 단란하게 식사를 하고, 이제 안심해도 되겠다 싶어서 긴장을 풀자마자 '리바이어던' 얘기를 꺼내다니.

그 후 백작님은 "페르 님은 최근 손에 넣었다고 하셨는데, 어떤 경위로……"라고 물어보기까지 했다고.

나무라는 분위기는 아니었지만 애매하게 말을 흐린다고 그냥 넘어갈 것 같지도 않기에 어쩔 수 없이 솔직하게 모조리 다 털어놓았다.

소국군에 있는 던전에 가서 답파하고 왔다는 이야기를.

리바이어던은 그 던전의 마지막 보스였고, 그 모습 그대로 남았는데 엄청 거대했다는 이야기도.

그리고 왕도에 온 것도 그 리바이어던을 해체할 수 있을지도 모른다는 이야기를 들었기 때문이라는 것까지.

이런저런 것들을 간추려서 이야기했다.

내 이야기를 끝까지 들은 후, 백작님은 어째서인지 요란하게 한숨을 내쉬었지만.

뭐, 그러고서야 겨우 해방되어 이 객실로 안내를 받은 것이다.

자리를 뜰 때 백작님이 "이건 폐하께 말씀드려야겠군……"이라고 중얼거리는 소리가 들렸는데, 그 부분은 그냥 맡겨두는 게 좋겠지.

백작님, 잘 부탁드립니다~.

리바이어던을 해체하는 데 성공한다면 그 소재며 고기(는 양이 적을지도 모르지만)를 임금님은 물론이고 백작님께도 헌상할 테니까요.

뭐, 아무튼 피곤하니 잠이나 자자.

◇ ◇ ◇ ◇ ◇

왕도의 모험가 길드——.

길드 마스터가 이 나라의 모험가 길드에서 높으신 분 다섯 명을 소개해 주셨다.

다들 나를 품평이라도 하듯 쳐다보고 계시네…….

그런 매우 불편한 자리에서도 우리 사역마들은 여전하기만 했다.

페르와 곤 옹은 평소와 같이, 변함없이 뻔뻔한 태도로 드러누워 있다.

드라 짱과 스이는 개의치 않고 페르에게 붙어서 자고 있고.

다들 속 편해서 좋겠네.

아~ 역시 왕도 같은 곳에 오는 게 아니었는데에…….

나는 먼눈을 한 채 그런 생각을 했다.

그나저나 이거, 나이 많은 높으신 분들이 빤히 쳐다보고 있으니 가시방석에 앉아 있는 기분인데.

이럴 바에는 백작님 댁에 있는 편이 나았을지도.

그런 생각을 하며 나는 아침에 있었던 일을 떠올렸다.

백작님의 댁에서는 아침 식사를 얻어먹고서 나왔다.

뭐, 실제로 얻어먹은 건 나뿐이었지만.

페르와 곤 옹, 드라 짱, 스이는 당연히 아침부터 고기를 주문해서, 만들어둔 양배추를 뺀 돈가스 샌드위치를 내주었다.

아침 식사 테이블에 앉은 백작님은 눈 아래에 진한 다크서클이 생겨 있었다.

그와 대조적으로 오리안 부인과 셀레스테 아가씨는 아침부터 잔뜩 들떠 있었고, 바스티안 도련님은 기운이 넘치는 얼굴로 생글생글 웃고 있었다.

부인과 아가씨가 들떠 있던 이유는 어제 건네 드린 올인원 젤크림 때문이었다.

부인께서는 "피부가 탱탱하고 반질반질해져서, 어제와는 다른 사람이 된 것 같아요!"라고 했다.

아가씨도 "이마에 있던 그 밉살맞은 여드름이 하룻밤 만에 없어졌어요!"라며 매우 기뻐했다.

아침 식사를 하는 내내, 두 분은 그 크림이 얼마나 멋진 물건인지 아주 열심히, 꼼꼼하게 역설하셨지.

그리고…….

부인은 중요한 일이라면서 “이 크림은 왕비님께도 드렸나요?”라고 물었다.

그러고 보니 헌상품에는 넣지 않았다고 말하자 “그럼 안 되죠!”라더니 당장 헌상하라고 조언까지 하셨다.

하지만 이제 왕궁이라면 지긋지긋해서 백작님을 통해 헌상하면 안 되겠느냐고 부탁했더니, 리바이어던에 관한 일로 성에 가야만 한다면서 그때 같이 가져가 주기로 하셨다.

아싸~.

그나저나 페르와 곤 옹이 쓸데없이 ‘리바이어던’ 이야기를 꺼내는 바람에 난감해졌다고 생각했었는데, 이런 걸 소 뒷걸음질하다 쥐 잡은 격이라고 하나?

부인과 아가씨에게 조언의 답례와 백작님에 대한 수고비 대신 올인원 젤 크림을 추가로 헌상했더니 박력이 넘쳐나는 눈빛으로 “언제든 우리 가문을 의지해주세요”라는 소릴 하셨다.

그 모습을 본 백작님도 쓴웃음을 지으셨지.

그런 가운데, 바스티안 도련님은 페르와 녀석들이 식사하는 풍경을 흥미진진하게 보고 있었는데, 녀석들이 먹고 있던 돈가스 샌드위치가 매우 궁금한 눈치였다.

백작가의 아침밥은 나쁘지 않았지만, 하얀 빵에 채소가 듬뿍 들어간 짭짤한 수프에 스크램블 에그(심지어 전부 간이 약했다)라 남자애가 먹기에는 다소 양이 부족했으니까.

그런고로 바스티안 도련님에게 돈가스 샌드위치를 권했더니 “맛있어!”라면서 우걱우걱 먹었더랬다.

그 모습을 본 백작님과 부인, 아가씨도 반응을 보여서.

결국 백작 일가 모두에게 돈가스 샌드위치를 내드렸지.

다들 위장이 튼튼하신지 신이 나서 먹었다.

참고로 길드 마스터도 같이 먹었다.

그런 식으로 평화롭게(?) 아침 식사를 마친 후, 우리가 떠날 때는 백작 일가가 모두 나와 배웅을 해주셨다.

그 후, 이렇게 왕도의 모험가 길드로 직행한 건데…….

하아~.

가만히 관찰하지 말고 뭐든 말을 해주면 그나마 마음이 좀 편할 텐데.

"흠. 용사 소환으로 소환된 자라고는 들었지만, 용사라고 하기에는 힘이 좀 부족하군그래."

"음. 약하지는 않지만, 자네만큼의 힘을 가진 자가 없지는 않으니 말이야."

"그런데 어째서 펜리르며 에인션트 드래곤을 거느릴 수 있는 건지, 의문스러울 따름이로군."

"뭐, 그렇다 한들 실제로 사역마로 삼았으니 말이야."

"음. 게다가 다른 사역마인 픽시 드래곤과 슬라임도 강하다더군."

높으신 분들이 입을 열었다 싶었더니, 눈앞에 내가 있는데도 못 하시는 말이 없네.

뭐, 사실이라 화는 안 나지만.

그나저나 내가 용사 소환으로 이 세계에 소환됐다는 것도 파악했다니.

모험가 길드, 얕볼 수 없겠는걸.

그리고 말이야, 애초에 난 용사가 아니라고.

휘말려든 것뿐이라고.

게다가 페르와 곤 옹, 드라 짱과 스이도 그렇지만, 내 사역마가 된 이유는 다름이 아니고 '밥' 때문이거든.

딱히 싸워서 어떻게 한 게 아니란 말씀.

맛있는 게 먹고 싶다는 이유만으로 다들 사역마가 된 것뿐이라고.

이 녀석들 모두 그냥 먹보인 것뿐이라고!

그런 식으로 하고 싶은 말은 많았지만 높으신 분들의 이야기에 끼어들면 일이 복잡해질 것 같아서 잠자코 있었다.

빨리 끝나지 않으려나.

오늘 묵을 숙소를 찾으러 가고 싶은데.

『어이, 이야기는 끝났나?』

본론으로 넘어갈 낌새가 없자 답답했는지 페르가 대화에 끼어들었다.

"이야, 이거 실례가 많았군요. 펜리르 님, 저는 이 왕도 모험가 길드의 길드 마스터를 맡고 있는 브람 알데르스라고 합니다. 부디 기억해주시기를. 해서, 이쪽에 있는 것이 측근인……."

시릴 씨에 레오카디오, 비비아나 씨에 노아 씨.

다들 이곳 왕도 길드 마스터인 브람 씨와 비슷한 나이의 할아버지, 할머니들이었다.

직책은 네 사람 모두 왕도 모험가 길드의 부 길드 마스터라는 모양이다.

카레리나의 길드 마스터, 빌렘 씨는 "이 다섯 명이 이 나라 모험가 길드의 정점이네"라고 설명해주었다.

그렇구나, 긴장되네.

"해서, 의뢰할 것이 있다고 거기 있는 빌렘에게 들었습니다만……."

『음. 그게 우리의 진정한 목적이지.』

『음음, 그 말이 맞다. 던전에서 리바이어던을 잡아서 말이다. 그걸 해체해주었으면 한다.』

곤 옹은 별일 아니라는 듯이 해체해달라고 했지만, 그 커다란 걸 정말 해체할 수 있으려나.

"…………에인션트 드래곤 님, 제가 잘못 들은 게 아니라면, 리바이어던이라고 하셨습니까?"

『그리 말하지 않았느냐. 던전의 드롭 아이템이었는데, 통째로 남아버려서 말이다. 리바이어던의 고기는 맛이 있지만, 주공은 고기 상태가 아니면 요리를 못 한다고 하더구나.』

『음. 하지만 거기 있는 녀석의 길드에서는 해체를 못 하겠다고 하더군. 왕도에서라면 가능할 거라는 말을 듣고 이렇게 온 거다.』

"페르 님 '가능하다'가 아니라 '가능할지도 모른다'고 말씀드린 겁니다."

길드 마스터가 땀을 흘리며 페르에게 태클을 걸었다.

왕도 모험가 길드의 일인데 멋대로 가능하다고 단언했다고 오해할지도 모른다는 걱정 때문일까.

『그런 건 아무래도 좋아. 그래서, 할 수 있나?』

“자잠깐, 페르, 진정해.”

나 참~ 위압하고 있잖아.

꼭 못 한다고만 해 봐라~ 라고 하는 것 같잖아.

“아, 아직, 뭐라고 확답을 드리기가……. 실물을 봐야 말씀드릴 수 있을 듯합니다.”

왕도 모험가 길드의 길드 마스터, 브람 씨가 굳어진 얼굴로 그렇게 말했다.

『좋아, 그렇다면 살펴보도록.』

페르가 그렇게 말하며 나보고 빨리 꺼내라고 재촉했다.

하지만 말이지…….

“여기서 꺼낼 수 있을 리가 없잖아.”

머리만 꺼내도 천장에 닿을걸.

『맞다, 페르. 그렇게 커다랗지 않으냐.』

『흠, 그랬지. 어이, 넓은 장소는 있나?』

“그렇다면 창고로 이동하시지요.”

그렇게 이야기가 진행되어 높으신 분들과 우리 일행은 왕도 모험가 길드의 창고로 향했다.

◇ ◇ ◇ ◇ ◇

왕도 모험가 길드의 창고——.

지금까지 봤던 어떤 도시의 길드 창고보다 넓었다.

『뭐, 이곳이라면 괜찮으려나. 머리만 꺼낸다면 말이야.』

곤 옹의 말이 맞았다.

크기가 엄청났으니까.

그런고로 아이템 박스에서 리바이어던의 머리만 꺼내기로 했다.

"너무 커서 전부 다 꺼내지는 못하고, 머리만 보여드리자면……."

그렇게 말하자 높으신 분들이 술렁거렸다.

하지만 사실이라 말이지.

"영차."

아이템 박스의 사양 덕분에 밀어 넣으면 쑥쑥 들어가고, 꺼낼 때는 꺼낼 물건을 잡아당기면 쑥 나와서 힘은 안 들었지만, 크기가 리바이어던 정도 되니 조금은 힘을 줄 필요가 있었다.

힘을 줘서 리바이어던의 머리만 끄집어냈다.

리바이어던의 거대한 머리가 튀어나왔다.

"…………."

"…………."

"…………."

"…………."

"…………."

높으신 분들 + 길드 마스터가 입을 쩍 벌린 채 넋을 놓고 있다.

그러고 보니 길드 마스터도 리바이어던을 잡았다는 것만 알았지 실물을 보는 건 처음이니까.

사람들의 넋이 나간 얼굴을 보고 생각했다.

그 심정, 아주 잘 압니다.

리바이어던은 끔찍하게도 커다라니까요.

높으신 분들 + 길드 마스터가 말없이 리바이어던의 머리를 응시하던 중.

『어이, 그래서 해체는 할 수 있나? 말해봐라.』

한 마디도 하지 못하고 있는 높으신 분들에게 페르가 답답하다는 듯이 따져 물었다.

페르의 목소리에 높으신 분들은 퍼뜩 정신을 차렸다.

"……이 기회를 놓치면 모험가 길드의 오점이 될 것 같다만, 다들 어떻게 생각하나?"

왕도 모험가 길드의 길드 마스터인 브람 씨가 그렇게 말했다.

"제 생각도 같습니다. 모험가 길드의 운영에 관계하게 된 이래로 최대의 난관이 되겠지만요."

"음. 이것을 해체하는 건 모험가 길드의 사명이라 해도 과언이 아니지."

"저도 그렇게 생각합니다. 이건 해야 해요."

"나도 그렇게 생각합니다."

이거, 가능한 건가?

『호오. 이거 가능할 것 같군그래.』

높으신 분들의 이야기를 듣고 있던 곤 옹이 그렇게 중얼거렸다.

"펜리르 님, 에인션트 드래곤 님, 리바이어던의 해체 의뢰는 받아들이고자 합니다."

브람이 그렇게 말하자 페르와 곤 옹의 표정이 환해졌다.

『그렇군!』

『음. 부탁하마.』

기쁜 나머지 페르의 꼬리가 휙휙 좌우로 움직였다.

곤 옹의 굵은 꼬리도 좌우로 움직였다.

아니, 여기 있는 테이블 같은 데 부딪히기 전에 그만해.

"다만 2주, 아니, 10일 정도 기다려주셨으면 합니다."

이만한 거물을 해체하려면 준비가 필요해서, 10일을 기다려주면 해체 작업에 들어갈 수 있다는 것이다.

그것도 그러네.

"이건, 이 왕도 모험가 길드 사상 최대의 사업이 될 걸세. 다들 명심하고 임하도록 하게!"

""""""물론이지!""""""

"그리고 우리는 역사에 이름을 남기는 걸세에에에에!"

""""""오오~!!!""""""

……뭐, 뭔가 높으신 분들이 엄청나게 흥분하셨는데.

살짝 불안하네.

◇ ◇ ◇ ◇ ◇

"후우~."

넓고 호화스러운 거실 의자에 풀썩 앉았다.

역시 왕도의 호화 저택이다.

적당한 탄력의 의자에 사용된 가죽도 부드럽고 앉았을 때의 느낌도 엄청 편안하다.

이곳은 왕도 모험가 길드의 높으신 분의 소개로 빌린 집이다.

비용도 왕도 모험가 길드에서 대겠다고 했다.

고마운 일이기는 하지만…….

"오~ 자네들 여행을 가면 늘 이런 호화스러운 집을 빌리고 있었나?"

길드 마스터도 함께란 말이지.

다름이 아니라 "자네들끼리만 두면 무슨 짓을 저지를지 모르니까"라면서 감시역을 자청해 함께 있게 된 거다.

『흠, 이 집도 제법 괜찮군. 그 녀석들, 리바이어던도 해체할 수 있다고 하고, 제법이로군.』

『음. 한 번 빚진 걸로 해도 괜찮을지도 모르겠어.』

앞으로 10일이면 리바이어던을 먹을 수 있다는 생각에 페르와 곤 옹은 신이 나 있었다.

『앞으로 10일이라~. 얘기가 그렇게 됐을 줄이야. 그래도 기대는 되네!』

『스이도 기대돼~!』

드라 짱과 스이는 자느라 이야기를 못 들었지만, 이곳으로 오는 도중에 깨서 페르와 곤 옹에게서 왕도 모험가 길드가 리바이어던 해체 작업을 맡아주기로 한 것과 10일 후에 착수하기로 했다는 소리를 전해 들었다.

"다들, 10일 후라고는 했지만 해체가 금방 끝나리라는 보장은 없어. 크기가 워낙 크잖아."

『큭. 그, 그럴지도 모르지만, 우리가 먹을 정도의 고기는 떼어낼 수 있겠지.』

『음. 페르의 말이 맞네.』

『맞아맞아.』

『맛있는 고기 바로 먹을래~.』

나 참, 다들 먹성도 좋단 말이지.

얼마나 기대가 큰 거야.

그건 괜찮지만, 일이 매우 커졌다는 점이 신경 쓰였다.

"길드 마스터. 리바이어던 해체 작업을 맡아주기로 한 건 고맙지만 10일 후에 시작하겠다니, 뭔가 상당히 대규모 작업이 될 것 같은데요……."

"그야 그렇지. 왕도 모험가 길드 일생일대의 대사업이 될 걸."

"으으……. 일을 크게 만들고 싶지는 않았는데."

"이것 봐, 리바이어던을, 그것도 그렇게 엄청난 크기의 물건을 내밀어놓고 일을 크게 만들지 말라는 게 더 무리 아닌가?"

…………듣고 보니.

지당하신 말씀입니다.

"또 신경 쓰이는 점이 있는데, 그 커다란 리바이어던을 어디서 해체하려는 걸까요."

애초에 그 정도 크기의 리바이어던을 작업할 만한 곳이 어디에 있냐고.

왕도 모험가 길드의 그 커다란 창고에서도 머리밖에 못 꺼내놨는데.

"그야 당연히 밖이지."

"밖?"

"그래. 왕도 앞에 자네들이 착륙했던 널따란 초원이 있었지? 거기서 할 심산이겠지. 아니, 거기밖엔 없을 걸세."

확실히 거기라면 어떻게든 될 것 같다.

"높으신 분들은 지금쯤 필사적으로 사람을 모으고 있겠지."

"사람을요?"

"당연하지. 해체 담당 직원만 해도 왕도에 있는 것만으로는 턱없이 부족할 테니까. 게다가 리바이어던 같은 물건을 아무한테나 만지게 할 수도 없는 노릇이고. 숙련된 기술이 필요하다 이거야. 지금쯤 각지에서 해체에 정평이 나 있는 직원들을 소집하고 있을 걸. 우리 길드의 요한도 분명 소집됐을 테고."

확실히 크기가 워낙 크니까.

"그리고 고랭크 모험가들도 소집했을 걸세."

"고랭크 모험가들을요?"

"리바이어던 아닌가. 그걸 사람들 눈에 띄는 곳에서 해체하는 거야. 좋지 못한 생각을 하는 자가 나타날 게 뻔해. 그러니 당연히 엄중하게 경비할 필요가 있고."

아하, 듣고 보니 일리가 있네.

그런 생각을 하고 있자…….

『뭣? 우리의 리바이어던에 손을 대려 하는 괘씸한 놈이 나타날 거라고?!』

『그건 가만둘 수 없지.』

이야기를 듣고 있던 페르와 곤 옹의 눈빛이 매서워졌다.

애들아, 무섭거든?

『그렇다면 내가 얼마든지 결계를 치도록 하지.』

『나도 하겠네. 그야말로 펜리르나 에인션트 드래곤이 와도 쉽게는 깨지 못할 만큼 튼튼한 걸 말이야.』

『좋아. 나와 곤 옹이 이중 결계를 치지. 이걸 깰 수 있는 놈은 없을걸.』

『음. 이번에는 좌우간 튼튼한 걸 쳐야겠어. 누가 훔쳐가게 둘 수는 없으니 말이야.』

『그리고 경비도 서지.』

『그래. 그게 좋겠어.』

『나도 경비 설래! 맛있는 리바이어던을 도둑맞으면 엄청 분할 테니까.』

『스이도 할래~!』

페르와 곤 옹의 이중 결계에, 페르와 곤 옹과 드라 짱과 스이의 경비라.

하하, 리바이어던은 안전하겠네.

"그거 반가운 소리구만! 이로써 일당백, 아니, 일기당천의 전력을 얻은 거나 다름없어! 나는 지금 당장 왕도 모험가 길드에 알리고 오겠네!"

페르와 곤 옹이 결계를 치고 경비도 서주겠다는 이야기를 들은 길드 마스터는 왕도 모험가 길드의 높으신 분들에게 알리기 위해 잔뜩 신이 나서 나가 버렸다.

하아~ 더더욱 일이 커질 것 같은 예감이 드는데…….

나로서는 달리 방법이 없으니까.

『저기저기, 배고파!』
『스이도 배고파~.』
『음. 나도다.』
『주공, 나도 배가 고프네.』
역시 먹보 콰르텟.
언제 어디서든 평상심을 잃지 않는구나.
"그래그래, 알았어. 지금 만들어줄게."

◇ ◇ ◇ ◇ ◇

오늘도 배고파하는 우리 먹보들의 밥을 만든다.
뭐, 우리 먹보들한테는 먹는 게 가장 큰 낙인 것 같으니까.
기대에 부응할 수 있도록 만들어볼까.
뭘 만들까…….
번듯한 외관만큼이나 호화스러운 부엌에서 나는 생각에 잠겼다.
당연히 고기는 써야겠지만, 무슨 고기를 쓸까.
아이템 박스 안을 확인했다.
으~음…… 좋아, 이걸로 하자.
닭고기가 먹고 싶은 기분이었으니 코카트리스 고기를 쓰기로 했다.
고기는 정해졌는데 코카트리스 고기로 뭘 만들까…….
닭고기…….
좋아, 그걸로 하자.

빵에도 잘 어울리는 데미글라스 치킨이다.

메뉴를 정했으니 인터넷 슈퍼에서 장을 보자.

양파, 당근, 마늘, 양송이버섯, 만가닥버섯과 데미글라스 소스 통조림을 카트에 넣는다.

그리고 생크림도 잊어서는 안 된다.

이걸 마지막에 끼얹으면 보기에도 좋지만 맛이 부드러워진단 말이지.

"그리고…… 아, 버터가 떨어졌지."

버터를 추가해서 계산했다.

평소처럼 곧장 종이 상자가 나타났다.

거기서 구입한 물건을 꺼낸 후, 조리를 시작했다.

양파는 반으로 썰어 5밀리미터 정도의 두께로 채 썰고, 당근은 반달 모양으로 얇게 썬다.

이번에는 조리에 시간을 오래 쓰고 싶지 않아서 빨리 익게끔 얇게 썬 거다.

마늘은 다져두고.

이제 만가닥버섯은 밑동을 잘라 풀어헤치고, 양송이버섯은 반으로 썰어 둔다.

그리고 메인인 코카트리스 고기는 큼직하게 한 입 크기로 썬다.

재료를 다 썰고 나면 애용하고 있는 깊은 프라이팬을 달궈 버터와 다진 마늘을 넣고 볶는다.

마늘 향이 올라오면 코카트리스 고기를 껍질 부분부터 구워 나간다.

껍질 면이 노릇하게 구워지면 코카트리스 고기를 뒤집고 표면이 구워지면(이 시점에 푹 익힐 필요는 없으니까) 양파와 당근을 투입해 가볍게 섞는다.

거기에 레드 와인을 추가한다.

"오, 이게 마지막인가?"

요리용으로 쓰고 있는 저렴한 와인인데, 또 사둬야겠네.

없어도 문제는 없지만 양식풍 조림 계열을 할 때는 레드 와인을 넣기만 해도 맛이 깊어지니까.

레드 와인의 알콜이 날아가면 데미글라스 소스 통조림, 물, 케첩, 콩소메 스톡을 넣고 조금 끓인 후, 마지막으로 금방 익는 만가닥버섯과 양송이버섯을 넣고 더 끓여낸다.

버섯류가 다 익으면 맛을 확인해가며 소금 후추로 간을 하면 완성.

이제 그릇에 담아 생크림을 쪼로록 끼얹으면…….

"응, 좋은걸."

제법 잘 만들었다는 생각을 하며 만족하던 중, 현관 쪽에서 소리가 들려왔다.

"여어, 다녀왔네!"

길드 마스터가 돌아온 모양이다.

"타이밍 좋은걸. 그럼 저녁 식사를 해보실까."

◇ ◇ ◇ ◇ ◇

『음. 제법 맛이 괜찮군.』

『이 진한 맛이 참으로 좋구먼. 역시 주공이 만든 밥은 맛있네.』

『맞아맞아. 맛있단 말이지. 나, 이거 좋은 것 같아.』

『스이도 이거 좋아~!』

맛이 진한 데미글라스 소스가 녀석들의 취향에 딱 맞았는지 와구와구 먹고 있다.

『어이, 한 그릇 더.』

『주공, 나도 한 그릇 더 부탁하네.』

『나도나도!』

『스이도 한 그릇 더~!』

"그래그래."

한 그릇 더 달라는 페르, 곤 옹, 드라 짱, 스이의 재촉에 따라 데미글라스 치킨을 각자의 그릇에 곱빼기로 담아 내주었다.

먹보 콰르텟은 다시 그걸 와구와구 먹기 시작했다.

"다시 봐도 식욕이 엄청나군. 자네 사역마들은."

"하하. 뭐, 다들 먹는 게 가장 큰 낙인 것 같으니까요~. 하지만 다들 남기지 않고 먹어줘서 만드는 보람은 있달까요."

"아닌 게 아니라, 우선 인간이 먹는 것과 같은 요리를 먹는다는 점이 놀랍지만 말이야."

"우리 애들은 미식가니까요."

다들 입맛이 까다롭거든요.

"심지어 드래곤의 고기 같은 터무니없는 것까지 아무렇지도 않게 먹고 말이야."

"애초에 잡아온 건 이 녀석들이니까요."

뭐, 그 레드 드래곤을 잡았을 때는 곤 옹이 없었지만.

"이것도 맛있고, 확실히 나보다 좋은 걸 먹고 있구먼……."

길드 마스터는 어째서인지 풀이 죽어서 그렇게 말했다.

뭐, 뭐어, 우리는 여러모로 특수하니까요.

그러니 낙담할 필요는 없을 것 같은데요.

"길드 마스터, 이 빵 드세요. 우리 종업원인 테레자가 구운 빵입니다. 이 빵에 이렇게 소스를 찍어 먹으면 최고거든요."

얇게 썰어 바구니에 넣어온 테레자 특제 시골빵을 내밀었다.

"그래."

길드 마스터가 테레자 특제 시골빵에 데미글라스 소스를 찍어 우물우물 먹었다.

"오, 맛있구먼."

"그렇죠?"

빵을 데미글라스 소스에 찍어 먹는 게 어지간히도 맛있었는지, 길드 마스터가 두 번째 빵을 바구니에서 주섬주섬 꺼냈다.

"맞다, 아까 말한 두 분의 결계와 경비 건 말인데."

"네."

길드 마스터는 그 이야기를 하러 왕도 모험가 길드까지 갔었지.

"꼭 좀 부탁한다더군."

길드 마스터의 이야기에 따르면 곧바로 고랭크 모험가들에게 왕도에 모이라고 소집을 했지만, 의뢰 수락 중인 모험가도 상당히 많아서 필요 인원수가 모일지 어떨지 아슬아슬했다는 모양이다.

갑자기 소집을 했으니 그럴 만도 하지.

"하지만 왕도 모험가 길드로서도 두 분에게 완전히 맡길 수는 없어서 말이야. 소집한 고랭크 모험가들은 그대로 경비를 세우도록 하겠다더군."

"뭔가 경비 수준이 어마어마해질 것 같네요."

"무슨 소릴 하는 건가. 물건이 물건이니 당연히 그래야지."

으~음, 역시 그런가?

리바이어던이니까.

피에 내장에 이빨에 뼈, 여러모로 귀중한 소재가 나올 거다.

우리 애들은 고기에만 관심이 있지만.

"아무튼 물건이 물건이라, 이런 물건의 해체에 빠삭한 그 녀석을 부르는 수밖에 없지 않냐면서 소집을 했다는 모양이야."

"그 녀석?"

"드랭의 드래곤에 미친 녀석 말이네."

"엑! 그 사람을 불렀다고요~?!"

곤 옹과 드라 짱의 천적인데!

나쁜 사람은 아니지만 드래곤만 얽히면 분별력이 없어지는 사람…… 아니, 엘프!

"뭐, 물건이 리바이어던이니 말이지. 그 녀석, 요전에 자기네 길드를 내팽개치고 자네 집에 왔었잖나. 그래서 호되게 문책을 하고서 감시역까지 붙인 상태였다는데, 이번에는 그 녀석의 지식이 필요해진 거야."

"으와아아아."

그 사람이 온다니…….

"그 녀석, 소집령을 듣고는 울며 기뻐했다더군. 심지어 그날로 드랭에서 출발했다는 모양이야. 감시역과 함께 신이 나서 왕도로 향하고 있다나 봐."

"안 와도 돼, 안 와도 된다고요! 엘랑드 씨이이이이!"

제 4 장 드래곤 터틀아, 미안해——

그 사람이 온다——.

드래곤을 각별히 사랑하는 드래곤에 미친 그 사람, 엘랑드 씨가.

저녁 식사 때 그 충격적인 소식을 길드 마스터에게 들었다.

식사를 하느라 여념이 없던 먹보 콰르텟에게는 저녁 식사를 마친 후 진정한 상태에서 그 이야기를 전달했다.

그 사람 이야기가 나와서 떠오른 거지만, 이전에 우리의 행선지가 바다 마을 베를레앙이라고 말하자 '리바이어던을 잡으면 와주세요~. 리바이어던이라면 기쁜 마음으로 해체할 테니까요'라고 했었지.

리바이어던을 해체한다는 소릴 들었으니 신이 나서 날아올 만도 하지.

피해를 입은 적이 없는 페르와 스이는『헤에~』정도의 반응만 보였지만 곤 옹과 드라 짱은 그 소식을 듣자마자 얼굴을 확 찌푸렸다.

드라 짱은『으에에엑』하고 절규했을 정도라고.

진짜 엄청 싫어하더라.

뭐, 심정은 이해하지만 말이야.

하지만 리바이어던을 해체하려면 그 사람의 힘이 필요하다는 거잖아.

드래곤만 얽히면 변태 같아지지만 그 사람은 쓸데없이 능력이 있단 말이지.

자기가 하고 싶은 일만 골라서 하지만.

드래곤 해체도 혼자 할 수 있는 걸 보면 기술만은 프로다.

그래서 더더욱 질이 나쁘다고 할 수 있을지도 모르지만.

곤 옹과 드라 짱에게 페르는 『리바이어던을 위해서다. 포기해라』라고 했다.

페르도 엘랑드 씨의 실력만은 인정하는 모양이다.

곤 옹과 드라 짱도 페르의 말을 듣고 신음하며 고민에 빠졌지만, 리바이어던을 먹고 싶다는 생각이 그 짜증 나는 엘랑드 씨가 온다는 사실을 근소한 차이로 이긴 모양이다.

곤 옹은 『내키지는 않지만 어쩔 수 없지……』라면서 체념했고, 드라 짱은 『진짜 정말로 싫지만, 리바이어던을 위한 일이니. 어쩔 수 없지……』라면서 고개를 푹 숙였다.

그러고서 『되도록 가까이 못 오게 해』라는 말도 덧붙였지만.

하지만…….

"그 사람은 바퀴벌레급으로 끈질기니까……."

드래곤과 관련된 일이라면 그야말로 도저히 말릴 수가 없을 만큼 끈질겼더랬지.

참 난감한 엘프다.

엘랑드 씨가 온다는 소식만으로 우리는 눈앞이 깜깜해진 것이었다.

◇ ◇ ◇ ◇ ◇

엘랑드 씨가 왕도에 온다는 사실을 알고서 3일 후.

『하아~.』

『하아~.』

곤 옹과 드라 짱은 날이 갈수록 우울한 얼굴을 하고 있는 시간이 늘어갔다.

"곤 옹도 드라 짱도 너무 한숨만 쉬지 마. 괜히 더 우울해지기만 할 걸."

『그렇게 말한들 말이네…….』

『맞아. 그 녀석을 만날 거라 생각하면 한숨이 저절로 나온다고…….』

곤 옹도 드라 짱도 진짜 싫은가 보네…….

뭐, 그 사람은 드래곤에 대한 사랑이 너무 강해서 정말 짜증나니까.

곤 옹과 드라 짱을 위로하기는 했지만, 내가 봐도 심하니 당사자인 곤 옹과 드라 짱으로서는 기분이 가라앉을 수밖에 없으려나.

『곤 할아버지, 드라 짱, 괜찮아~?』

스이가 그렇게 말하며 촉수를 뻗어 곤 옹과 드라 짱의 앞발을 찰싹찰싹 두드렸다.

스이는 착하기도 하다니까.

그런 스이를 보고 훈훈해 하고 있던 중…….

『어이, 이 녀석 말이 맞다. 평소에는 뻔뻔한 곤 옹과 시끄러운 드라가 그러고 있으니 이쪽까지 기분이 이상하지 않으냐.』

잠깐, 페르, 그런 식으로 말하면 어떡해!

『누가 뻔뻔하다는 게냐, 누가. 애초에 뻔뻔한 걸로 치면 네가 더할 터인데.』

응응, 그건 그렇지.

나와 제일 오래 알고 지냈고, 이 멤버들도 완전히 익숙해지기는 했지만, 나한테나 다른 사람한테나 제일 뻔뻔하게 구는 건 페르 너라고.

『어이, 너, 왜 끄덕거리고 있는 거냐?』

곤 옹의 말에 응응, 하고 고개를 끄덕이고 있자 내 머리 위에 커다란 발이 올라왔다.

"잠깐, 너 말이야, 내 머리에 발 좀 올리지 말라고."

정말이지~ 쓸데없이 이런 것만 잘 본다니까.

"큭……. 아니, 힘은 또 왜 줘!"

무식하게 센 네 힘으로 누르면 키가 줄지도 모른다고.

『흥.』

페르는 그렇게 말하며 고개를 홱 돌렸다.

그런 페르를 원망스러운 눈으로 쳐다보더니 드라 짱이 다시금 한숨을 내쉬었다.

『나 참, 평소에 시끄럽게 굴어서 미안하게 됐네요~.』

드라 짱이 힘없이 말했다.

엘랑드 씨와 마주하게 될지도 모른다는 게 어지간히도 싫은 모양이다.

뭐, 그 사람이 좀 그렇긴 하니까~.

엘랑드 씨가 카레리나에 있는 우리 집에 들이닥쳐서 저질렀던 이런저런 일들을 떠올려 보았다.

우읔…….

어떻게든 드라 짱을 만지려고 쫓아다니거나, 곤 옹에게 피나 침을 요구하는 등, 저절로 신음 소리가 나올 정도의 일들이 스쳐 지나갔다.

응, 완전히 아웃이야.

한숨이 나올 만도 하지.

하지만 말이지…….

다들 리바이어던의 고기를 엄청 기대하고 있기도 하고.

그 리바이어던을 해체하려면 그 사람의 힘이 필요하다는 것도 사실이고.

곤 옹과 드라 짱도 리바이어던의 고기를 먹고 싶기는 해서 갈등하는 거겠지.

『하아~.』

『하아~.』

곤 옹과 드라 짱이 또다시 한숨을 내쉬었다.

『아~ 답답해 죽겠군! 좋아, 사냥하러 간다! 이럴 때는 사냥이라도 해서 근심을 푸는 거다!』

『와아~! 스이, 잔뜩 퓻퓻할래~!』

"아니, 사냥은 페르가 가고 싶은 것뿐 아니야? 스이도 좋아하지 말고."

『페르 네 말도 일리는 있구나. 여기서 끙끙 앓고 있어봐야 소용 없으니.』

『맞아. 기분전환 삼아 좀 날뛰어 볼까.』

"자, 잠깐, 너희끼리 멋대로 결정하지 말라고!"

『왜 그러지? 어차피 리바이어던의 해체가 시작될 때까지는 한가할 텐데. 으응?』

페르가 의기양양한 얼굴로 그렇게 말했다.

젠장, 사냥 갈 기회를 엿보고 있었구나.

"아니, 그건 그렇지만, 그래도……."

『그래도, 뭐지?』

"그게, 저기……."

『어~이, 페르, 빨리 가자.』

『음. 사냥을 해서 빨리 기분전환을 하고 싶으니 말이다.』

『스이, 잔~뜩 쓰러뜨릴 거야~!』

너, 너희들 정말~.

『툴툴대지 말고, 가자.』

그렇게 말하며 페르는 내 옷깃을 물어 휙 던져 올렸다.

"우와악."

내가 등에 폭 착지하자마자 달려 나간 페르를 허둥지둥 말렸다.

"자, 잠깐잠깐! 메모 좀 남기고 올 테니 좀 기다려!"

여기 묵고 있는 길드 마스터가 오늘은 아침부터 왕도 모험가 길드에 가 있었다.

저녁 식사 전까지는 돌아올 생각이지만, 길드 마스터가 우리보다 먼저 돌아왔을 때 우리가 없으면 또 난리가 날지도 모른다.

안 그래도 '전과가 있으니까'라면서 매일 예정을 물었고, 오늘은 집에 있을 거라고 대답했었는데.

『칫, 빨리 해라.』

페르 일행의 재촉을 받아가며 이쪽에서 산 까끌까끌한 종이에 '사냥 다녀올게요'라고만 적어 거실 테이블 위에 올려놓았다.

『좋아, 간다!』

"야, 너무 멀리 가면 안 된다?!"

『말 안 해도 안다.』

"정말 진짜로 안 된다는 거 알지이이이이?!"

우리는 왕도의 거리를 지나, 도시 밖으로 나간 것이었다.

◇ ◇ ◇ ◇ ◇

페르의 등에 타고 왕도 밖으로 나선 후…….

『좋아, 이제 네가 나설 차례다.』

『음. 다들 내 등에 타라.』

왕도의 문을 지난 곳에 자리한 초원에서 페르에서 곤 옹으로 갈아타게 되었다.

드라 짱과 스이가 신이 나서 올라탔다.

"아니, 저기, 곤 옹에 타라니, 어디까지 가려고 그래?!"

『알았으니 그냥 타라.』

"뭘 알았다는 거야!"

『주인~ 빨리~.』

『그래. 너도 빨리 타.』

먼저 올라탄 드라 짱과 스이가 재촉을 했다.

"아니아니, 빨리 타라고 한들 말이지."

『알았으니까 빨리 타라.』

페르가 내 옷깃을 물어 휙 던져 올렸다.

"우와아아악."

뭐야, 이거!

조금 전이랑 똑같잖아~.

『좋아, 다들 탔군. 곤 옹, 부탁한다.』

『음. 이곳에서 갈 거라면 그곳이 좋겠구먼.』

"그곳이 어딘데?! 먼 곳은 안 돼!"

『흠, 멀지는 않다네, 주공.』

"멀지는 않다니, 애초에 곤 옹을 타고 가는 시점에서 먼 거잖아!"

『넌 좀 조용히 있어라.』

페르의 커다란 발바닥이 내 입…… 아니, 얼굴을 뒤덮었다.

"으읍~!!! 우버버버어어."

내 얼굴을 뒤덮은 페르의 앞발을 퍽퍽 때렸다.

『어~이, 페르, 그거 숨 막히다는 뜻 아닐까?』

그런 드라의 목소리가 들려왔다.

맞아!

페르의 발바닥이 코랑 입을 다 막아서 숨 막힌다고!

드라 짱의 말이 맞다는 의미로 나는 계속해서 페르의 앞발을 때렸다.

『음, 그런가.』

그러고서야 페르가 앞발을 치웠다.

"허~억, 허~억. 페르~ 너, 날 죽일 셈이야?!"

『너무 화내지 마라. 살짝 실수한 것뿐이야.』

"실수는 무슨!"

『주인~ 괜찮아~?』

"날 걱정해주는 건 스이뿐이구나~."

그렇게 말하며 스이를 끌어안고 뺨을 비볐다.

『곤 옹, 출발해라.』

『음.』

그렇게 답하며 곤 옹이 날아올랐다.

"잠깐! 아직 얘기 도중이잖아!"

아니, 대체 어디로 가려는 거냐고~!

◇ ◇ ◇ ◇ ◇

곤 옹의 등에 타고 한 시간 정도를 갔을 즈음.

착륙한 곤 옹의 등에서 땅에 내려섰다.

그곳은 메마른 흙과 울퉁불퉁한 바위밖에 없는 황량한 대지였다.

…………

"여기, 어디야?"

마치 내 말에 장단을 맞춰주듯 차가운 바람이 휘잉~ 하고 우리 사이를 스쳐 지나갔다.

왕도에서는 전혀 느낄 수 없었던 쌀쌀한 공기에 몸이 부르르 떨렸다.

"추워."

나는 전에 인터넷 슈퍼에서 샀던 파카를 아이템 박스에서 꺼내 허겁지겁 껴입었다.

『어이, 곤 옹, 이 녀석을 따라 하려는 건 아니지만 여긴 어디지?』

『여기 말이냐? 굳이 말하자면 숨은 사냥터지.』

『숨은 사냥터~? 이런 데에 사냥감이 있다고?』

『그게 또 있단 말이지. 아~주 예전에 드래곤도 아닌데 이름에 드래곤이 들어간 게 짜증나서, 모조리 사냥해 멸종시켜버릴까 싶었지만, 의외로 고기가 맛있어서 말이다…….』

고기의 맛이 생각났는지 곤 옹이 눈웃음을 지었다.

『그래서 멸종시키는 건 멈춰 줬으니, 아직 살아남아 있을 게다.』

의외로 고기가 맛있어서 멸종시키지 않았다니, 너 정말…….

『위력을 조정한 드래곤 브레스로 구운 고기가 또 맛있었지이.』

그렇게 말하는 곤 옹의 입에서 침이 뚝뚝 떨어졌다.

"곤 옹, 침 닦아."

『어이쿠 이런.』

곤 옹의 이야기를 듣고 복잡한 표정을 짓고 있던 페르가 문득 무언가가 생각난 듯 고개를 들었다.

『드래곤이 아닌데 이름에 드래곤이 들어가고 의외로 고기가 맛있다면, 그건가! 드래곤 터틀인가!』

『『드래곤 터틀~?』』

페르의 말에 드라 짱과 스이가 동시에 물었다.

"이름이 드래곤 터틀이면, 혹시 거북이 마물이야?"

『음.』

페르가 그렇게 말하며 고개를 끄덕이자, 곤 옹이 드래곤 터틀에 관해 알려 주었다.

『이름에 드래곤이 들어가기는 하지만, 나나 드라와 같은 드래곤과는 완전히 다른 생물이라네.』

곤 옹의 말에 따르면 『드래곤처럼 날카로운 이빨과 강인한 턱을 지닌, 드래곤 브레스 비슷한 화염을 뿜을 수 있는 평범한 거북이지』라고 한다.

그러고는 『움직임도 굉장히 느린 데다, 당연히 실력도 진짜 드래곤의 발치에도 못 미치네』라는 말도 덧붙였다.

이어서 페르가 『하지만 그 녀석의 피부는 단단하다. 등껍질은 그보다 더 단단해서 다소 성가시지』라고 말하자 곤 옹도 『음』이라면서 고개를 끄덕였다.

페르는 『나도 그 등껍질은 한 번의 공격으로는 깨지 못했으니 말이야』라고 했고, 곤 옹도 『그 껍질 안에 틀어박히면 아주 성가셔지네. 녀석의 등껍질은 단단한 데다 마법내성이 있거든. 마법 이외의 방법으로 쓰러뜨리려면, 우리조차 몇 차례 공격을 거듭해야 할 걸세』라고 했다.

어, 그럼 꽤 강한 거 아냐?

페르와 곤 옹 같은 강자가 몇 번이나 공격을 해야 쓰러뜨릴 수 있다니.

『호오~ 페르와 곤 옹이 인정할 만큼 등껍질이 단단한 거북이라. 쓰러뜨리는 맛이 있겠는걸!』

『스이가 퓻퓻해서 녹여버릴 거야~.』

드래곤 터틀이 페르와 곤 옹도 인정할 정도로 단단한 등껍질을 가졌다는 사실을 알자, 드라 짱과 스이는 갑자기 의욕을 내보이기 시작했다.

『그나저나 마법내성이 있다니~. 마법이 특기인 나랑은 상성이 나쁠 것 같네.』

확실히 마법에 특화된 드라 짱과는 상성이 나쁠 것 같다.

『……그래! 스이, 이번엔 협공해서 드래곤 터틀을 쓰러뜨리자!』

그렇게 나왔나.

확실히 드라 짱과 스이의 강력한 태그 팀이라면 그 드래곤 터틀이라는 것도 문제없이 쓰러뜨릴 수 있을 거다.

『어때, 스이?』

드라 짱이 그렇게 묻자 스이는 통통 뛰기만 했다.

왜 그러지?

『으~음, 저기~ '협공'이 뭐야아~?』

태평하기만 한 스이의 목소리가 들려와서 나는 엉겁결에 앞으로 고꾸라질 뻔했다.

페르도 곤 옹도, 제안을 한 드라 짱도 쓴웃음을 짓고 있다.

그래, '협공'이란 말은 스이한테 어려웠던 거구나.

『'협공'이라는 건 협력해서 공격한다는 뜻이야. 나랑 스이가 힘을 합쳐 드래곤 터틀을 쓰러뜨리자. 어때?』

『으~음, 좋아~!』

『좋았어! 그럼 바로 그 드래곤 터틀을 찾으러 가보자!』

드라 짱이 의욕이 넘치는 투로 그렇게 말했다.

『음. 그거라면 대략적인 위치는 탐지해뒀다. 우선 가까운 곳부터 갈 테니, 너랑 스이는 내 등에 타라.』

"네에네, 알겠습니다."

스이와 함께 페르의 등에 기어 올라갔다.

『드라, 우리는 날아가자꾸나.』

『어엉.』

몇 분쯤 페르의 등에 타고 가서.

도착한 곳에서 내가 본 것은 봉긋하게 솟은 거대한 산이었다.

『이게 드래곤 터틀이다.』

"…………."

멀리서도 보이긴 했다.

나는 바위산인 줄 알았지만.

하지만 자세히 보니 땅거북이처럼 우둘투둘한 등껍질 무늬가 보였다.

그건 상관없지만, 아무튼 간에…….

"뭐 이렇게 커!"

높이도 꽤 되는데, 이거 끝에서 끝까지 30미터…… 아니, 40미터는 되는 거 아냐?

『음. 그럭저럭 크기는 하구먼.』

『우리의 기운을 감지하고 바로 머리와 팔다리를 등껍질 안으로 집어넣은 것 같군.』

아니아니아니, 페르와 곤 옹은 느긋하게 저런 소리나 늘어놓고 있지만, 이 크기에 저 등껍질도 무지막지하게 단단하다면서?

이런 걸, 대체 무슨 수로 잡을 건데?

그런 생각을 하며 나는 단단한 등껍질에 숨은 거대한 드래곤 터틀을 올려다보았다.

◇ ◇ ◇ ◇ ◇

눈앞에 산처럼 거대한 드래곤 터틀이 버티고 서 있다.

'이런 걸 무슨 수로 잡을 건데?'라는 불안한 내 마음과는 달리, 우리 애들은 벌써부터 의욕이 넘쳐났다.

녀석들은 사냥을 하거나 던전에만 가면 바로 호전적인 성격으로 돌변하니까 말이지.

『우리부터 할게! 페르, 곤 옹, 괜찮지?』

『뭐, 상관없지.』

『음. 그러거라.』

『스이, 가자!』

『응!』

드라 짱과 스이가 뛰쳐나갔다.

『가라!』

드라 짱의 장기인 얼음 마법이 날아갔다.

무수히 많은 끄트머리가 뾰족하고 두꺼운 얼음 기둥이 드래곤 터틀을 향해 돌진한다.

하지만…….

쩡, 쩡, 쩡, 쩡, 쩡――.

단단한 등껍질이 얼음 기둥을 모두 막아냈다.

『칫.』

드라 짱이 떨떠름한 표정을 지었다.

『이번엔 스이 차례야~! 에~잇!』

퓻, 퓻, 퓻――.

스이의 산탄(酸彈)이 발사된다.

등껍질을 광범위하게 녹일 작정인지, 발사된 산탄이 큼직했다.

그게 드래곤 터틀의 등껍질에 명중했다.

치이익, 하고 등껍질이 녹는 것처럼 보였지만…….

『어라~?』

녹은 것은 단단하고 두꺼워 보이는 등껍질의 표면뿐이었다.

『젠장, 스이의 공격도 안 먹히나. 페르와 곤 옹의 말대로 무식하게 단단한 등껍질이네.』

드래곤 터틀의 주변을 날아다니며 드라 짱이 그런 소리를 했다.

그나저나 그 드라 짱과 스이의 공격을 막아내다니.

대체 등껍질이 얼마나 단단한 거람.

그 단단한 등껍질에 어지간히도 자신이 있는 것인지, 공격을 받았음에도 불구하고 드래곤 터틀은 미동도 하지 않았다.

단단한 등껍질에 틀어박혀 있으면 무조건 괜찮을 거라 생각하는 것이리라.

『치이~ 왜 안 녹아~?』

스이는 녹지 않는 등껍질을 보고 씩씩 화를 내고 있었다.

그리고…….

『에잇.』

퓻, 퓻, 퓻──.

추가로 커다란 산탄을 쏘고, 산을 뿌려댔다.

그렇게 해도 드래곤 터틀의 등껍질 중 표면밖에 녹일 수 없었다.

그 광경을 보고 있던 드라 짱이 스이의 옆으로 내려왔다.

『스이, 작전 변경이야. 이 등껍질은 우리의 공격으로는 쉽게 돌파할 수 없어.』

『에이~ 스아가 더 강한데~.』

『아~ 그래그래. 너는 강하지. 하지만 말이야, 이런 식으로 우리의 공격이 통하지 않는 녀석도 가끔은 있어. 그건 인정해야 한다고.』

『피이, 스이는 강한데~.』

『그래. 나도 강해. 그리고, 저 녀석도 강하고. 하지만 말이야, 그렇다고 우리가 못 쓰러뜨릴 정도는 아니라고.』

그렇게 말하며 드라 짱이 씨익 웃었다.

『이 녀석의 단단한 등껍질은 우리의 공격을 막아냈을지도 모르지만, 그 이외의 부분은 어떨까? 봐봐.』

드라 짱의 그 말과 동시에 드래곤 터틀의 바로 아래에 있던 지면이 융기되었다.

쿠~웅──.

융기된 단단한 지면이 산처럼 거대한 드래곤 터틀을 쳐올려 뒤집어 버렸다.

드래곤 터틀은 단단한 등껍질을 땅에 처박더니 배를 까뒤집은 상태가 되었다.

그럼에도 드래곤 터틀은 머리와 팔다리를 등껍질 안에서 빼지 않았다.

『좋아. 등껍질은 내 공격을 막았지만 배는 어떨까~. 크크큭.』

드라 짱이 악당 같은 얼굴로 웃으며 그렇게 말하더니 가차 없이 얼음 마법을 날렸다.

날카로운 얼음 기둥이 드래곤 터틀에게 쏟아졌다.

『그오오오오오.』

탁한 비명소리가 들려왔다.

드라 짱이 날린 얼음 기둥 중 절반 정도가 드래곤 터틀의 배에 박혀 있었다.

『치명상까지는 아니지만 공격은 통한 것 같네. 한 번 더 해볼까.』

직후, 드라 짱의 얼음 마법이 지체 없이 날아갔다.

드래곤 터틀의 배에 또다시 얼음 기둥이 박혔다.

『그오오오오오.』

또다시 드래곤 터틀의 비명소리가 들려왔다.

『드라 짱 굉장해~!』

스이가 드라 짱의 용맹한 모습에 흥분해 통통 뛰었다.

『드라도 제법이군.』

『그러게 말이다. 단단한 등껍질을 피해 뒤집어서 배를 공격하다니, 머리를 잘 썼어.』

페르와 곤 옹이 드라의 공격을 보고 그렇게 평가했다.

하지만 말이지…….

가차 없이 약한 부분에 공격을 가하는 드라 짱이 악마로 보이는 건 나뿐인가?

원래는 작고 귀여운 모습의 픽시 드래곤인데.

『오, 나오는 건가?』

드래곤 터틀도 이거 안 되겠다 싶었는지.

머리와 팔다리를 꺼내 몸을 뒤집으려고 필사적으로 발버둥치기 시작했다.

『스이, 지금이야! 물 마법으로 목을 노려!』

『네~에!』

좌악――.

스이가 빔처럼 물을 쏘았다.

『그오오…….』

드래곤 터틀이 순간적으로 비명 같은 소리를 냈지만 금세 침묵했다.

『어라~ 완전히는 안 잘렸네~.』

『쓰러뜨렸으니까 그런 건 신경 안 써도 돼. 아무튼 우리의 승리라고!』

『와아~ 이겼다, 이겼어~!』

드래곤 터틀을 쓰러뜨린 드라와 스이는 천진하게 기뻐했다.

하지만 말이지…….

"이게 흔히 말하는 목이 간당간당하게 붙어있는 상태인 걸까."

무진장 잔인하네…….

『좋아, 다음은 나다. 이미 다음 것도 찾아뒀다.』

페르가 의기양양하게 말했다.

"아니, 이거 한 마리면 충분하지 않아?"

이렇게 산처럼 거대하니 식재료용으로는 한 마리면 충분하잖아.

『넌 여기 뭘 하러 왔다고 생각하는 거냐. 사냥을 하러 온 거다. 그런데 나에게 사냥을 하지 말라는 거냐?』

"아니, 그런 뜻은 아니지만 말이야."

『드래곤 터틀의 고기는 리바이어던의 고기만큼은 아니지만 그럭저럭 맛있다. 많아서 나쁠 건 없지.』

"네에네, 알겠습니다요. 하지만 페르가 사냥하고 나면 끝내는 거야."

『아니아니, 주공. 나도 사냥할 거네.』

"어, 곤 옹도?"

『음. 내가 데려온 사냥터니 말이네. 당연하지 않은가.』

그게, 당연한 건가?

내가 걱정인 건 말이야…….

"그래서, 드래곤 터틀은 아직 있는 거지? 멸종시키는 건 좀 그렇잖아."

드래곤 터틀은 크기가 이렇게나 크니 숫자가 많지는 않을 것 아니야.

어렵사리 '멸종시켜버릴까'라고 생각했던 곤 옹의 손에서 벗어났는데, 지금 멸종하면 꿈자리가 사나울 것 같다고.

『그건 괜찮다. 아직 있으니.』

『음. 새끼의 기운도 느껴지는 것 같군그래.』

"그렇다면 다행이지만. 페르랑 곤 옹 둘 다 한 마리씩만 잡는 거야."

그렇게 말하자 페르와 곤 옹은 마지못해『음』하고 고개를 끄덕였다.

드라 짱과 스이가 쓰러뜨린 드래곤 터틀을 아이템 박스에 넣고, 페르의 사냥감이 있는 곳으로 향했다.

또다시 볼록한 산이 나타났다.

"이번에도 참 크네."

조금 전에 드라 짱과 스이가 상대했던 드래곤 터틀보다는 조금 작기는 해도 크다는 데에는 변함이 없다.

조금 전과 마찬가지로 페르와 곤 옹이라는 강자의 기운을 느낀 것인지, 이미 머리와 팔다리를 등껍질 안에 집어넣고 있었다.

『그럼, 간다.』

콰릉~ 빠직빠직빠직――.

콰릉~ 빠직빠직빠직――.

콰릉~ 빠직빠직빠직――.

번갯불이 튀더니 굉음과 함께 벼락이 떨어졌다.

그것도 세 번 연속으로.

"우왁."

엄청난 빛과 굉음에 귀를 손으로 막고 눈을 꽉 감은 채 그 자리에 웅크려 앉았다.

『어이, 뭐 하는 거냐. 다 끝났다.』

그런 페르의 말에 쭈뼛거리며 눈을 떠보니…….

등껍질이 쩍 갈라진 드래곤 터틀이 있었다.

"그 단단해 보이던 등껍질이 깨졌잖아……."

멍한 투로 내가 그렇게 중얼거리자 페르가 의기양양한 얼굴로 『이 정도쯤 내겐 아무것도 아니지』라고 대꾸했다.

아, 그러셔……?

『체엣. 분하지만 역시 대단한걸, 페르.』

『페르 아저씨 굉장해~!』

『뭐, 이 정도는 당연한 거다.』

페르도 드라 짱과 스이의 칭찬이 아주 싫지는 않은 눈치였다.

『다음은 내 차례로구먼.』

맞아, 곤 옹이 남아있었지.

드라 짱과 스이, 페르가 사냥한 걸로 이미 충분하기는 하지만, 그만둘 생각은 없겠지……?

페르가 사냥한 드래곤 터틀을 아이템 박스에 넣고서 곤 옹의 사냥감이 있는 곳으로 향했다.

『내 사냥감은 저것이로군.』

오늘 세 번째로 볼록한 산과 마주했다.

크기는 페르가 사냥한 것과 비슷하다.

『그러면 어디 사냥을 해볼까.』

그렇게 말하더니 곤 옹이 쑥쑥 커졌다.

그렇게 원래 크기로 돌아간 곤 옹은 드래곤 터틀을 날카로운 발톱으로 콱 잡아 날아올랐다.

고도를 높일수록 곤 옹의 모습이 작아졌다.

"이것 봐, 뭘 하려는 거야?"

곤 옹이 콩알만 하게 보이게 되었을 즈음…….

"어?"

곤 옹이 무언가를 떨어뜨렸다.

"어, 잠깐, 기다……."

쿠~웅――.

"끄악~."

『우오.』

『와와왁.』

몸이 날아갈 듯한 바람이 불어 닥쳐 주변 일대가 보이지 않을 만큼 모래먼지가 자욱하게 일어났다.

페르의 등에 타고 있던 나는 필사적으로 페르에게 달라붙었다.

드라 짱과 스이도 페르에게 달라붙어 있다.

바람이 그치자 페르가 먼지를 헤치며 나아갔다.

멈춰선 페르의 앞에는 커다란 구덩이가 생겨 있었다.

『칫, 야만스러운 사냥이군.』

다시 작아진 곤 옹이 모래먼지 속에서 나타났다.

『페르 네가 할 말은 아닐 텐데. 게다가 딱딱한 이 녀석을 사냥하기에는 이 방법이 최고란 말이다.』

곤 옹의 그 말에 굳어진 얼굴로 구덩이를 들여다보니, 산산이 부서진 등껍질의 파편 속에, 드래곤 터틀이 힘없이 사지를 늘어뜨린 채 파묻혀 있었다.

…………….

"곤 옹~."

『왜 그러시나, 주공.』

"무슨 사냥을 이렇게 해~!!!"

『이야~! 위에서 떨구다니, 드래곤이라야 가능한 사냥이네! 나도 해보고 싶어!』

『곤 할아버지, 굉장해~!』

『하하, 암 그렇고말고.』

"다이내믹한 사냥이네~ 굉장해~…… 라고 할 줄 알았어?! 기뻐하지 말라고~!"

『흥, 그래. 내가 더 대단하다.』

"그런 뜻이 아니고, 이건 너무, 너무……."

드래곤 터틀이 불쌍하잖아~!

"앞으로 여기에는 절대로 안 올 줄 알아!"

『뭐라고? 어째서냐?』

『맞네. 그러면 이곳에 있는 드래곤 터틀은 더 이상 잡지 못하지 않나, 주공.』

『맞아. 제법 사냥하는 맛이 있는 녀석인 데다 나와 스이의 콤비네이션도 괜찮았는데.』

『스이, 다음에는 혼자서 쓰러뜨려보고 싶어~.』

"시끄러워! 드래곤 터틀은 두 번 다시 사냥 안 해!"

『왜 그런 소릴 하는 거냐?』

『맞네. 드래곤 터틀은 맛있는데 말이야.』

나 참~ 세 마리나 잡았으니 충분하잖아!

날카로운 얼음 기둥으로 꿰뚫고, 목을 싹뚝하고, 번개를 3연속으로 떨구고, 마지막에는 수천 미터 상공에서 떨어뜨렸잖아!

아 정말, 진짜…….

“어쨌든, 드래곤 터틀은 이제 사냥 안 해!”

드래곤 터틀아, 미안해~~~.

곤 옹에게 멸종당할 위기에 처했던 것도 모자라 이번 일까지.

더는 이 녀석들이 못 오게 할게!

평온하게 지내렴.

◇ ◇ ◇ ◇ ◇

“하아~ 피곤하다.”

나는 그렇게 투덜대며 집 안으로 들어갔다.

『피곤하다니, 너는 아무것도 안 했을 텐데.』

“그렇긴 하지만 피곤하다고!”

페르 넌 모르겠지만 너희의 터무니없는 사냥을 보면 정신적으로 피곤하거든?!

『거긴 또 가보고 싶네!』

『응! 다음에는 스이 혼자서 쓰러뜨릴 거야~.』

『나도!』

"아니, 드라 짱, 스이, 거기에는 이제 안 갈 거라니까."

『에이~.』

『주공, 멸종될 게 걱정돼서라면 괜찮네. 그 후로 그럭저럭 숫자를 늘린 모양이니 말이야.』

『음. 곤 옹의 말이 맞다. 그럭저럭 많은 기운이 느껴졌다.』

"그런 게 아니라. 아니, 그런 이유도 있지만 가장 큰 이유는, 너희의 사냥이 너무 일방적이라 보고 있기 괴롭기 때문이야. 불쌍해 보일 정도라고."

『일방적일 수밖에, 우리는 강하니까. 그치, 스이?』

『스이, 강해~!』

드라 짱이 의기양양한 표정으로 말하자 스이도 덩달아 자신은 강하다고 주장했다.

『음. 우리는 강하니, 그 부분은 어쩔 수 없지.』

페르도 고개를 끄덕이며 동조했다.

『강자의 숙명이라는 것이지. 애초에 나나 페르와 대등하게 싸울 수 있는 존재는 거의 없으니 말이야.』

드라 짱과 스이도 무진장 강해졌고, 페르와 곤 옹은 말할 것도 없다.

좌우간 펜리르와 에인션트 드래곤이니까.

그건 너무도 잘 알고 있지.

『허나 주공, 우리의 사냥이 일방적인 것은 늘 있던 일 아닌가?』

"그건 그렇지만 말이야. 그게, 이번의 드래곤 터틀은 말이야, 너희가 강하다는 걸 알고 방어만 했잖아."

우리가 발견했을 때에는 이미 머리와 손발을 등껍질 안으로 집어넣고 방어 태세를 취하고 있었으니까.

"그런데 다들 보란 듯이 너덜너덜하게 만들었잖아. 보고 있자니 불쌍할 정도였어."

『그야 사냥이니 당연하지. 게다가 이 세상은 약육강식이라고는 말했잖아. 너는 이상한 부분에서 감상적인 데다 생각이 너무 많아서 그래.』

드라 짱이 파닥파닥 날아와 주먹으로 내 뺨을 찌른 채 빙글빙글 돌리며 설교했다.

『음. 드라의 말이 맞다.』

『나도 그렇게 생각하네.』

페르와 곤 옹까지.

그나저나…….

"뺨에 대고 주먹 빙글빙글 돌리지 마!"

드라 짱이 작기는 해도 힘은 세잖아.

『흐하하하하. 미안미안.』

뺨을 문지르며 거실로 들어가자…….

길드 마스터가 거실 의자에 떡 하니 앉아서 팔짱을 낀 채 무서운 표정을 짓고 있었다.

히엑.

뭐, 뭔가 엄청나게 기분이 상하신 모양인데.

"으음, 다, 다녀왔습니다……."

"꽤나 즐거운 시간을 보내고 온 모양이군."

무지막지하게 무거운 목소리였다.

"아니, 저기, 그게, 아주 잠깐 사냥을……."

일단 메모도 남기고 나갔던 건데…….

"메모가 있었으니 그거야 알지~. 그런데 자네, 오늘은 집에 있을 거라 하지 않았나?"

"아니, 그러기는 했는데, 이 녀석들이……."

나는 안 된다고 했고, 가기 싫었는데 말이죠.

말을 꺼낸 페르 일행을 보려고 고개를 돌려보니…….

어라?

없잖아.

뒤에 있는 줄 알았는데 어디 갔지?

그렇게 생각하며 방 안을 둘러보자 어느샌가 대피한 페르, 곤옹, 드라 짱, 스이가 방구석에서 쉬고 있었다.

이것들이~.

"이봐, 사역마들 탓으로 하려는 건가? 그걸 말리는 게 자네 역할일 텐데."

크윽, 정론이다.

정론이기는 하지만, 상대는 펜리르와 에인션트 드래곤이라고.

무슨 수로 말리냐고요~.

그렇게 말하고 싶지만 그러면 그러는 대로 잔소리가 늘 것 같아서 가만히 있었다.

"나 원, 잠깐만 눈을 떼면 이렇게 된다니까~."

문제아를 보는 듯한 눈으로 저를 쳐다보지 마시라고요.

문제아는 제가 아니라 저 녀석들이니까요.

"애초에 말이네, 자네들이 가져온 리바이어던을 해체한다는 대작업이 코앞으로 다가오지 않았나. 그 짧은 준비 기간조차 얌전히 기다릴 수 없는 건가?"

지당하신 말씀입니다.

저도 가능하면 얌전히 있고 싶었는데 말이죠…….

"잘 듣게, 어찌 되었건 자네도 최고위인 S랭크 모험가네. 좀 더 그에 대한 자각을…………."

그 후, 길드 마스터의 설교는 한 시간 동안이나 계속되었다.

"알겠나? 부탁이니 얌전히 좀 있게."

"네……."

나는 힘없이 대답했다.

페르 일행의 사냥에 어울려주느라 지쳐 있던 참에 길드 마스터의 설교까지 들었더니 기운이 하나도 없네.

"아무튼 확인차 묻겠는데, 뭘 사냥해 왔나?"

"그게, 드래곤 터틀입니다."

길드 마스터의 질문에 그렇게 답하자, 길드 마스터가 떨떠름한 얼굴로 미간을 주무르기 시작했다.

"한 번 더 말해주겠나."

"드래곤 터틀, 입니다."

"하아~ 자네 정말……."

왜 저렇게 땅이 꺼져라 한숨을 내쉬지?

"그럴 리는 없겠지만, 그걸 왕도 모험가 길드로 가져갈 생각은 아니겠지?"

"어, 안 되나요?"

페르 일행이 '제일 기대되는 건 리바이어던이지만 드래곤 터틀도 먹고 싶다'고 해서 곧장 해체를 부탁드리려고 했는데.

거북이 고기라는 점이 마음에 걸리지만, 고기가 늘어난다는 건 나로서도 환영할 일이기도 하니까.

"안 되냐고? 몰라서 묻나! 물어보고 말고 할 것도 없이 안 되지! 지금은 리바이어던 해체 건으로 정신없이 바쁠 때인데, 그런 곳에 드래곤 터틀까지 가져가겠다고?! 왕도 모험가 길드의 직원들이 과로사하는 꼴을 보고 싶나!"

길드 마스터의 서슬에 나는 쩔쩔 매며 답했다.

"으음, 그게, 드래곤 터틀은……."

"S랭크 마물이네. 사냥 보고가 들어온 것도 15년 만이지."

역시 S랭크인가.

크기도 크기였던 데다 페르와 곤 옹의 말을 듣고 그렇지 않을까 싶기는 했지만.

"15년만, 이라고요?"

"그래. 15년 전에 우리 파티가 사냥한 이후 처음이지."

"어, 길드 마스터가요?"

"그렇다네. 난 그 공적으로 길드 마스터가 된 거야. 게다가 큰돈이 들어와서 우리 파티 멤버가 모두 모험가에서 은퇴할 수 있었지."

특히 단단한 등껍질은 귀중해서 검을 만들어도 좋고, 창을 만들어도 좋고, 방패를 만들어도, 갑옷을 만들어도 좋은 소재로 비싼 값에 거래된다는 모양이다.

엄청난 강도의 등껍질이었으니까.

확실히 뭘 만들어도 좋을 듯한 소재이기는 했다.

하지만…….

"저기, 우리가 잡아온 드래곤 터틀의 등껍질은, 전부 흠집투성이인데요. 그래도 안 될까요?"

등껍질이 비싸다면, 흠집투성이가 된 만큼 매매 금액도 저렴해질 거다.

"아니아니아니아니, 뭘 어쨌기에 그 등껍질이 흠집투성이가 된 건데……."

길드 마스터는 "우리처럼 정공법으로 쓰러뜨리면 등껍질에는 흠집도 안 날 텐데"라고 말했다.

정공법은 팔다리를 집어넣은 구멍 근처에 마법(특히 불 마법이 유효하다는 모양)을 써서 괴롭히다가 참지 못하고 머리나 팔다리를 내밀면 쿡쿡 찌르듯 공격하는 것이란다.

그걸 반복해서 드래곤 터틀을 서서히 약하게 만드는 것이라고 한다.

길드 마스터 일행은 이틀에 걸쳐 약하게 만들어 쓰러뜨렸다는 모양이다.

과연.

그 단단한 등껍질을 지닌 드래곤 터틀을 상대할 때, 보통은 그런 방법을 쓰는구나.

하지만 말이지…….

“사냥한 건 제 사역마들이니까요.”

그런 나의 말에 길드 마스터는 고개를 푹 숙였다.

그러고는 “자네들에게 정공법을 논해봐야 소용 없나……”라고 중얼거렸다.

하지만 그게 현실이니 어쩔 수 없잖아요.

우리 애들은 모든 면에서 비상식적이니까.

“하아, 카레리나로 돌아가면 우리 길드에서 매입해줄 테니, 당분간 얌전히 있게.”

“알겠습니다. 아, 세 마리 있는데 괜찮을까요?”

“잠, 잠깐만. 세, 세 마리라고?!”

“네. 등껍질이 쩍 갈라진 거랑, 산산조각난 게 있는데요.”

“등껍질이 갈라져…… 산산조각………….”

길드 마스터는 그렇게 말하며 머리를 싸쥐었다.

“아~ 진짜! 카레리나로 돌아가서! 실물을 보고서 상의하도록 하지!”

“아, 알겠습니다.”

“어쨌든! 자네들은 왕도에 있는 동안 얌전히 있도록 하게! 정말 부탁 좀 하자고!”

내 어깨에 손을 얹은 채 그런 소리를 하는 길드 마스터를 향해 나는 몇 번이나 고개를 끄덕였다.

그 후로는 길드 마스터의 분부대로 얌전히(?) 지냈다.

많은 물건이 모여드는 왕도에 왔으니 쇼핑을 안 할 수는 없다는 생각에 우리는 나날이 쇼핑을 하러 나섰다.

페르 일행은 불만이 가득했지만, 나는 무진장 즐거웠다.

특히 차와 관련된 물건은 카레리나에서 못 봤던 것들도 많아서 과연 왕도라는 생각이 절로 들었다.

당연히 몇 개 구입해서 맛을 비교해 가며 즐기기도 했다.

그 후, 잠깐 맛이나 보려고 들어갔던 가게에서 처음으로 양봉에 성공한 오파트루니 지방산 벌꿀이란 게 강력 추천 상품이라면서 점원이 엄청나게 추천하기에 벌꿀이라면 요리에도 쓸 수 있으니 괜찮겠다 싶어서 충동구매했다.

충동구매치고는 좀 비쌌지만.

집에 돌아와서 간식으로 구운 핫케이크에 그 벌꿀을 끼얹어 다 같이 먹었는데, 맛도 향도 끝내줘서 엄청 맛있었다.

나 자신도 엄청 마음에 들었지만 녀석들도 마음에 든 모양이다.

특히 단것을 무척 좋아하는 스이가 마음에 들어 해서 한 병이는 깜짝할 새 없어졌다.

이거 더 쟁여둬야겠다 싶어서 다음날 추가로 사러 갔다.

지출이 상당했지만 말이야.

하지만 근사한 맛의 벌꿀을 구했으니 후회는 없다.

그리고 카레리나에 있는 집에서 기다리는 사람들을 위한 선물 같은 것도 샀다.

그런 식으로 쇼핑 삼매경에 빠져 나날을 보내다 보니…….

『드디어 내일이군.』

『음. 드디어 시작이구먼.』

『드디어~ 리바이어던을 먹을 수 있는 건가?!』

『리바이어던~.』

약속했던 10일 후가 내일로 다가왔다.

"모험가 길드에서도 연락이 왔어. 결계와 경비를 잘 부탁한다더라."

『음. 당연하지.』

『우리만 믿게.』

드디어 내일, 리바이어던을 해체한다.

한 가지 걱정이 있다면…….

"그 사람도 이미 왕도에 들어와 있겠지……."

나는 먼눈을 한 채 민폐덩어리인 드래곤에 미친 엘프를 떠올렸다.

제 5 장 오호오오오오옷

드디어 리바이어던 해체가 시작된다.

왕도 모험가 길드에서 지정한 장소는 예상한 대로 왕도 앞에 자리한 초원이었다.

길드 마스터가 말한 대로네.

그리고 그 지정된 초원에 와 보니…….

"사람이 엄청 많네……."

엄청난 숫자의 모험가 길드 관계자들이 분주하게 움직이고 있었다.

게다가 뭔가 호화스러운 의자 같은 게 놓인 관람석까지 설치되어 있다.

뭐야, 이거…….

예상했던 것보다 훨씬 규모가 큰 현장의 모습에 놀라 넋이 나가버렸다.

우리는 해체를 해주었으면 하는 것뿐이었는데, 일이 터무니없이 커진 것 같다.

내가 그 모습을 보고 당황하고 있자…….

"여어, 왔나."

별도로 행동해 아침 일찍부터 이쪽에 와 있었던 길드 마스터가 우리를 발견하고 말을 걸어왔다.

"길드 마스터……."

"자네, 왜 그렇게 한심한 표정을 짓고 있나?"

"뭔가요, 저거……."

내가 당황한 얼굴로 호화스러운 관람석을 가리키며 말하자 "아아, 저거?"라면서 길드 마스터는 별것 아니라는 투로 답했다.

"폐하와 왕비님이 관람하시겠다더군."

"에에에에엑~~~?!"

"에엑~은 무슨. 리바이어던 같은 거물은 평생에 한 번이라도 보면 운이 좋다 할 수 있는 물건이라고. 그걸 해체하려는 거니 당연히 주목할 수밖에."

"그렇다고 임금님과 왕비님까지 보러 오실 필요는……."

"무슨 소린가. 자네가 처치했기 때문이기도 하다고. 펜리르에 에인션트 드래곤, 그들을 거느린 모험가. 폐하도 무시는 못 하겠지. 아니 뭐, 호화스러운 헌상품을 왕실에 기부한 덕에 자네에 대한 폐하와 왕비님의 평가가 좋기도 하고 말이야."

크윽~ 헌상품의 양을 줄이고 질도 낮출 걸 그랬어~.

"그리고 말이네, 관람 희망 의사를 내비친 귀족분들도 많았거든. 그렇다면 아예~ 하고 손을 썼더니 저렇게 된 걸세."

아아, 그래서 저기만 쓸데없이 호화스러운 느낌이 나는 건가?

근데 귀족님들도 잔뜩 온다고……?

하아~ 한숨을 내쉬고 있자 길드 마스터가 어깨를 탁탁 두드리며 "리바이어던 같은 걸 가져온 탓이네. 포기하게"라고 말했다.

아니, 확실히 그렇기는 하지만…….

따지고 보면 먹고 싶다고 강력하게 주장해댄 녀석들 잘못이란 말이지.

그렇게 생각하며 페르, 곤 옹, 드라 짱, 스이를 뚱한 눈으로 노려보았지만 『뭐냐?』라는 대꾸만이 돌아올 뿐, 전혀 통하지 않았다.

그러다 보니…….

"무코다 씨이이이이!"

맹렬하게 손을 흔들며 이쪽으로 미친 듯이 달려오는 이가 있었다.

"올 게 왔구나……. 엘랑드 씨."

보고 싶지 않았던 모습을 확인한 나는 얼굴이 뻣뻣하게 굳어졌다.

◇ ◇ ◇ ◇ ◇

"무코다 씨, 만나고 싶었습니다~. 저도 방금 막 왕도에 도착했거든요! 그런데 곧장 무코다 씨 일행을 만나게 되다니, 역시 운명이네요!"

엘랑드 씨가 생글생글 웃는 얼굴로 그렇게 말했다.

"아니아니, 이상한 소리는 하지 말아주실래요? 엘랑드 씨가 만나고 싶었던 건 곤 옹과 드라 짱이잖아요."

『결국 왔구나, 변태!』

드라 짱이 신랄한 말을 쏟아냈다.

당연히 염화라 엘랑드 씨에게는 들리지 않았지만.

들렸다면 엉엉 울었을지도 몰라.

『하아~ 시끄러운 녀석이 와버렸나…….』

목소리를 내었다가 말을 걸까 무서웠는지 곤 옹도 염화로 말했다.

드래곤 콤비의 염화가 들리지 않는 엘랑드 씨는 좌우간 최고로 신이 나서 이 자리에서 춤이라도 출 기세였다.

"티가 났나요? 후후후, 한동안은 못 만날 줄 알고 절망했었지만, 생각지 못한 기회가 찾아왔네요! 심지어 그 기회가 리바이어던이라니! 무코다 씨, 제 말을 기억하고 계셨던 거군요~."

엘랑드 씨는 만면에 미소를 띤 채 내 손을 잡고 붕붕 흔들었다.

곤 옹과 드라 짱의 본심이 들리지 않아 다행이네.

당신을 무진장 싫어하고 있거든요.

"아니, 엘랑드 씨를 위해서라거나 그런 뜻은 전혀 없었는데요. 그보다 손 좀 놔주실래요."

굳어진 얼굴로 그렇게 말해도 엘랑드 씨는 전혀 개의치 않았다.

"에이~. 제 말을 기억하고 계셨던 것 맞잖습니까! 리바이어던이잖아요!"

"나 참, 그런 거, 아니라니까요."

거듭 말하지만 당신을 위해서 부른 게 아니라니까.

어쩌다가 들어간 던전에 우연히 리바이어던이 있어서, 곤 옹이 처치한 것뿐이라고.

"네에, 네에. 알고말고요."

내가 대놓고 부정을 해도 엘랑드 씨는 생글생글 웃으며 그렇게 말했다.

이거 틀렸네.

얼마나 사고방식이 긍정적인 건데.

그런 엘랑드 씨의 모습에 내가 어이없어 하고 있자…….

"거기이이이이이, 어딜 네 맘대로 뛰어다니는 거냐아아아아아아!!!"

웬 할머니가 악귀 같은 얼굴로 호통을 치며 이쪽으로 다가왔다.

"켁."

생글생글 웃는 얼굴로 한껏 신이 나 있던 엘랑드 씨의 얼굴이 구겨졌다.

"허억, 허억, 허억……. 이, 이 머저리가! 느닷없이 왜 달려 나간 게야!"

숨을 헐떡이며 그렇게 말한 것은, 옛날에는 상당히 미인이었을 듯한 엘프 할머니였다.

"여기서 내 감시의 눈을 벗어나려 하다니, 배짱도 좋구나."

"아, 아뇨, 그럴 생각은 전혀 없었습니다."

"흥, 글쎄다. 나를 파견한 본부 녀석들도 여기 모조리 모여 있으니, 이 일은 그대로 보고하도록 하마. 분명 내가 너를 감시하는 기간이 연장되겠지."

"그, 그럴 수가아아아."

절망해서 무릎을 꿇은 엘랑드 씨를 차가운 눈빛으로 노려보며 엘프 할머니는 "흥, 자업자득이다"라고 대꾸했다.

이분은 혹시 우고르 씨가 말했던 엘랑드 씨의 감시역인 모이라 님?

"그쪽이 무코다지?"

"아, 네."

"이 바보가 민폐가 많지? 나는 이 녀석의 감시역을 맡은 모이라라고 한단다. 이 녀석이 무슨 일을 저지르면 언제든 내게 말해 주렴."

"네. 부탁 좀 드리겠습니다."

믿음직한 아군이네.

무슨 일이 생기면 가차 없이 의지해야지.

"잠깐, 무코다 씨?!"

"조용."

그렇게 말하며 모이라 님은 엘랑드 씨의 머리를 철썩 때렸다.

모이라 님, 강해.

"때리다니 너무하잖아요~ 모이라 님~."

"흥, 그 나이에 맞을 짓을 하는 네 잘못이지! 애초에 넌 뭣 때문에 여기 왔다고 생각하는 게냐."

"그야 당연히 리바이어던을 해체하고 곤 옹님과 드라 짱을 만나러 왔죠!"

아이고~…….

당연하다는 듯한 얼굴로 저런 소릴 한다고?

"이 멍청이! 리바이어던 해체만 하러 온 거야!"

모이라 님이 엘랑드 씨의 머리를 또다시 철썩 때리며 말했다.

"아얏! 철썩철썩 때리지 좀 마시라고요!"

"바보 같은 짓을 하는 네 잘못이지! 그보다 어서 가자!"

"어딜요?"

"너는 그렇게나 모험가 길드에 민폐를 끼쳐놓고 본부 녀석들에게 인사도 안 할 셈이냐?"

"어, 아니, 그건, 그게."

"꿍얼대지 말고 어서 가자니까!"

그렇게 말하며 모이라 님은 엘랑드 씨의 기다란 귀를 잡아당겨 연행해 갔다.

"아, 아파요! 모이라 님, 그만!"

다녀오세요~.

나는 어디 팔려가는 듯한 엘랑드 씨에게 손을 흔들어주었다.

『저 녀석은 할머니 엘프에게 맡겨두면 될 것 같네.』

『음. 안심했네.』

엘랑드 씨와 모이라 님의 대화를 시종일관 듣고 있던 곤 옹과 드라 짱도 안심한 눈치다.

『아무래도 상관없지만, 리바이어던 해체는 언제 시작하는 거냐?』

지금까지 나 몰라라 하고 조용히 있던 페르가 얼굴을 찌푸리며 그렇게 물었다.

"글쎄, 아직 들은 얘기가 없어서."

해체 전에는 리바이어던을 꺼내야 할 텐데, 아직 이렇다 할 말을 못 들었네.

『빨리 리바이어던 고기 먹고 싶다아~.』

스이도 매우 기대가 되는 모양이다.

"잠깐 왕도 모험가 길드 사람한테 물어보고 올까."

지시를 내리고 있는 조금 지위가 높아 보이는 사람에게 물어보면 빨리 알 수 있겠지?

그런 생각에 그럴싸한 사람을 눈으로 찾다 보니…….

"무코다 씨, 오랜만이야!"
"리타?!"
나를 부르는 소리에 뒤를 돌아보니 미소를 띤 '아이언 윌(철의 의지)'의 리타가 있었다.
그리고 그 뒤에는 드랭 던전 이후로 처음 보는 그리운 얼굴들이 있었다.
"여러분, 오랜만입니다!"
베르너 씨에 라몬 씨, 빈센트에 리타에 프랑카.
반가운 얼굴들을 보니 자연스럽게 미소가 지어졌다.
"아, 혹시 모험가 길드의 소집을 받았나요?"
고랭크 모험가를 소집할 거라고 했었으니까.
"그래. 우리는 왕도에 체류 중이었으니까. 제일 먼저 제안을 받았지."
베르너 씨가 고개를 끄덕이며 그렇게 말했다.
"무코다 씨의 이름이 나왔는데, 우리가 협력하지 않을 수는 없지요."
라몬 씨가 미소를 띤 채 말을 이었다.
고맙기도 하지.
"그나저나 무코다 씨. 또 엄청난 걸 사역마로……."
베르너 씨가 내 뒤를 보며 그렇게 말했다.
그리고 그 말에 라몬 씨, 빈센트와 리타, 프랑카도 고개를 끄덕였다.
곤 옹을 보고 한 말이겠지.

"이야~ 그게, 어쩌다 보니 그렇게 됐달까요."

"우연으로 에인션트 드래곤을 사역마로 만들 수 있는 무코다 씨가 굉장한 거라고요! 진짜 터무니없습다!"

이번에는 빈센트의 그 말에 베르너 씨를 포함한 아이언 윌의 면면들이 고개를 끄덕였다.

"뭐, 이유는 페르 때와 같지만요……."

나는 쓴웃음을 띤 채 그렇게 설명했다.

식충이가 늘어난 것뿐이에요.

"그렇다면 무코다 씨의 밥에 낚여서?"

『음. 주공이 만든 밥은 무엇과도 바꿀 수 없을 만큼 값지니 말이다.』

"우억, 말했어?!"

리타의 말에 곤 옹이 답했다.

"아, 우리 일행이 된 곤 옹입니다."

그렇게 소개하자 아이언 윌의 면면들이 아래를 본 채 어깨를 들썩거렸다.

왜들 저런담.

"하아, 죽는 줄 알았네. 근데 페르 님은 에인션트 드래곤과 싸웠다고 하지 않으셨습까? 혹시 곤 옹님이 아닌 다른 에인션트 드래곤임까?"

빈센트가 이전에 페르가 했던 말을 기억하는지 그런 소릴 꺼냈다.

『아니, 싸웠던 건 이 녀석이다. 하지만 뭐, 지금은 일시휴전 중이다. 지금은 동료니까.』

『음. 그렇게 된 게다.』

페르와 곤 옹이 그렇게 말하자 빈센트 씨는 흥분해서 "후오~" 하고 이상한 소리를 냈다.

"펜리르와 에인션트 드래곤의 콤비라면 최강 아님까! 무적임다, 무적!!"

『이것 봐, 우리도 있다고!』

『피이~ 스이도 있는데~!』

자신들도 있다며 드라 짱과 스이가 빈센트의 앞으로 나섰다.

"우억. 맞아, 무코다 씨한테는 작은 드래곤하고 슬라임 사역마도 있었죠."

"페르와 곤 옹에게는 못 미치지만, 드라 짱과 스이도 충분히 강해요."

S랭크 마물을 처치할 정도로는.

"다들 무코다 씨의 밥에 낚인 거죠?"

리타가 그렇게 묻기에 "뭐어"라고만 답했다.

"그럼 매일 무코다 씨가 만든 밥을 먹는 건가? 부럽다아~."

그런 소리를 하는 리타를, 라몬 씨가 어이없다는 투로 "멍청아" 하고 혼냈다.

"우리는 입에 풀칠이나 하는 저랭크 모험가가 아니잖아."

"라몬의 말이 맞다. 매일 꼬박꼬박 먹고 있잖아."

라몬에 이어 베르너 씨도 리타를 꾸짖었다.

"그거랑 이거랑은 다르지! 무코다 씨가 만든 밥은 무진장 맛있잖아."

리타의 이 말에는 빈센트가 힘껏 고개를 끄덕여 동의했다.

"그나저나 무코다 씨가 왕도에 있다면 모험가 길드에서 만날 수 있지 않을까~ 했는데, 무코다 씨는 모험가 길드에 얼씬도 안 하시더라고요."

빈센트가 입을 삐죽거리며 말했다.

"미안, 미안."

어떤 사정 때문에 모험가 길드에는 얼씬도 안 했거든.

짜증 나는 그 사람이 있어서 치근대지 않을까 싶어서 말이야.

뭐, 그 사람하고는 좀 전에 만났지만.

"당신은 무코다 씨가 만든 맛있는 요리를 먹고 싶은 것뿐이잖아요."

살짝 어이가 없다는 얼굴로 프랑카가 빈센트에게 태클을 걸었다.

"시끄러워. 나만 기대한 거 아니거든? 리타는 '무코다 씨의 밥을 먹을 수 있을지도~'라면서 군침까지 흘렸다니까?"

"뻥치지 마! 내가 언제 군침을 흘렸다고 그래!"

"흥, 흘렸으면서~."

"안 흘렸어!"

빈센트와 리타가 시끄럽게 말다툼을 벌였다.

그걸 보고 있던 프랑카는 어이없다는 얼굴로 "당신들도 참……"이라고 중얼거렸다.

"둘 다 그만둬."

라몬 씨가 만류하고 나서야 빈센트와 리타는 말싸움을 그쳤다.

그럼에도 새끼 고양이가 하악~ 하악~ 하고 위협하듯이 눈싸

움을 벌이고 있었지만.

뭐, 싸울 만큼 사이가 좋다는 뜻이려나.

"소란스러워서 미안하군."

베르너 씨가 면목 없다는 듯이 그렇게 말했다.

"아뇨아뇨. 오히려 여러분이 변함없는 것 같아서 반가운 걸요."

"하핫, 그건 그렇지. 빈센트는 여전히 경박하고 리타는 여전히 시끄러우니까."

""리더?!""

"어이쿠, 이럴 때만 귀가 좋은 것도 말이야."

그 말에 빈센트와 리타를 제외한 면면들이 웃었다.

그리고 역시 파티 동료가 있다는 건 좋은 일이구나, 싶어서 나는 조금 부러워졌다.

"맞아. 좀 전에 무코다 씨는 변함없어 보인다고 했지만, 우리도 바뀐 점이 있어."

"그런가요?"

다들 딱히 바뀐 게 없는 것 같아서 의아해하고 있자…….

"그래. 파티 랭크가 B로 올랐다."

"정말인가요?! 축하드립니다!"

"고맙군."

"그 덕에 우리도 이번 의뢰를 제안 받게 된 거니까요."

라몬 씨의 말에 납득이 되었다.

B랭크 모험가 파티쯤 되면 고랭크 모험가의 영역에 속한다고 할 수 있다고 하니까.

"이거 축하를 해야겠네요."

리바이어던의 해체가 끝나고 일이 일단락되면 이 사람들을 불러서 왕도의 맛있는 레스토랑에라도 갈까 생각했다.

"저요저요저요! 그럼 무코다 씨가 만든 맛있는 밥이 먹고 싶습다!"

"나도!"

빈센트와 리타가 가장 먼저 그렇게 말했다.

"어, 여긴 왕도니 나 같은 것보다 맛있는 요리를 내놓는 가게는 많을 텐데?"

이곳은 다름이 아니라 왕도다.

레스토랑도 다른 도시와는 비교도 안 될 만큼 많고, 고급점으로 분류되는 가게도 수없이 많다.

내가 적당히 만드는 요리보다 고급점에 가는 편이 평소와 다른, 맛있는 요리를 맛볼 수 있어 좋을 거라 생각했는데.

아닌 게 아니라 나도 가보고 싶고.

"그럴 리가 없잖아요! 고급점에서도 먹어본 적 있지만, 고급스러운 고기에 향신료만 잔뜩 썼지 맛있다는 생각은 안 들었습다. 무코다 씨가 만든 밥이 훨씬 맛있다니까요!"

빈센트 씨의 말에 리타도 응응, 하고 몇 번이나 고개를 끄덕이더니 "무코다 씨가 만든 밥은 무진장 맛있었어!"라고 말했다.

그리고 빈센트와 리타는 기대로 가득한 눈으로 나를 쳐다보았다.

그런 눈으로 쳐다본들 말이지.

"그럼 내가 만든 요리라도 괜찮다면."

"좋았어!"
"아싸~!"
빈센트와 리타가 만세를 부르며 기뻐했다.
"무코다 씨, 우리 애들이 귀찮게 굴어 미안하군."
"아뇨아뇨. 제가 만든 요리가 맛있다고 하니 저도 기분이 나쁘진 않네요."
그런 식으로 오랜만에 재회하여 이야기꽃을 피우고 있자, 모여 있던 모험가 및 모험가 길드 직원들에게 소집 명령이 떨어졌다.

◇ ◇ ◇ ◇ ◇

관계자들이 점점 모여들었다.
나는 높으신 분들께서 따로 부른다고 해서 아이언 윌의 면면들과는 일단 헤어졌다.
"그러면 리바이어던을 꺼내주겠는가?"
왕도 모험가 길드의 길드 마스터, 브람 씨의 말을 듣고 망설였다.
내 아이템 박스에 관해 아는 사람들은 알지만, 아무리 그래도 이렇게 많은 사람들 앞에서 보이는 건 좀…….
『뭐 하는 거냐, 빨리 꺼내라.』
『그러게, 주군.』
『네가 안 꺼내면 시작할 수가 없잖아.』
『주인~ 왜 그래?』
페르, 곤 옹, 드라 짱, 스이가 염화로 재촉을 했다.

『아니 그게, 여기서 꺼내면 내 아이템 박스에 관한 걸 많은 사람들이 알게 될 것 같아서.』

내 걱정거리를 염화로 전했다.

아무리 그래도 여기서 리바이어던을 꺼내면 아이템의 용량이 대체 얼마나 되는 거냐는 이야기가 반드시 나올 거다.

『새삼스럽지도 않군.』

『그럴지도 모르지만, 지금까지는 '살짝 용량이 큰 아이템 박스 소유자'라고 둘러댈 수 있었는데, 그 리바이어던을 꺼내면 용사 관련자라는 게 들통 날 것 아냐.』

『딱히 상관은 없을 것 같네만. 애초에 나와 페르가 주공에게 붙어 있지 않은가. 손을 대려는 목숨 아까운 줄 모르는 놈들이 그리 흔치는 않을 걸세.』

『듣고 보니 그럴지도 모르기는 하지만…….』

『칫, 답답하게 굴지 말고 얼른 꺼내기나 해라.』

참을성이 바닥난 페르가 나를 더욱 재촉했다.

심지어 높으신 분들도 우리의 염화가 들리지 않기는 마찬가지라 "왜 그러는가?"라느니 "빨리 하라는대도"라는 소릴 해댔다.

『아~ 진짜, 알았어!』

나는 흐름에 몸을 맡기기로 하고 리바이어던을 꺼냈다.

리바이어던이 두둥, 하고 모습을 드러냈다.

이미 머리를 보고 엄청난 크기라는 것은 알고 있었던 높으신 분들도 처음으로 전체상을 보고 입을 쩍 벌리고 있었다.

"설마 이토록 거대했을 줄이야……."

"상상했던 것보다 훨씬 크구먼."
"음."
"이곳도 아슬아슬 했어."
"그래도 자리가 모자라지 않아 다행이야……."
전체를 봤으니 놀랄 만도 하지.
심정은 이해합니다.
약간 떨어진 곳에서 미팅을 하고 있던 모험가들도 망연자실하고 있었다.
그런 가운데, 평범한 감성과는 동떨어진 방식으로 놀라는 자가 있었다.
"오호오오오오오."
뭐라 형용하기 어려운 기이한 소리를 내며 리바이어던에 들러붙는 이가 보였다.
"리바이어던, 진짜 리바이어던이에요오오오오!"
확인 안 해도 누군지 알겠네…….
저런 미친 짓을 할 녀석은 한 명밖에 없으니까.
엘랑드 씨, 뭐 하는 건데요~?!
"기분 나쁜 소리는 왜 내고 그래!"
리바이어던에 들러붙어 뺨을 비비고 있는 엘랑드 씨에게 모이라 씨가 호통을 치는 소리가 우리가 있는 곳까지 들려왔다.
모이라 님도 고생이 많으시네…….
높으신 분들을 따라 어쩔 수 없이 우리(라고 해봐야 여기 있는 건 나와 페르와 스이뿐이지만)는 엘랑드 씨가 있는 곳으로 향했다.

곤 옹과 드라 짱은 기이한 소리를 내는 엘랑드 씨를 보고 완전히 식겁해서 『내, 내 결계는 쳤네. 나머지는 페르에게 부탁하시게. 그리고 나는 하늘에서 경비하도록 하겠네.』 『나, 나도!』라는 말을 남기고서 상공으로 대피해 버렸다.

페르도 상공에서 경비하겠다는 데에 이의는 없는지 『음』이라고 답하더니 곧장 자신도 결계를 쳤다.

뭐, 곤 옹과 드라 짱은 저 사람의 가장 큰 피해자니까.

저 기이한 소리를 들으면 도망치고 싶겠지.

나도 사실은 저렇게 위험한 사람한테 가까이 가고 싶지 않고 말이야.

하지만 가장 높은 사람인 브람 씨의 말에 따르면 "하아……. 딱한 녀석이지만, 저 녀석이 이번 리바이어던 해체 작업의 지휘를 맡기로 해서 말이네……"라고 한다.

다른 높으신 분들도 저마다 "저 모양 저 꼴이지만, 일은 잘한다네……." "일만 잘 하지……." "만난 적이 있는 자네라면 알 테지만 말이야." "어쩔 수 없는 선택이었어."라고 말했다.

뭐, 그렇겠지.

마음고생이 많으시겠습니다.

정말로 딱한 마음으로 엘랑드 씨의 앞까지 왔지만, 아직도 황홀한 표정을 한 체 리바이어던에게 들러붙어 있었다.

그런 엘랑드 씨에게 브람 씨가 어이없다는 투로 말을 걸었다.

"엘랑드여, 작작 좀 해라."

"오오, 브람 님! 리바이어던, 리바이어던이라고요오~!"

완전히 흥분한 목소리로 엘랑드 씨가 소리쳤다.

이 나라 모험가 길드에서 제일 높으신 분 앞인데 끄덕도 없네, 이 엘프는.

"하아~ 그건 보면 안다. 그래서 어쩔 수 없이 너를 부른 게야. 하지만, 실수였던 겐가……."

브람 씨의 말에 나도 엉겁결에 고개를 끄덕일 뻔했다.

이 모습을 보면 호출한 건 실수였을지도 모르겠다는 생각을 할 수밖에 없으니까~.

"네? 무슨 소릴 하는 겁니까?! 리바이어던을 해체하는 거라고요! 저 이상의 적임자가 있을 리 없지 않습니까!!!"

브람 씨의 말에 엘랑드 씨는 자신 이상의 적임자는 없다고 펄쩍 뛰며 말했다.

"그렇다면 얼른 일을 시작하거라. 너무 실망시키진 말고."

브람 씨의 말에 다른 높으신 분들도 "맞다"라면서 엘랑드 씨를 재촉했다.

"말 안 해도 일은 똑바로 한다니까요! 다만 그 전에 이 리바이어던을 만끽해도 상관은 없잖습니까!"

그렇게 버럭 소리치는 엘랑드 씨의 머리를 가차 없이 철썩 때리는 소리가 울렸다.

"아얏!"

"듣자듣자 하니, 어디서 큰소리냐! 얼른 일이나 하지 못 해!"

악귀와도 같은 얼굴로 엘랑드 씨의 앞을 가로막고 선 것은, 당연히 감시역인 모이라 님이었다.

"나 참~ 이렇게 몰려와서 재촉할 필요는 없지 않습니까아~. 이 리바이어던을 만난 행복을 곱씹을 시간을 조금 정도는 주셔도 되잖아요."

엘랑드 씨는 그렇게 투덜투덜 불평을 늘어놓았다.

하지만…….

엘랑드 씨의 앞을 가로막고 선 모이라 님의 표정은 더더욱 험악해 졌고, 높으신 분들은 절대영도를 방불케 하는 눈빛을 쏘아대고 있어서 그 광경을 보고 있는 이쪽까지 몸이 벌벌 떨릴 것만 같았다.

더 이상 버티고 있으려니 거북해졌는지 엘랑드 씨는 "하, 할게요~. 하면 되잖아요"라고 작은 목소리로 중얼거리더니 작업 모드에 돌입해 진지한 눈빛으로 리바이어던을 확인해 나갔다.

◇ ◇ ◇ ◇ ◇

리바이어던의 온몸을 확인하는 데에만도 상당한 시간이 걸렸다.

좌우간 엄청 거대하니까.

중간에 '우리까지 있을 필요는 없지 않나?'라는 생각이 들기도 했지만 그렇지는 않았다.

페르와 스이에게『페르와 곤 옹의 결계도 있으니 딴 마음을 먹는 사람이 나와도 페르라면 쉬는 중에도 금방 알아챌 수 있잖아. 우리가 도울 일도 없으니 어디 앉아서 기다리고 있자』고 염화를 보냈지만 페르가 납득하지 않았다.

페르는『이 녀석의 리바이어던에 대한 집착을 보건대, 가장 위험한 건 이 녀석이다. 떨어질 수는 없다』고 대꾸했다.

확실히 엘랑드 씨의 일련의 행동들을 떠올려 보면…….

페르의 마음도 이해는 됐다.

애초에 말이야, 엘랑드 씨의 감시역인 모이라 님은 그렇다 쳐도 모험가 길드의 높으신 분들까지 한 사람도 빠짐없이 엘랑드 씨한테 붙어있다고.

얼마나 신뢰를 못 얻은 거야.

뭐, 그런 식으로 모이라 님, 높으신 분들, 우리까지 엘랑드 씨의 확인 작업에 붙어 있었다.

그 확인 작업 도중에 임금님과 왕비님 + 귀족들이 도착해서 소란스러워지기도 했지만 "그대로 작업을 계속하라"라는 임금님의 말씀에 작업을 속행했다.

그리고 드디어 엘랑드 씨가 리바이어던 전체의 확인 작업을 마쳤는데, 지휘를 맡은 엘랑드 씨가 떨떠름한 표정을 짓고 있었다.

"왜 그러느냐, 엘랑드?"

"브람 님…… 이 리바이어던을 해체하는 건 무리일지도 모릅니다…………."

"뭣이라고오오오오?!"

엘랑드 씨의 뜬금없는 답변에 브람 씨가 화들짝 놀랐다.

"너, 그렇게 기대된다고 하더니 그런 소릴 하는 게냐."

"자신만만했으면서."

"리바이어던을 빨리 보고 싶다고 우릴 재촉했으면서."

모이라 님과 다른 높으신 분들이 엘랑드 씨의 예상치 못한 말에 놀랐다.

『맞다! 이제 와서 못 한다니, 그게 무슨 소리냐!』

페르까지 소리 내여 항의했다.

그리고 페르를 비롯한 모두가 "이유가 뭐냐?!"라며 엘랑드 씨를 다그쳤다.

나 참, 못 한다면 못 한다고 처음부터 말을 하지, 아무 생각 없이 '맡겨만 주세요!'라고 한 거 아냐~?

그렇게 생각하며 사람들이 밀려들어 당황한 엘랑드 씨를 뚱한 눈으로 쳐다보고 있자…….

"자, 잠깐만요! 지금부터 제대로 설명하겠습니다!"

쩔쩔매며 엘랑드 씨가 그렇게 말했다.

『있지있지 주인, 리바이어던의 고기, 못 먹는 거야~?』

살짝 축 처진 상태로 스이가 그렇게 물었다.

『아쉽지만 그렇게 될지도 모르겠어.』

『우~ 리바이어던의 고기~. 주인~.』

페르의 등에 타고 있던 스이가 내 품으로 뛰어들었다.

스이는 기대가 컸었으니까.

나는 스이를 안전하게 받아내어 옳지옳지, 하고 쓰다듬어 위로해주며 엘랑드 씨의 설명에 귀를 기울였다.

◇ ◇ ◇ ◇ ◇

"잘 들으십시오, 여러분……."

브람 씨를 비롯한 모험가 길드의 높으신 분들과 모이라 님, 그리고 우리 앞에서 엘랑드 씨가 리바이어던을 해체하는 게 무리일지도 모르는 이유를 설명했다.

엘랑드 씨의 말에 따르면 이번 리바이어던 해체 의뢰를 받고, 소장하고 있던 리바이어던 관련 서적을 왕도로 오는 도중에 잘 시간도 아껴가며 읽었다는 모양이다.

개중에서 특히 주목해서 숙독한 것이 약 400년 전에 모험가 길드로 반입된 리바이어던에 관해 적힌 책이었다.

참고로 그 책은 어느 나라의 모험가 길드에서 소중히 보관되어 있었던 것이라는데, 당시 C랭크였던 엘랑드 씨에게는 보여주지 않아서 몰래 숨어들어 필사한 것이라고 한다.

대체 뭘 하고 다닌 거예요, 엘랑드 씨…….

그런 쓸데없는 소리까지 하는 바람에 모이라 님한테 얻어맞기도 했다.

뭐, 그건 넘어가고, 그 책에는 그 리바이어던이 어떤 식으로 사냥되어 어떤 식으로 해체되었는지, 해체된 어느 부위가 어느 정도의 값에 팔렸는지 등이 세세하게 기록되어 있었다고 한다.

"피 한 방울부터 뼈 한 조각까지, 어느 것 할 것 없이 비싼 값에 거래되었다고 합니다."

엘랑드 씨의 그 말에 높으신 분들과 모이라 님이 "그야 당연하지"라며 고개를 끄덕였다.

"그래서 피 한 방울도 허투루 하지 않기 위해 고안해둔 마도구도 만들어 왔죠."

엘랑드 씨의 말에 따르면, 내가 해체를 부탁한 어스 드래곤을 해체할 때부터 생각했었다는 모양이다.

작업대 위에 있으면 작업대를 조금만 기울여도 피가 흘러 비교적 쉽게 회수할 수 있지만, 만약 작업대 위에 올릴 수 없을 만큼 거대한 드래곤을 해체해야 할 경우에는 어떻게 하면 좋을까?

우리가 있으니 언젠가 그럴 날이 올 거라 확신하고 여러모로 생각을 해봤다고 엘랑드 씨는 의기양양한 얼굴로 말했다.

"그렇게 해서 만들어낸 게 이겁니다."

엘랑드 씨가 그렇게 말하며 가늘고 긴 원통형 물체를 아이템 박스에서 꺼냈다.

"마도구 제작도 조금 익혀두길 잘했지 뭡니까. 간단한 거라 저 혼자서도 만들 수 있었습니다."

"나도 억지로 도왔지만 말이야."

"크흠, 마도구 제작에 조예가 깊은 모이라 님의 도움도 받아가며, 영차. 다 합쳐서 열네 개를 준비했습니다."

엘랑드 씨의 말에 따르면 그 마도구는 바람 마법을 응용한 흡인 마도구라고 한다.

"오호. 그 마도구를 사용해 리바이어던의 피를 회수할 작정이로군."

"네에. 브람 님의 말씀이 맞습니다."

"허나 그렇게 마도구까지 만들어서 용의주도하게 준비해온 네가, 어째서 리바이어던을 해체할 수 없다고 하는 게냐?"

그러게 말이야.
마도구까지 만들 정도로 의욕적으로 준비해왔는데, 왜 안 된다는 거지?
"아마도 이 마도구를 사용하면, 피는 회수할 수 있을 겁니다. 피를 회수하는 것뿐이라면 말이죠……."
여기서 이야기는 엘랑드 씨가 왕도로 오는 동안 숙독했다는 약 400년 전에 모험가 길드로 반입된 리바이어던에 관해 적힌 책으로 돌아간다.
"그 리바이어던이라는 게 말입니다, 이 눈앞에 있는 리바이어던과는 비교도 안 될 만큼 작았거든요."
내가 꺼낸 리바이어던을 보고서야 확신했다는 모양이지만, 엘랑드 씨의 말에 의하면 그 약 400년 전에 사냥된 리바이어던은 아마도 어린 개체로 추측된다고 한다.
"그런데 말입니다, 그 400년 전의 리바이어던을 해체할 때는 주로 드래곤 소드를 사용했다고 되어 있거든요."
놀랍게도 해체 작업용으로 미스릴 나이프를 준비했었다는데, 그럼에도 잘라내는 데 상당한 힘이 필요했고, 그 때문에 절단면이 거칠어져 버렸다고 적혀 있었다는 모양이다.
그리고 당시 그 길드에서 보유하고 있던 미스릴보다 예리한 무기가 바로 드래곤 소드였다.
시험 삼아 사용해 보니 놀랄 만큼 잘 잘렸다고 한다.
그래서 리바이어던이라는 파격적인 마물의 소재를 손상시키지 않기 위해 해체 작업에 그 드래곤 소드가 사용되었다는 것이다.

"그 사실은 알고 있어서, 제가 가지고 있던 드래곤 소드를 가져왔습니다."

허리에 장착하고 있던 칼집에서 엘랑드 씨가 스릉, 하고 드래곤 소드를 뽑아 보였다.

"어떻습니까? 훌륭하죠~? 레드 드래곤의 이빨로 만든 검이에요! 이 광택을 좀 보시라고요!"

엘랑드 씨가 자랑이라도 하듯 드래곤 소드를 우리 앞에 내밀었다.

망설임 없이 뺨이라도 비빌 것 같은 분위기가 무척이나 엘랑드 씨다웠다.

진짜 캐릭터가 확실한 사람이라니까.

"너는 언제 그런 물건을 손에 넣은 게냐?"

브람 씨를 비롯한 높으신 분들이 술렁거렸다.

그만큼 드래곤 소드라는 물건이 희귀하고 손에 넣기 힘들다는 뜻이겠지.

퍽――.

"아야아아아앗!"

엘랑드 씨가 그렇게 말하며 무릎을 꿇었다.

드래곤 소드를 떨어뜨릴 뻔했지만 고쳐쥐어서 필사적으로 보호했다.

떨어뜨린다고 바로 깨질 물건은 아닌 것 같은데 말이야.

"가, 갑자기 발로 차다니, 무슨 짓입니까! 이 귀하고 소중한 드래곤 소드를 떨어뜨릴 뻔했잖아요, 모이라 니임!"

"안 차고 배기냐! 너는 뻔뻔하게 그걸 '내가 가지고 있던 드래곤 소드'라고 했지만, 사실 네 게 아니잖아! 우고르한테 다 들었다! 너, 드래곤의 소재를 무코다 씨한테 사기는 했지만 가공할 돈이 없어서 모험가 길드에서 돈을 빌렸다면서!"

엘랑드 씨가 움찔했다.

"어, 어떻게 그걸?!"

빚까지 지다니, 세상에.

모이라 님도 어이가 없어서 요란하게 한숨을 내쉬었다.

"우고르한테 울며 매달렸다지? 울고불고 하며 끈질기게 들러붙어 난감하게 하는 바람에, 완성된 드래곤 소드를 담보로 하는 조건으로 어쩔 수 없이 승인해줬다고 우고르가 다 말했다."

"크윽."

크윽, 이라니. 대체 뭘 하고 다니는 거예요, 당신…….

"이거 어쩔 수 없군. 모이라의 감시 기간을 더욱 연장해야겠어."

브람 씨가 어이없다는 투로 그렇게 말하자 다른 높으신 분들도 "이의 없음"이라고 합창을 했다.

"어, 어째서죠?!"

어째서냐니, 공사를 혼동한 당신 때문이잖아요.

이건 자업자득이라고요.

"그보다 본론으로 돌아가라. 드래곤 소드로 해체할 수 있다면 문제는 없을 텐데."

브람 씨의 그 말에 다른 높으신 분들과 모이라 님, 나도 "맞아" 하고 입을 모았다.

"하아. 글쎄, 400년 전의 리바이어던이라면 그걸로 문제 없었을 거라고요. 400년 전의 어린 리바이어던이었다면 말이죠…….”

그렇게 말하며 엘랑드 씨가 눈앞에 드러누운 초거대 리바이어던에게로 시선을 옮겼다.

그걸 따라서 그 자리에 있던 우리도 리바이어던의 거대한 몸을 바라보았다.

“이게, 어린 개체로 보입니까?”

“그럴 리가 있나.”

그러게.

“제 생각이 맞다면……. 하앗!”

엘랑드 씨가 들고 있던 드래곤 소드로 리바이어던을 내려쳤다.

채앵——.

“핫.”

다시 내려쳤다.

채앵——.

“핫.”

또다시 내려쳤다.

채앵——.

내려치고 튕겨 나오기를 다섯 번 정도 반복하고서야 겨우 칼이 들어가 칼날이 살에 박혔다.

“허억, 허억, 허억……. 이렇게 해서 베어낸 곳이나 곤 옹 님이 낸 상처로, 제가 만든 마도구를 쓰면 혈액만은 회수할 수 있겠지만……. 이렇게 해서 해체가 될 것 같습니까?”

“며, 몇 번이고 내려쳐야만 하지만, 못 베는 건 아니지 않으냐.”

"하아~. 이것도 저라서 된 거라고요. 한 치의 오차도 없이 같은 장소를 내려치는 묘기를 부리는 게, 그렇게 쉬운 일 같습니까?"

"그, 그건……."

"게다가 말이죠, 이런 짓을 몇 번이나 반복했다가는, 저의 드래곤 소드도 금방 부러져 버릴 거라고요!"

또 '나의 드래곤 소드'라고 말했으니 일단 태클을 걸자면, 그건 대출금의 담보거든요?

"드래곤 소드를 여러 자루 준비할 수 있다면 해체를 못 할 건 없겠지만, 그럴 수 있습니까?"

"끄응……."

브람 씨가 고민스러운 표정을 지었다.

드래곤 소드를 여러 자루 준비하라니, 말도 안 되는 소리란 건 엘랑드 씨도 알면서.

"제가 이 리바이어던을 해체하는 건 무리일지도 모른다고 말한 건 그런 이유에서입니다. 이걸 해체하려면 말 그대로 마검이라도 준비해야만 한다고요."

어, 마검?

순간, 엘랑드 씨와 눈이 딱 마주쳤다.

"아아아아아아아앗~~~!!!"

잠깐, 왜 날 가리키는 건데?!

엘랑드 씨가 다다닷, 하고 달려와 핏발 선 눈을 한 채 내 두 어깨를 붙잡았다.

"무코다 씨, 가지고 있었죠, 마검?! 드랭의 최하층에서 나온 '마검 칼라드볼그'!!"

여기서 그 얘길 한다고~~~?!

『좋아, 무슨 소린지 알겠다. 마검이 있으면 해체할 수 있다는 거로군?』

야, 페르, 지금까지 조용히 있었으면서 지금 끼어든다고?!

"네, 할 수 있습니다! 페르 님!"

『음. 그런가. 그렇다면 꺼내라. 너는 여러 개 가지고 있었지? 전부 꺼내라.』

잠깐잠깐잠깐!

페르까지 왜 아무렇지도 않게 폭로를 하는 건데에에에에!!!

"잠깐만 기다리시게. 방금 펜리르 님께서 '여러 개'라고 하신 건가?"

이, 일 났다.

브람 씨의 눈이.

"저기, 아니, 그게……."

덥지도 않은데 땀이 폭포수처럼 흘렀다.

『분명 네 개였지.』

페르으으으으!

페르 저게 또 아무렇지도 않게 폭로를 해?!

그리고 내가 마검 네 자루를 가지고 있다는 말에 함께 있던 브람 씨를 비롯한 모험가 길드의 높으신 분들과 모이라 님, 엘랑드 씨가 굳어버렸다.

이대로 튀어버릴까 하는 생각이 머리를 스치는 가운데, 잽싸게 부활한 엘랑드 씨가 더더욱 핏발 선 눈으로 내 어깨를 단단히 잡고서 흔들었다.

"무, 무코다 씨! '마검 칼라드볼그' 말고도 가지고 계십니까?!"

무, 무서워무서워무서워~.

핏발 선 눈으로 얼굴 들이대지 말라고오~.

"잠깐, 엘랑드 씨, 진정 좀 하세요! 그리고 얼굴 좀 떼시고요!"

나는 경직된 얼굴로 엘랑드 씨의 가슴을 밀쳐냈다.

그럼에도 엘랑드 씨는 푸흐~ 푸흐~ 하고 거칠게 콧숨을 내쉬며 절대로 놓치지 않겠다는 듯이 내 어깨를 콱 잡은 손의 힘을 풀지 않았다.

"진정해라, 엘랑드."

브람 씨가 그렇게 말하며 엘랑드 씨의 등을 탁탁 두드렸다.

"그래서 무코다, 자네가 마검을 '네 자루' 소지하고 있다는 게, 사실인가?"

꿀꺽…….

그렇게 묻는 브람 씨의 말투는 한없이 온화한 데다 입가에는 미소까지 띠고 있었다.

그런데…… 눈이 안 웃고 있다고~ 눈이이.

무섭다니까안~.

"아니, 저기, 그게 말이죠……."

브람 씨를 흘끔거리며 말을 우물거렸다.

"무코다, 확실하게 말하게."

"…………사실, 입니다. 네 자루, 있어요."

브람 씨의 눈빛에 못 이겨 자백했다.

내 고백에 장중이 술렁거렸지만 브람 씨가 제지했다.

그리고 "보여줘 보게"라고 하기에 체념하고 아이템 박스에서 네 자루의 마검을 꺼냈다.

"이게 마검 칼라드볼그입니다……."

그렇게 말하며 아이템 박스에서 꺼내자 엘랑드 씨가 곧장 손을 내밀기에, 엉겁결에 건네줬다.

"드랭 던전의 던전 보스, 베히모스를 쓰러뜨리고 얻었다는 아다만타이트제 마검이군요!"

엘랑드 씨가 신이 나서 설명했다.

맞아맞아, 아다만타이트제라서 무겁단 말이지~. 가만, 정보가 줄줄 새고 있잖아.

새삼스러운 이야기이긴 하지만.

"그리고 이게 마검 흐룬팅에 마검 그람, 마검 에케작스입니다."

브람 씨와 높으신 분들 두 분이 손을 내밀기에 이것도 순서대로 건넸다.

이 세 분이 상위 넘버 3일까.

뭐, 그런 건 상관없지만 마검을 손에 든 높으신 분들이 희색만면한 얼굴로 미소를 띤 채 들떠서 "오오오, 내, 내 손에 마검이"라는 소릴 하고 있다.

동심으로 돌아가셨네.

뭔가 살짝 훈훈한걸.

높으신 분들의 그런 모습을 한동안 보고 있자…….

"어흠, 에~ 계속 말해도 되겠습니까?"

마검을 들고 당장에라도 해체 작업에 돌입하고 싶은 눈치인 엘랑드 씨가 동심으로 돌아간 높으신 분들에게 말을 걸었다.

퍼뜩 정신을 차린 높으신 분들이 어째 겸연쩍은 표정을 짓고 있네.

웃으면 안 되지만 살짝 웃고 말았다.

"무코다 씨에게 빌린 마검이 있으면 리바이어던은 문제없이 해체할 수 있겠지만, 우선은 시험을 해봐야 합니다. 우선 피를 빼야 하니, 이쪽으로."

이동하는 엘랑드 씨를 따라가서 도착한 곳은 리바이어던의 머리 부분이었다.

목에는 곤 옹이 물어뜯어서 낸 커다란 상처가 나 있었다.

그곳에서 파란 피가 흘러나오고 있는데, 조금이라도 피를 회수하기 위해 대야를 주욱 늘어뜨려 놓았다.

꼼꼼하기도 하네에.

"으음~ 원래는 이 머리의 이음매 부분 근처를 싹뚝 잘라야 하지만, 곤 옹님이 내주신 상처가 있으니…… 핫!"

마검 칼라드볼그를, 상처를 피해 몸통 쪽으로 가져가 내려쳤다.

푸화아아아아아악——.

단칼에 절반 이상 베어낸 곳에서 리바이어던의 파란 피가 세차게 뿜어져 나왔다.

엘랑드 씨는 물론이고 근처에 있던 브람 씨를 비롯한 모험가 길드의 높으신 분들과 모이라 님에 나까지 그 파란 피를 흠뻑 뒤집어썼다.

『멍청하긴.』

페르가 어이없다는 듯이 말했다.

그나저나…….

왜 너는 피를 안 뒤집어쓴 건데?

◇ ◇ ◇ ◇ ◇

"피비린내 나……."

리바이어던의 파란 피를 뒤집어쓴 내 냄새를 맡고 얼굴을 찌푸렸다.

그리고 원망스러운 눈으로 페르를 쳐다보았다.

"치사하게 혼자만 결계를 쳐서 피하냐~."

『흥, 내 힘이다. 당연히 나를 위해 써야지.』

그건 그렇지만 말야, 나한테도 쳐줘도 됐잖아.

순식간에 생긴 일이라 어쩔 수 없었을지도 모르지만.

『주인~ 괜찮아~?』

"안 괜찮아. 그만 가버릴까. 옷 갈아입고 싶은데."

참고로 스이는 그때 페르의 머리 위에 있어서 위기를 면했다.

나만 리바이어던의 파란 피를 푸화악~ 하고 뒤집어썼잖아.

『무슨 소리냐. 아직 도중인 데다 이걸 두고 돌아갈 수는 없는 일 아니냐.』

페르가 돌아가고 싶어 죽을 것 같은 나를 제지했다.

"에이~ 하지만 찝찝하다고."

그나마 얼굴이나 머리는 닦았지만, 파란 피로 흠뻑 젖은 셔츠랑 바지는 방법이 없었다.

『그 정도는 참아라. 지금 돌아가면 괘씸한 것들이 나와도 대처할 수 없지 않으냐.』

"그야 그렇지만……."

여러 이유가 있지만, 어느샌가 구경꾼들도 잔뜩 모여 들였으니 말이야.

경비로 고용된 모험가가 리바이어던에게 가까이 가지 못하도록 통제하고 있고, 만약 그걸 뚫고 리바이어던 근처까지 간다 해도 최종 방어선인 페르와 곤 옹의 결계가 있어서 손도 못 대겠지만.

하지만 도둑이 있을지도 모른다는 사실만으로도 찝찝하기는 하니까.

"하아, 어쩔 수 없지. 스이 짱, 페르 아저씨를 씻어줄 때처럼 물을 쏴아~ 하고 뿌려줄래?"

『응, 좋아~.』

스이가 쏴아~ 하고 샤워기처럼 물을 뿌렸다.

"고마워."

스이 샤워기로 비릿한 냄새가 진동을 하는 리바이어던의 파란 피를 씻어냈다.

"이봐, 페르, 말리는 것 정도는 해줄 거지?"

『어쩔 수 없지. 옛다.』

따뜻한 바람이 몸을 쓰다듬었다.

얼마간 그 따뜻한 바람을 맞고 있자 옷도 말랐다.

아직 피비린내가 약간 남아 있기는 하지만.

"저쪽도 드디어 진정이 된 것 같네."

리바이어던의 피가 뿜어져 나온 직후에는 난리도 아니었다.

좌우간 엄청난 가치가 있는 물건이기 때문이다.

회수하지 않으면 금화를 시궁창에 버리는 거나 다름없어진다.

모험가 길드의 높으신 분들과 모이라 님도, 리바이어던의 파란 피로 범벅이 된 것도 아랑곳 않고 큰 소리로 직원과 모험가들에게 지시를 내렸다.

그리고 겨우 출혈의 양이 줄어들어, 엘랑드 씨의 마도구를 사용해가며 알뜰하게 피를 수집할 수 있게 된 듯했다.

분위기가 진정되자 모험가 길드의 높으신 분들과 모이라 님의 시선은 당연히 이 사람에게로 향했다.

"엘랑드……."

"네, 죄송합니다……."

엘랑드 씨가 사람들 앞에 무릎을 꿇고 앉았다.

유달리 험악한 얼굴로 브람 씨가 입을 열었다.

"우리가 피를 뒤집어 쓴 건 상관없다. 아니, 상관이 없지는 않지만 그나마 참을 수 있지. 하지만 말이다, 리바이어던의 피라는 터무니없이 귀중한 소재를 못 쓰게 만든 건 참을 수가 없어! 우리만 그리 생각하는 게 아니다! 봐라, 저기 있는 집단을."

브람 씨가 가리킨 집단을 쳐다보았다.

잔뜩 화가 난 얼굴로 "무슨 짓을 하는 거야!"라느니 "돌팔이 해체꾼 같으니!"라느니 "죽어서 사죄해라!" 따위의 말을 외치고 있었다.

"왕도의 약사들이다. 저자들에게 이 피가 무슨 수를 써서든 손에 넣고 싶은 귀중한 소재라는 것쯤은 알겠지."

아이고~ 약사 집단이었구나.

리바이어던의 피도 귀중한 약 재료가 될 테니까 화낼 만도 하네.

"그 귀중한 피가 얼마나 많이 대지에 뿌려졌는지 아느냐!"

"죄송합니다!"

엘랑드 씨는 이마를 땅에 처박았다.

모범적인 도게자*지만, 이 세계에도 도게자란 게 있을지를 생각하고 있자…….

"사과할 상대가 잘못됐다! 애초에 이 리바이어던의 소유자는 누구냐!"

브람 씨의 그 말에 엘랑드 씨가 내 앞으로 와서 도게자를 했다.

"무코다 씨, 죄송합니다!"

"어? 아뇨아뇨, 저기, 일어나세요!"

느닷없이 도게자를 하신들 난감하거든요?!

"다른 사람도 아니고 제가, 귀중한 리바이어던의 피를 못 쓰게 만들었습니다. 정말, 정말로 죄송합니다!"

그렇게 말하며 엘랑드 씨는 폭포수처럼 눈물을 콸콸 흘려댔다.

잠깐, 잠깐만, 아저씨 엘프의 우는 얼굴 같은 걸 좋아할 사람은 아무도 없다고.

---

* 도게자 : 땅에 바짝 엎드려 절을 하는 행위로, 보통 간절한 부탁이나 사죄를 할 때 한다.

"괘, 괜찮습니다. 애초에 우리 애들도 피 같은 거에는 관심이 없으니까요. 그, 그치?"

『음. 피 따위에는 관심 없다. 그보다 빨리 고기를 내놔라.』

『리바이어던의 고기~.』

"보, 보세요, 그렇다잖아요."

우리 애들은 사냥감을 잡아도 기본적으로 고기에만 관심이 있다고요.

그러니까 이제 그만 울어요.

여기저기서 날아드는 시선이 따가우니까요.

"무, 무코다 씨이이이이! 역시 당신은 저의 마음의 벗입니다~! 우와아아아아아아앙."

엘랑드 씨가 오열하며 내 다리에 매달렸다.

"히익! 그, 그만! 놔, 놔주세요!"

"마음의 벗이여어어어어어."

"잠깐, 좀 놓으시라니까요오오오!"

◇ ◇ ◇ ◇ ◇

"영차."

해체한 심장인지 간인지 모를 것이 커다란 항아리 안으로 들어갔다.

현재, 라비아이던의 내장을 적출하는 중입니다.

징그럽네요…….

나, 이제 돌아가도 될까?

엘랑드 씨가 내게 매달리고서 이런저런 일을 거쳐 리바이어던의 피를 빼는 작업도 무사히 끝나서, 곧장 내장을 꺼내기로 했다.

엘랑드 씨가 신이 나서 리바이어던의 배를 부우욱~ 마검으로 갈랐다.

물론 신중하게.

리바이어던 해체 작업에서 무엇보다 성가신 것은 단단하고 튼튼한 가죽이란다.

그건 리바이어던뿐 아니라 드래곤종에 공통된 사항이라는 모양이지만.

어쨌든 가죽만 베어내면(애초에 그것 자체가 쉽지 않아서 마검까지 꺼내게 된 거지만) 내장과 고기는 평범한 철제 나이프로도 벨 수 있다는 모양이다.

뭐, 아무리 강한 마물이라 해도 내장까지 단련할 수는 없으니까.

엘랑드 씨는 "리바이어던 아닙니까! 아깝게 절단면이 거칠어지게 할 순 없죠! 당연히 미스릴 나이프를 사용할 겁니다!"라면서 미스릴 나이프를 사용해 해체하고 있지만.

아아, 아무튼 리바이어던의 내장으로 말하자면, 한 덩치 하다 보니 내장도 커다랬다.

준비되어 있던 가장 커다란 항아리에도 각 내장이 통째로는 들어가지 않을 정도였다.

그래서 갈라놓은 배의 옆 부분에 목제 테이블을 놓고, 거기서 작게 잘라 항아리에 넣었다.

옆에서 보고만 있어도 매우 징그러운 광경이었지만, 엘랑드 씨는 눈을 빛내며 신이 나서 작업을 해나갔다.

때때로 "흠흠. 심장은 이 위치에 있군요"라느니 "이 간의 윤택과 탄력……. 끝내주네요" 따위의 혼잣말이 들려왔다.

내장을 적출하면서 저런 혼잣말을 하다니, 솔직히 말해서 소름 돋지만.

그런 정신적으로도 지치는 한때를 보내던 중…….

"좋아, 오늘은 여기까지다."

브람 씨가 반가운 소리를 했다.

"어, 브람 님, 이제 막 해체를 시작한 참인데요!"

"나도 안다. 허나 오늘은 여기까지다."

"어째섭니까?! 저는 밤샘 작업을 해도 상관없는데요!"

"너는 괜찮을지 몰라도 이쪽이 책임을 못 진단 말이다."

브람 씨의 말에 따르면 지금의 경비 인원으로 밤샘 작업을 하기에는 불안하다고 한다.

밤의 어둠을 틈타 도둑이 늘어날 게 뻔하다.

그에 반해 경비하는 측은 어두워지면 시야가 나빠져 성가셔지는 데다 더더욱 신경을 써야 한다.

그렇다면 일단 여기서 작업을 일단락 짓고 리바이어던은 내가 아이템 박스에 수납.

그리고 내일 작업을 재개하는 편이 안전할 것이란다.

"내일도 오늘과 같은 시간부터 작업을 개시하려는데, 무코다도 그래도 괜찮겠는가?"

"네."

일리 있는 말이라 나도 납득했다.

"페르도 괜찮지?"

『흠, 리바이어던의 고기를 빨리 먹고 싶기는 하지만, 사정이 그렇다면 어쩔 수 없지. 나도 밤새도록 경비를 서고 싶지는 않으니 말이야. 이미 배도 고프고.』

그런 소리를 하며 페르가 나를 노려보았다.

아, 이런, 그러고 보니 오늘은 점심을 안 먹었네.

이곳에 있는 사람들이 모두 열심히 일하는 모습을 보다 보니 점심 먹는 걸 까맣게 잊고 있었어.

『점심 안 먹어서 스이도 배고파~.』

스이도 페르의 머리 위에서 축 늘어져 있었다.

『미안미안. 돌아가서 잔뜩 만들어줄게.』

나는 염화로 그렇게 사과했다.

◇ ◇ ◇ ◇ ◇

"그나저나 이 고기로 무슨 요리를 해야 할까……."

부엌에서 흰살 생선 같은 육질의 고깃덩이를 보며 나는 어떻게 할까 고민했다.

"뭐, 일단 쬐끔 구워다 맛을 보고서 결정할까."

고깃덩이에서 살점을 살짝 잘라내, 소금과 후추를 뿌려 굽기 시작했다.

지금 굽고 있는 건 브릭스트 던전에서 얻은 아이스 드래곤의 고기다.

브릭스트 던전에서는 곤 옹의 출현이라는, 그 전까지의 일이 몽땅 머릿속에서 날아갈 정도의 대이벤트가 있었던 탓에 까맣게 잊고 있었지만 드롭 아이템 중에 있더라고.

페르도 용케 기억하고 있네~.

해체 작업은 내일로 미루기로 결정되어 상공 경비를 맡고 있던 곤 옹과 드라 짱에게 염화로 그렇게 전하고 합류해 돌아가려 했더니, 엘랑드 씨가 찰거머리 같이 우리를 따라오려고 하다가 모이라 님에게 불벼락을 맞는 등의 사건이 있었지만, 어찌어찌 왕도에서 빌린 저택으로 돌아올 수 있었다.

개인적으로는 아무것도 안 했지만 아주 찐~한 하루였던 탓에 커피라도 마시며 한숨을 돌리고서 저녁 식사 준비를 하려고 했는데, 돌아오자마자 페르가 『이런 날은 맛있는 걸 먹어야지. 아니, 그래야만 한다』는 말을 하더라고.

그 말에 곤 옹과 드라 짱, 스이까지 『맞아맞아』 하고 동의했고…….

녀석들에게 맛있는 것이라고 하면 아무래도 드래곤 고기인데.

하지만 요전에도 란그릿지 백작님 집에서 먹었잖아.

이제 어스 드래곤의 고기도 레드 드래곤의 고기도 재고가 얼마 없는데.

특히 어스 드래곤 쪽은 우리 기준으로 아슬아슬하게 두 끼 분량밖에 없을 정도라고.

그렇게 말했더니 갑자기 아깝다는 생각이 들었나 보다.

듣자하니 어스 드래곤의 고기와 레드 드래곤을 연달아 발견한 것도 운이 좋았던 거라는 모양이다.

(뭐, 우리는 이러니저러니 해도 드래곤과 인연이 있는 것 같지만 말이야.)

페르는 『으~음』 하고 신음하더니 퍼뜩 무언가가 생각난 듯한 얼굴로 『그러고 보니 아이스 드래곤의 고기가 있지 않았나?』라는 소리를 했다.

그런 게 있었던가? 하고 기억을 더듬으며 아이템 박스를 확인해 보니, 이게 또 있더라고~.

『리바이어던은 아직 못 먹지만 아이스 드래곤도 입맛을 돋우는 데에는 나쁘지 않지. 맛도 조금 비슷하니 말이야. 리바이어던에 대한 기대감이 더욱 고조될 거다.』

『호오~ 아이스 드래곤이라니, 보기 드문 물건을 가지고 있군. 확실히 리바이어던과 조금 비슷할지도 모르겠구나. 기대되는구먼.』

『그러고 보니 그 던전에서 나온 거였지? 그 후에 곤 옹이 나와서 까맣게 잊고 있었네!』

『아이스 드래곤 고기~♪』

그렇게 페르와 곤 옹, 드라 짱과 스이까지 오늘 저녁은 아이스 드래곤으로 결정! 같은 분위기로 말을 하기에.

나는 녀석들의 기대로 가득한 눈빛을 받으며 부엌으로 향한 것이었다.

"슬슬 다 익었으려나."

아이스 드래곤의 고기가 다 익었다.

구워진 모습도 흰살 생선 같네. 덥썩.

"이건……."

살이 포근포근 포슬포슬 부스러진다.

"뭔가, 육질은 대구랑 비슷할지도."

물론 감칠맛을 확 압축해 놓은 듯해서 대구와는 비교도 안 될 만큼 맛있지만.

"맛 좋네. 역시 드래곤이야. 아무튼 이거라면 여러 가지 요리에 어울리겠어. 심플하게 뫼니에르도 괜찮겠지만, 이거라면……."

볼륨 만점인 피시 앤 칩스는 어떨까.

응, 괜찮을지도.

그런고로 저녁 식사는 피시 앤 칩스로 결정!

인터넷 슈퍼에서 잽싸게 재료를 조달하고서 조리를 개시했다.

우선 앨번표 감자를 껍질째 반달썰기 해서 물에 담가둔다.

그러는 동안 아이스 드래곤의 고기를 적당한 크기로 썰어서 소금 후추로 밑간을 하고 밀가루를 묻힌다.

그 다음에는 튀김옷을 만든다.

볼 그릇에 밀가루, 베이킹파우더, 소금을 넣고 맥주에 녹인다.

베이킹파우더와 맥주를 함께 쓰면 튀김옷이 바삭해진다.

이제 아이스 드래곤의 고기에 튀김옷을 입혀 튀겨 나간다.

그러면서 물에 담가두었던 감자도 물기를 꼼꼼~히 닦아내 튀긴다.

이럴 때 버너에 화구가 많으면 편리하단 말이지.

보기 좋게 노릇노릇 익으면 트레이로 옮겨 기름기를 빼고…….

“좋아, 됐다. 이제 케첩이랑~.”

아이템 박스를 뒤져서 목적한 물건을 꺼냈다.

“수제 타르타르 소스!”

삶은 달걀과 양파, 피클을 채 썰어서 마요네즈와 식초, 소금 후추를 넣은 간단 수제 타르타르 소스.

이전에 잔뜩 만들어서 남겨뒀던 말씀.

“좋았어, 이제 완벽해.”

완성된 피시 앤 칩스를 그릇에 담아 아이템 박스에 넣고서 페르 일행이 있는 거실로 향했다.

“자. 튀김으로 만들어 봤어.”

그렇게 말하며 녀석들 앞에 피시 앤 칩스가 담긴 그릇을 내주었다.

『흠. 나쁘지 않군. 이 감자란 것은 필요 없지만.』

페르가 곧장 달려들어서 먹으며 그런 소리를 했다.

“이 요리에는 감자튀김이 필수라고. 아니, 감자튀김도 맛있잖아.”

『바삭해서 맛있구먼. 어쩐지 술 생각이 나네.』

곤 옹은 입을 우물거리며 그런 감상을 내놓았다.

“뭘 좀 아네~. 이거에는 맥주가 잘 어울려.”

나중에 곤 옹한테는 맥주도 줘야겠네.

겸사겸사 나도 마시고.

『이 하얀 건 타르타르소스라고 하지? 이것도 잘 어울리네~.』

드라 짱은 여전히 먹을 줄 안다니까.

이건 타르타르소스랑 엄청 잘 어울린다고.

『주인~ 맛있어~!』

스이도 마음에 든 것 같아 다행이다.

그럼, 나도 먹어볼까.

아, 그러기 전에…….

"곤 옹, 맥주 마실래?"

『흠, 그래도 되겠는가?』

"당연하지. 뭐, 내일도 일을 해야 하니 적당히 마셔야겠지만."

이전에 아그니 님께 바칠 공물을 고를 때, 나도 마시고 싶어져서 샀던 걸 차게 식혀뒀단 말이지~.

"찾았다. 선물용 병에 든 살짝 비싼 맥주."

곤 옹에게는 바닥이 깊은 그릇에 따라주고…… 아니, 세 병이나 들어가잖아.

뭐, 뭐어, 아무렴 어때.

"자, 여기."

『오오, 고맙구먼. 어디.』

곤 옹이 꿀꺽꿀꺽, 장인의 맥주*를 호쾌하게 마셨다.

『푸하~ 이거 맛있군! 이전에 마셨던 인간의 술과는 차원이 달라.』

"하하, 이건 내가 있던 세계의 술이니까."

『주공, 더 줄 수 있겠는가?』

그렇게 말하며 곤 옹은 앞발의 발톱 끝으로 능숙하게 그릇을 내밀었다.

---

* 장인의 맥주(匠のビール) : 일본의 에비스 맥주에서 내놓은 프리미엄 맥주 상품.

"벌써 다 마셨어? 좀 전에도 말했지만 적당히 마셔야 해."

그렇게 말하며 추가로 세 병을 따라 주었다.

그런 식으로 평소처럼 시끌벅적하게 저녁 식사를 하고 있자니…….

"여어, 나 왔네."

길드 마스터가 돌아왔다.

"수고 많으십니다."

"나 원, 자네들은 벌써 밥을 먹고 있었나. 이쪽은 바빠 죽겠는데 태평하기도 하군."

"하지만 저희가 할 수 있는 일은 그렇게 많지 않잖아요."

길드 내부의 일은 모르기도 하고.

"뭐, 그렇기는 하지만 말이네~."

"일단 식사부터 하시겠어요?"

"오, 나도 먹게 해주는 건가. 그럼 얻어먹기로 할까."

길드 마스터에게도 피시 앤 칩스를 내주었다.

물론 맥주도. 뭐, 이쪽의 사람들은 에일이라고 생각하겠지만.

"카아~ 뭔가, 이 에일은! 무진장 맛있구만!"

"우연히 손에 넣은 술입니다."

그렇게 둘러대기로 했다.

"이렇게 맛있는 술을 마시게 해주다니, 이거 최고구만."

술을 싫어하지는 않았는지 길드 마스터도 기분이 좋아 보였다.

"그래서, 이건 감자 같은데, 이쪽은 뭐지?"

"뭐, 맛있으니 드셔보세요. 거기 있는 하얀 소스를 찍어서."

내가 그렇게 말하자 길드 마스터는 시킨 대로 타르타르 소스를 찍어서 아이스 드래곤의 고기를 입에 넣었다.

"호호오~ 이것도 맛난걸! 이거 혹시 생선인가?"

"아이스 드래곤의 고기입니다."

내가 그렇게 말하자마자 길드 마스터가 굳어버렸다.

그리고 먹던 것을 천천히 그릇에 돌려놓고 심호흡을 했다.

"방금, 아이스 드래곤이라고 한 것 같은데."

"네에."

"자네, 또 이러긴가아아아~?"

하지만 어쩔 수 없잖아요~.

녀석들이 먹고 싶다고 하는데.

"그럼 길드 마스터는 안 드시게요?"

그렇게 말하자 길드 마스터도 정색을 하면서 "아니, 먹기는 하겠네만"이라고 답하더니 와구와구 먹었다.

"뭐, 자네에게 상식을 바라는 게 잘못이라는 걸 나도 슬슬 알 것 같네."

피시 앤 칩스를 먹으며 길드 마스터는 부루퉁해져서 말했다.

"에이~ 그게 무슨 소리예요~."

"펜리르니 에인션트 드래곤을 사역마로 삼는 자네도 보통이 아니라는 거야. 내가 뭐 틀린 말 했나? 그래서 폐하께서도 한 발짝 물러선 거고 귀족들에게도 똑똑히 일러둔 건데, 그것들은 알아먹지를 못한다니까."

"그러고 보니 임금님과 왕비님도 관람하러 와주셨죠. 언제 돌아가신 걸까요."

"바쁘신 분들 아닌가. 리바이어던의 피를 회수하는 도중에 왕궁으로 돌아가셨지."

호오~ 그렇구나.

마검을 내놓으라고 하지 않을까 싶었는데, 아무 일도 없었네.

"자네, 마검을 헌상하라고 하지 않을까 걱정했지?"

"그야 뭐."

"그런 이야기도 나오기는 했지만 말이네. 그런 소리를 했다가 타국으로 도망치면 어쩔 거냐면서 폐하께서 직접 각하했다더군."

그럼에도 "도망치지 못하게 하면 그만 아닌지요"라고 진언한 귀족도 있었던 모양이지만 임금님은 "상대는 펜리르와 에인션트 드래곤이다. 그럴 수 있다면 누가 고생하겠느냐"라면서 코웃음을 쳤다나 뭐라나.

"그리고 자네한테 리바이어던의 소재를 내놓으라고 압박하자는 소리가 나와서 그것도 하지 말라는 엄명이 내렸다더군."

이에 관해서는 왕비님이 "그런 짓을 했다가 이 나라에 펜리르, 에인션트 드래곤과 적대할 뜻이 있다고 간주하면 이 나라는 끝장입니다. 그런 국가 반역죄나 다름없는 짓을 저지를 분이 있을 리가 없잖아요"라고 말씀하셨다는 모양이다.

뭐, 뭐어, 부정은 못 하겠네.

페르와 곤 옹이 마음만 먹으면 나라 하나쯤은 그냥 날아가 버릴 테니까.

어쨌든 왕비님, 나이스 어시스트.

"뭐, 그런 식으로 자네들을 많이 배려해주고 있다고, 그것도 임금님이 말이야. 그런데 우리 쪽에 몰려든 약사나 상인놈들은 그런 사정은 안중에도 없어."

"그렇게 많이 왔나요?"

"말해 뭐 하겠나. 왕창 몰려왔지. 핏발 선 눈으로 '팔아줘, 팔아줘' 하고 아우성이더군. 아직 모험가 길드의 물건도 아닌데 말이야."

그 광경이 떠올랐는지 길드 마스터는 넌더리가 난다는 표정을 지었다.

"자네한테 뭘 매입할지도 아직 결정을 못 했건만."

"어, 전부 다 매입해주시는 거 아니었나요?"

고기 말고는 딱히 필요 없는데…….

"멍청한 소리! 그런 짓을 했다간 모험가 길드가 파산할걸."

그, 그 정도구나.

"뭐, 그래도 브람 님은 최대한 매입할 거라고 했지만."

고마워라.

피나 내장 같은 게 돌아와 봐야 쓸데가 없는데 말이지.

뭐, 너무 많다 싶으면 임금님한테 헌상하고 란그릿지 백작님한테도 헌상하자.

그래도 남으면 그땐 스이한테 엘릭서를 만들어달라고 할까.

"후우~ 이걸로 내장 적출은 끝났네요."

그렇게 말하며 엘랑드 씨가 파란 피투성이가 된 손으로 허리에 찬 벨트에 걸쳐두었던 천을 집어 얼굴에 난 땀을 훔쳤다.

그 얼굴에는 만족감으로 가득한 미소가 걸려 있었다.

썩어도 준치…… 아니, 엘프라고 안면 편차치가 높은 그 아름다운 얼굴이 반짝반짝 빛나고 있었다.

이 징그러운 작업을 저렇게 좋아라 하며 할 수 있다니, 여러 의미로 굉장하네.

진짜 캐릭터성이 확실한걸. 어떤 의미에서는 존경스러울 정도야.

나는 장을 끄집어내는 광경을 보는 바람에 하마터면 아침에 먹은 걸 토할 뻔했는데.

축 처진 기분으로 다음 공정으로 넘어가는 엘랑드 씨를 쳐다보았다.

"다음은, 머리를 뗍니다. 그리고 본심을 말하자면, 머리 해체 작업으로 넘어가고 싶습니다만……."

엘랑드 씨는 이어서 "안구와 이빨, 뇌, 두개골 등 흥미로운 소재가 한가득이지만, 그만큼 그걸 노리는 도둑도 많이 나타날 것 같으니까요. 이번에는 브람 님의 제안대로 모험가 길드에서 해체하도록 하겠습니다"라고 말을 이었다.

확실히 머리만이라면 왕도 모험가 길드의 창고에서도 해체할 수 있을 것 같네.

"그럼, 갑니다!"

엘랑드 씨가 내가 빌려준 마검 칼라드볼그로 리바이어던의 목을 좌악, 하고 갈랐다.

"하아, 당장이라도 이쪽을 해체하고 싶은데 아쉽네요오."

리바이어던의 머리를 쓰다듬으며 엘랑드 씨가 그런 소리를 중얼거렸다.

이 사람이 중얼거리는 말은 들어선 안 될 것 같아.

대부분 소름 돋는 소릴 하니까.

"그럼 집어넣을게요."

그렇게 말하며 리바이어던의 머리를 아이템 박스에 집어넣자 엘랑드 씨는 무척이나 아쉬운 듯이 손을 뻗으며 "아아~" 하고 한심한 목소리를 냈다.

리바이어던의 머리와 곤 옹이 물어뜯어 상처가 난 목 부분은 일시적으로 내 아이템 박스에 보관했다가 돌아가는 길에 모험가 길드에 두고 오기로 한 것이다.

"나중에 천천히 할 수 있잖아요. 모이라 님이 없다고 멋대로 굴다가 일에 진척이 없으면 또 혼날 걸요."

"저, 저도 압니다! 똑바로 할게요!"

정말 알기는 아는지 모르겠네.

모험가 길드에 문의가 빗발치고 있는지 대혼란에 빠져서 브람 씨를 비롯한 높으신 분들이며 사무직원들도 눈코 뜰 새 없이 바빠져, 엘랑드 씨의 감시역인 모이라 님도 일시적으로 엘랑드 씨의 곁을 벗어나 돕기로 한 것이다.

그러고 보니 좀 전의 이야기를 듣고서 신경 쓰이는 점이 있는데…….

"저기, 좀 전에 도둑도 많이 나타날 것 같다고 하셨는데. 이렇게 많은 고랭크 모험가가 경비를 서고 있는데 손을 대려는 녀석이 있을까요?"

심지어 페르와 곤 옹의 결계까지 있는데.

아닌 게 아니라 어제도 그런 이야기는 들은 적이 없어서 그 전까지는 그런 녀석들이 나타나지 않을까 걱정이었지만, 아무리 그래도 이렇게 엄중한 경비 태세가 깔려 있으면 그런 녀석들도 포기하겠다 싶어서 살짝 안심했더랬다.

"한탄스럽게도 있거든요, 그런 녀석들이."

엘랑드 씨의 말에 따르면 내가 못 알아챘을 뿐, 모험가에게 붙잡힌 녀석들이 상당수 있었다는 모양이다.

심지어는 우리 곤 옹과 드라 짱에게 붙잡힌 이들도 제법 있다나.

(참고로 오늘도 곤 옹과 드라 짱은 해체 장소에 도착하자마자 하늘에서 경비를 서겠다면서 상공으로 대피했지만.)

곤 옹도 드라 짱도 그런 소리는 없었는데 말이지.

역시 조금이라도 손에 넣으면 큰돈이 되다 보니 이 엄중한 경비 태세 속에서도 못된 생각을 하는 사람이 제법 있었던 모양이다.

나 원, 이렇게 많은 모험가들이 경비를 서고 있으니 그냥 포기할 것이지.

"그 부분은 오늘도 모험가들에게 맡기기로 하고, 다음은 가죽을 벗기겠습니다. 다행히 각지의 해체 직원들도 도착했으니까요."

엘랑드 씨가 집합시킨 것인지 사람들이 하나둘씩 모여들었다.

아, 요한 아저씨 발견.

저쪽도 나를 발견했는지 손을 흔들기에 나도 손을 흔들어 답했다.

그 뒤로는 역시 프로라고 해야 할지.

작업은 조용히 진행되었다.

브람 씨를 비롯한 모험가 길드의 높으신 분들의 뜻에 따라 가죽은 되도록 큼지막하게 벗겨내고 싶다고 해서 여러 명의 직원이 연계해 가죽 벗기기 작업에 착수했다.

몸집이 워낙 거대하다 보니 엘랑드 씨가 마검으로 중간중간 큼직하게 잘라내고서 진행해야 했지만.

그렇게 잘라낸 각 토막에 직원들이 모여들어 차근차근 가죽을 벗겨냈다.

꼼꼼하면서도 빠르게 가죽을 벗겨내는 손놀림에서는 직원들의 숙련된 솜씨를 엿볼 수 있었다.

거대한 리바이어던의 몸에서 서서히 가죽이 벗겨져 나가는 모습은 그야말로 장관이었다.

가죽을 벗겨내 리바이어던의 하얀 고기가 나타나자, 드러누워 있던 페르도 똑바로 앉아 눈을 번쩍번쩍 빛냈다.

『오늘은 정말 리바이어던의 고기를 먹을 수 있을 것 같군.』

그렇게 말하며 페르가 꼬리를 붕붕 흔들었다.

『스이도 기대돼~.』

스이도 신이 나서 통통 뛰었다.

뭐, 그렇게 되면 좋겠네.

다들 정말로 기대했으니까.

나도 뭘 만들지 지금부터 메뉴를 생각해 둬야겠는걸.

그러다 보니 오늘 작업이 종료되었다.

결국 모든 가죽을 모두 벗겨내지는 못했지만 토막 난 몇몇 블록에서는 가죽 벗기기 작업이 끝나 윤기가 도는 하얀 고기 상태가 되어 있었다.

『좋아, 가죽을 벗긴 고기는 가져간다. 오늘 저녁은 리바이어던이다! 드디어 리바이어던의 고기를 먹을 수 있겠어.』

페르는 리바이어던을 먹을 생각으로 가득했다.

군침까지 흘리고 있네.

『리바이어던 고기~♪』

스이도 무척 기대가 되는 모양이다.

『오오, 드디어 리바이어던의 고기를 먹을 수 있는 겐가.』

『야호, 드디어구나! 기다리다 목 빠지는 줄 알았네.』

하늘에서 경비를 서고 있던 곤 옹과 드라 짱도 돌아왔다.

『자, 어서 고기를 가지고 돌아가자.』

페르가 코로 내 등을 떠밀며 재촉했다.

“그래그래, 알았으니까 밀지 마.”

일단 엘랑드 씨에게 말을 걸었다.

“엘랑드 씨, 그 고기는 가지고 가도 될까요?”

그렇게 묻자 엘랑드 씨가 눈을 부릅뜨고서 “안 됩니다! 절대로 안 돼요!”라고 답했다.

엄청난 서슬에 나는 깜짝 놀랐다.

『뭐라고?』

엘랑드 씨의 대답에 페르가 코를 찡그리며 낮은 목소리로 그렇게 말했다.

"그렇게 위협하신들, 아직 해체는 안 끝났다고요!"

페르에게 압도되지 않고 엘랑드 씨가 그렇게 답했다.

『안 끝났다고? 고기가 되지 않았나.』

"무슨 말씀을 하시는 거예요! 아직 뼈가 있지 않습니까!"

아~ 듣고 보니 확실히 아직 뼈가 붙어있네.

뼈도 귀중한 소재라는 뜻인가.

페르는 살이 훤히 드러나 드디어 먹을 수 있겠구나, 하고 기대하고 있었던 것 같지만 엘랑드 씨의 설명을 들으니 납득이 되네.

『뼈, 뼈는 그냥 둬도 된다. 뼈가 붙은 채로 굽는 방법도 있을 테니까. 안 그러냐?』

잠깐 페르, 갑자기 나한테 묻지 말라고.

"무, 무, 무, 무코다 씨! 다, 당신 설마, 리바이어던의 뼈를 고기와 함께 구우려는 겁니까?!"

엘랑드 씨가 내 양쪽 어깨를 콱 잡은 채 흔들어댔다.

"잠깐잠깐잠깐! 엘랑드 씨, 진정하세요! 마음만 먹으면 뼈째 굽는 것도 가능하겠지만, 그럴 거란 말은 안 했잖아요!"

"마음만 먹으면 가능하다니, 무슨 말씀을 하시는 겁니까!"

아, 일 났다.

이 사람, 완전히 흥분했어.

"잘 들으십시오! 처음에도 말씀드렸다시피, 리바이어던이라는 건 피 한 방울부터 뼈 한 조각까지, 어느 것 할 것 없이 비싼 값에 거래되는 최고의 소재입니다! 그 뼈를 굽겠다니, 대체 생각이 있는 겁니까! 수많은 리바이어던의 재료들 중에서도 뼈는 상당히 우수하다고요! 무구로 만들어도 좋고! 약으로 만들어도 좋고! 그런 소재를!"

리바이어던의 뼈는 검으로 만들어도 좋고 창으로 만들어도 좋고 타격계 무기로 만들어도 좋은 데다, 깎아서 분말로 만들면 약의 재료로도 쓸 수 있는 엄청 우수한, 누구나 탐을 낼 소재라는 모양이다.

그런 소재를~ 이라면서 엘랑드 씨가 한 시간 가까이 설교를 늘어놓았다.

페르, 곤 옹, 드라 짱, 스이는 잽싸게 그 자리를 피하려 했지만, 이번에는 도저히 그럴 수가 없었다.

엘랑드 씨가 "어딜 가시려는 겁니까! 당신들도 들으십시오!"라면서 불러 세워서 나와 같이 설교를 들어야만 했던 것이다.

꼴좋다.

설교가 끝날 즈음, 우리 모두는 기진맥진이 되었다.

페르는 『크으윽, 펜리르인 나에게 설교를 하다니……』라면서 분통해 했고, 곤 옹은 피곤한 얼굴로 『끔찍한 일을 당했구먼』이라고 말했다.

드라 짱도 축 늘어져서 『왜 나까지……』라고 중얼거렸다.

스이만은 평소와 같은 투로 『주인~ 배고파~』라는 소리만 했지만.

아~ 피곤하다.

그나저나 흥분한 엘랑드 씨는 상대가 펜리르건 에인션트 드래곤이건 앞뒤 안 가리고 설교를 하네.

무시무시하다.

◇ ◇ ◇ ◇ ◇

엘랑드 씨에게 예상치 못한 설교를 들은 다음 날, 하루를 통째로 투자했음에도 끝나지 않은 가죽 벗기기 작업은 그다음 날까지 연장되었다.

기대하고 있었던 리바이어던의 고기를 또다시 먹지 못하게 되자, 페르, 곤 옹, 드라 짱, 스이의 기분은 그야말로 저기압이었다.

특히 페르는 언짢은 기색을 감추지 않고 뚱한 표정을 짓고 있다.

달래기 위해 "페르가 먹고 싶은 걸 만들어줄게"라고 했더니 돌아온 답변은『카라아게』였다.

페르뿐 아니라 다들 좋아하니 만들어 주자는 생각에, 저녁에는 카라아게를 만들어줬다.

그랬더니 다들 리바이어던을 먹지 못한 데에 따른 불만을 쏟아내듯 미친 듯이 먹어댔다.

튀기는 족족 사라졌다고.

카라아게용으로 준비해뒀던 고기도 다 떨어져서 급히 던전 돼지와 던전 소로 돈가스와 규카츠를 튀겨야만 했다.

무진장 피곤하다.

그리고 그다음 날에 드디어 가죽 벗기기 작업이 끝나서, 전체적으로 보면 얼마 안 되지만 살에서 뼈를 떼어내어 겨우 기다리고 기다렸던 고기 상태가 되었다.

그 작업도 빨리 리바이어던의 고기를 먹고 싶다는 우리 애들의 강한 바람에 따른 결과(페르와 곤 옹이 반쯤 협박해서), 간신히 끝낸 거였지만.

그렇게 해체 작업 개시로부터 4일째 되는 날에 우리는 드디어 리바이어던의 고기를 아주 조금 얻을 수 있었다.

하지만 말이지…….

아니, 이렇게 될 줄은 알았지만 페르와 곤 옹, 드라 짱과 스이는 하나같이 리바이어던의 고기를 먹을 생각으로 가득해서.

리바이어던의 고기를 손에 넣자마자 다들 『당장 돌아가자』며 합창을 해댔다.

엘랑드 씨와 요한 아저씨에게 인사를 하고서 돌아가려 했는데, 마음이 급해진 페르가 내 옷깃을 물어 휙 던져서 등에 태웠다.

스이는 어느샌가 자신의 정위치인 가방에 들어가 준비를 마쳤고, 곤 옹과 드라 짱은 『먼저 가 있겠네』라면서 왕도 상공을 날아 한 발 먼저 돌아가 버렸다.

그러고 나자 페르는 뒤도 안 돌아보고 미친 듯이 달려 왕도를 가로지르려 했다.

페르에게 멈추라고 했지만 듣지도 않았다.

필사적으로 "좀 천천히! 안 그러면 리바이어던도 없어!!"라고 소리를 치고 나서야 속도를 떨어뜨렸다.

그럼에도 투덜대며 빠른 걸음으로 걸어서 왕도에서 빌린 저택에 도착했다.

현관문을 열자, 녀석들은 쉴 새도 없이 나를 부엌으로 떠밀었다.

◇ ◇ ◇ ◇ ◇

"나 참, 쉴 시간은 좀 줘야 할 것 아냐."

불평을 하면서도 나는 뭘 만들지 생각해 보았다.

"조리에 시간이 걸리면 다들 난리를 치겠지. 무엇보다 나도 잽싸게 간단히 때우고 싶으니……."

페르와 곤 옹은 요전에 먹었던 아이스 드래곤과 비슷하다고 했지…….

아이템 박스에서 꺼낸 리바이어던의 고기는 언뜻 보면 아이스 드래곤의 고기와 마찬가지로 흰살 생선과 비슷해 보였다.

촉감을 비교하자면 이쪽이 좀 더 쫄깃한 느낌이네.

"뭐, 어찌 되었건 맛부터 봐야겠지."

잘라낸 소량의 리바이어던 고기에 소금 후추를 뿌려 구워보았다.

구워진 모습도 아이스 드래곤의 고기랑 비슷한걸.

맛도 대구 같을까?

그렇게 생각하며 리바이어던의 고기를 입으로 옮겼다.

"우와! 이건……."

포근포근 포슬포슬 허물어지는 식감은 아이스 드래곤의 고기와 비슷하다.

하지만 입 안에 퍼지는 감칠맛이 차원이 다르다.

표현하기가 어렵지만, 맛있는 흰살 생선의 맛을 전부 합쳐서 두 배로 늘린 것 같다고 해도 될 만큼 맛있다.

"이 정도면 소금 후추를 뿌려서 굽기만 해도 충분히 맛있겠지만, 어쩐지 아깝다는 생각이 든단 말이지. 이 고기라면 여러 가지 소스와 궁합이 좋을 것 같기도 하고. 뫼니에르로 만들어서, 기본에 충실하게 버터 간장 소스를 끼얹을까. 아니면 레몬 버터 소스. …………아! 이거라면 요전에 인터넷 슈퍼에서 발견한 걸 끼얹어도 맛있을지도!"

인터넷 슈퍼에서 얼마 전에 발견한 신상품.

케첩이 다 떨어져 가기에 보충해두려고 둘러보던 중, 처음 보는 상품이 눈에 띄었다.

케첩으로 유명한 메이커에서 나온 토마토를 사용한 소스로, '그대로 요리에 끼얹기만 해도 메뉴가 맛있고 산뜻해집니다!'라는 광고 문구가 붙어 있기에 나중에 써봐야겠다고 생각했었는데.

종류가 세 개라 여러 요리에 사용할 수 있을 듯한 데다, 토마토 소스를 만드는 게 귀찮을 때 상당히 편리할 듯했다.

무엇보다도 나의 직감이 '이건 무조건 맛있다'고 주장하고 있다고~.

아닌 게 아니라 케첩이나 홀 토마토 통조림이 필요할 때 이 회사 걸 쓰면 실패는 안 해서 신뢰가 가기도 하고.

"좋아, 메뉴는 정해졌어. 리바이어던의 고기는 심플하게 뫼니에르를 해서 먹자."

부족한 재료를 인터넷 슈퍼에서 구입하고.

그 다음은 그 케첩으로 유명한 회사에서 나온 토마토소스를 구입.

"좋아, 준비 완료. 우선은……."

리바이어던의 고기에 가볍게 소금 후추로 간을 하고, 밀가루를 골고루 입히고서 가볍게 털어준다.

달군 프라이팬에 가염버터를 넣고 녹인 후, 리바이어던의 고기를 넣는다.

이제 앞뒤로 바삭해지도록 굽는다.

구워진 리바이어던의 고기를 꺼내고, 그 팬을 그대로 사용해 소스를 만든다.

"이 프라이팬은 버터 간장 소스. 그리고 이쪽은 레몬 버터 소스."

버터 간장 소스는 추가로 가염버터를 녹이고 간장을 넣어 전체적으로 잘 섞어주면 완성이다.

레몬 버터 소스는 마찬가지로 가염 버터를 추가로 녹이고, 레몬즙과 소금을 넣고서 흑후추를 추가한다.

"갓 갈아낸 흑후추는 역시 향이 좋다니까."

내가 쓰는 후추는 그라인더가 달린 용기에 들어있는 흑후추다.

이런 것도 구할 수 있다니, 인터넷 슈퍼 만세다.

이제 이쪽도 전체적으로 잘 섞어주면 완성이다.

다음은 토마토소스를 끼얹을 뫼니에르 차례다.

이쪽은 토마토소스의 맛이 두드러지도록 담백하게 하고 싶으니 올리브 오일로 굽는다.

리바이어던의 고기가 앞뒤로 바삭하게 구워지면…….

"좋아, 완성!"

내가 말하는 걸 들었는지 페르, 곤 옹, 드라 짱, 스이가 우다다 부엌으로 들이닥쳤다.

『다 됐나! 좋아, 먹자!』

『드디어 리바이어던을 먹을 수 있겠구먼!』

『얼마나 기다렸는데!』

『리바이어던 고기 먹을래~!』

"그쪽으로 가져갈 테니까 좀 기다려."

나 참, 기대가 지나치잖아.

허둥지둥 거실로 돌아가는 녀석들의 모습을 보며 나는 쓴웃음을 지었다.

그리고…….

녀석들 앞에 리바이어던의 뫼니에르가 담긴 그릇을 늘어놓았다.

"오늘은 심플하게 뫼니에르로 해봤어. 이게 버터 간장 소스고 이쪽이 레몬 버터 소스. 그리고 이 아무것도 안 끼얹은 뫼니에르에는……."

아까 샀던 세 종류의 토마토소스를 두둥, 하고 꺼내놓았다.

첫 번째 것은 과육이 남아있는 토마토에 양파를 첨가한 산뜻한 맛의 정통적인 토마토소스.

두 번째 것은 마늘이 듬뿍 들어간 마늘 풍미가 풍부한 토마토소스.

마지막 것은 스페인에서 유래되었다는 토마토와 빨간 파프리카 베이스의 매콤한 소스로, 브라바스 소스라는 거다.

그걸 아무것도 끼얹지 않은 리바이어던 뫼니에르 위에 끼얹고…….

"아, 스이한테는 이 브라바스 소스라는 게 살짝 매울 테니 안 먹는 게 좋을지도 모르겠네."

살짝 맛을 보니 상당히 얼얼한 매운맛이라 굳이 말하자면 어른 취향의 소스였다.

『에이~ 먹어보고 싶어~.』

"그럼 조금만 끼얹자. 그러고서 먹을 수 있을 것 같으면 듬뿍 끼얹어줄게."

『알았어~.』

그렇게 다섯 종류의 소스를 끼얹은 뫼니에르가 완성되자 먹보 콰르텟은 기다렸다는 듯이 음식에 덤벼들었다.

『음. 역시 리바이어던의 고기는 맛있군!』

『그래그래, 이 맛이네. 하지만 역시 주공이 요리를 해준 만큼 한층 더 맛있어졌어.』

『맛있어! 이거, 맛나!』

『리바이어던 고기, 맛있어~!』

그토록 기다렸던 리바이어던의 고기라서인지.

먹보 콰르텟은 유달리 기뻐했다.

다들 첫 번째 세트를 깨끗하게 비우고 곧장 추가 주문을 했다.

예상대로 스이에게 브라바스 소스는 조금 매웠는지, 나머지 네 종류를 더 달라고 했다.

그럼 나도 먹어볼까.

이번에는 궁금했던 3종 토마토소스로.
우선 정통적인 토마토소스부터.
살짝 새콤한 맛이라 산뜻한걸.
응, 맛있어.
다음은 마늘 풍미가 풍부한 토마토소스.
오오~ 이것도 맛있다.
개인적으로 아주 좋아하는 맛이야.
그리고 그 다음은 매콤한 브라바스 소스.
맛에 악센트가 있어서 이것도 맛있는걸.
살짝 얼얼할 만큼 매콤해서 어른 취향이긴 하네.
이것도 맛있다. 전부 다 맛있네.
아~ 뭔가 빵이 먹고 싶은걸.
그런고로 테레자 특제 시골 빵을 아이템 박스에서 꺼냈다.
토마토소스를 살짝 찍어서 덥썩.
응, 맛있어.
빵을 맛봤으니 다음은 리바이어던의 뫼니에르.
아~ 어쩌지. 무한으로 들어갈 것 같아.
그런 생각을 하며 뫼니에르와 빵을 번갈아가며 먹고 있자…….
『어이, 이것과 이걸 한 그릇 더다!』
페르가 주문한 것은 마늘 풍미 토마토소스와 매콤한 브라바스 소스 뫼니에르였다.
아~ 페르가 좋아할 만한 맛이긴 하지.
『나도 이것과 이걸 더 주시게나.』

곤 옹은 기본인 버터 간장 소스와 마늘 풍미 토마토소스 뫼니에르를 추가 주문했다.

역시 기본이 최고이긴 하지.

『나도 한 그릇 더! 이거랑 이걸로!』

드라 짱은 담백한 맛의 레몬 버터 소스와 매콤한 브라바스 소스 뫼니에르를 주문했다.

레몬의 풍미를 살린 레몬 버터 소스도 괜찮지.

그래서 매콤하고 맛이 진한 소스가 더더욱 당기는 거고.

『스이도 한 그릇 더~! 으음, 전부 다~!』

하하하, 스이는 매콤한 브라바스 소스를 빼고 전부 다인가.

여전히 잘도 먹네.

그렇게 녀석들이 추가 주문한 음식을 내주었는데, 몇 분도 채 안 돼서…….

『『『『한 그릇 더!』』』』

"뭐 이렇게 빨라."

리바이어던을 애타게 기다렸던 탓인지, 다들 얼마나 빠르게 먹어치우던지.

『한참은 더 먹을 거다. 리바이어던의 고기는 넉넉하게 준비해 뒀겠지?』

리바이어던 뫼니에르를 먹고서 입가를 날름 핥으며 페르가 그렇게 말했다.

『나도 먹을 거네.』

『나도! 리바이어던의 고기를 먹는 건 처음이니까. 제대로 맛을 봐야지.』

『스이도 더 많~이 먹을 거야~.』

"……추가로 더 구워 올게."

배가 터지도록 먹을 기세인 먹보 콰르텟의 말을 듣고서 나는 저절로 뺨이 실룩거리는 걸 느끼며 그렇게 대꾸했다.

◇ ◇ ◇ ◇ ◇

해체 작업 5일째.

기대하고 고대했던 리바이어던을 먹은 덕에 먹보 콰르텟도 차분해지기는 했지만 이번에는 잔뜩 들떠서 『오늘 밤에도 리바이어던을 배불리 먹자』는 소릴 하기 시작했다.

쓸데없이 신경이 곤두서 있을 때도 좀 그랬지만, 이번에는 너무 들떠 버려서 문제네.

결국 요리를 만드는 건 나잖아.

어제도 뫼니에르를 얼마나 많이 구웠는지…….

너무 피곤해서 그렇게 맛있는 리바이어던을 느긋하게 맛볼 수도 없었다고.

오늘도 그 일이 반복될 거라 생각하니 넌더리가 다 나네.

아무튼.

오늘의 중심 작업은 리바이어던의 몸통에서 뼈를 발라내는 거다.

리바이어던의 해체 작업을 지휘(일단은)하고 있는 엘랑드 씨가 그렇게 말했으니 그렇겠지.

여담이지만 저 사람은 지친 기색도 없이 매일 생글생글 웃는 얼굴로 활기 넘치게 일하고 있다.

뭐, 그건 아무래도 좋지만 그렇게 되면 분명 어제와는 비교도 되지 않을 만큼 많은 리바이어던의 고기가 내 수중에 들어올 거다.

그럼 먹보 콰르텟인 페르, 곤 옹, 드라 짱, 스이는 미친 듯이 기뻐할 테고…….

하아~ 오늘 밤도 죽어나겠네…….

길드 마스터가 있으면 푸념이라도 해서 조금은 기분을 풀 수 있었을지도 모르지만, 어지간히도 바쁜지 어제는 결국 돌아오지 않았다.

오늘 아침, 이 해체 현장에 와서 발견해 붙잡아다가 잠시 이야기를 해보니 앞으로는 왕도 모험가 길드에서 묵을 거란다.

길드 마스터는 "지금은 하도 바빠서 그러는 편이 더 낫네. 그리고 자네랑 같이 있으면 소동에 휘말려들 수도 있으니까"라는 말도 덧붙였다.

소동이라니, 무슨 소리지? 하고 생각에 잠기자 길드 마스터가 "어제 내가 돌아갔으면, 자네는 리바이어던을 대접했겠지?"라고 묻기에 당연히 "네에"라고 답했다.

그야 먹보 콰르텟에게 리바이어던의 고기를 쓴 요리를 해줬으니 그렇게 됐겠죠.

그랬더니 "이 나라는 물론이고 주변국에서도 화제의 중심이 된 리바이어던의 고기를 내가 먹었다는 사실이 알려지면 어떻게 될 것 같나? 무슨 짓을 당할지 몰라"라나.

하지만 "드래곤 고기는 드셨잖아요?"라고 물었더니 "크윽……. 그 일로 학습한 거네"라고 했는데, 뭘 학습했다는 건지.

아니, 내가 먹어도 괜찮다고 한 데다 우리가 먹는 음식을 나눠 준 걸 가지고 다른 사람이 뭐라 할 이유는 없을 것 같은데.

애초에 그런 일로 소란을 피울 사람이 어디………… 있었네.

약 한 명.

저 사람…… 아니, 저 엘프라면 '저도 주십시오~'라면서 울고불며 매달리고도 남아. 상상만 해도 속이 쓰려오네.

뭐, 그런고로 길드 마스터의 말도 납득이 되었다.

오늘 밤에도 우리 집 식탁에 리바이어던 요리가 늘어서는 건 확정 사항이나 다름없으니까.

아무튼…….

나는 가죽을 벗겨내 하얀 속살이 드러난 리바이어던의 커다란 몸을 바라보며 '오늘 저녁 메뉴는 뭘로 할까……'라는 생각을 하느라 여념이 없었다.

◇ ◇ ◇ ◇ ◇

오늘도 왕도에서 빌린 집에 도착하자마자 나는 쉴 새도 없이 부엌으로 내몰렸다.

만들 메뉴는 정해뒀지만…….

"앞으로 매일 이래야 하나?"

내 아이템 박스에 잔뜩 쌓인 리바이어던의 고기를 떠올리니 넌

더리가 났다.

식욕이 끝이 없는 먹보들이 배불리 먹는다 해도 상당 기간 동안 버틸 만큼 많은데.

"그런데도 이게 전부가 아니란 말이지……."

그랬다.

몸에서 뼈를 발라내는 작업이 아직 절반 이상 남았다.

그 얘기는 더더욱 많은 양의 리바이어던 고기가 내게로 모여들 것이란 뜻이다.

무의식중에 몸이 으스스 떨렸다.

"뭐, 뭐어, 너무 깊이 생각하지 말자. 응, 조만간 녀석들도 질릴 테니까."

리바이어던의 고기를 질릴 때까지 먹다니, 다른 사람들이 들으면 기절할 일이지만.

뭐, 한 시라도 빨리 먹보 콰르텟이 질리기를 마음속으로 기도하며 오늘 저녁밥을 만들도록 할까.

오늘 저녁 메뉴는 포일 구이다.

대량으로 만들어야 하는 데다 좌우간 간단하게 만들 수 있다는 데에 중점을 뒀다.

그리고 이거라면 채소도 같이 먹을 수 있어서 맛있다.

그런고로 우선 인터넷 슈퍼에서 부족한 재료를 조달했다.

그 다음에는 채소류를 손질한다.

아이템 박스에 잔뜩 쌓여 있는 앨번표 양파와 양배추를 쓸 거다.

양파는 얇게 채 썰고 양배추는 듬성듬성 썬다.

인터넷 슈퍼에서 조달한 팽이버섯은 밑동을 잘라내고 잘 풀어 둔다.

대량의 채소류를 다 손질한 후에는 소스를 만든다.

오늘의 포일 구이는 폰즈 간장과 미소 된장 마요 소스를 곁들여 먹으려 한다.

폰즈 간장은 먹기 직전에 끼얹을 거니 미소 마요 소스를 만들자.

알고 보면 완전 간단하다.

미소 된장과 마요네즈, 시로다시*를 섞기만 하면 된다.

이렇게만 해도 무진장 맛있는 미소된장 마요 소스가 완성된다.

미소된장 마요 소스를 만들었으니 이제 버터를 바른 알루미늄 포일에 재료를 늘어놓기만 하면 된다.

양파, 양배추를 깔고 소금 후추로 밑간을 한 리바이어던의 고기를 올려놓는다.

그 위에 또 양파와 양배추를 깔고 팽이버섯도 얹는다.

그런 다음 버터 한 조각을 넣고 알루미늄 포일로 감싼 것과, 미소된장 마요 소스를 끼얹고서 알루미늄 포일로 감싼 것, 두 종류를 만든다.

이 두 종류를 대량으로 만들었으면 이제 오븐으로 굽기만 하면 된다.

포일로 싼 것들을 구워 꺼내기를 한동안 반복해서…….

"좋아, 이만큼 있으면 괜찮겠지."

---

* 백간장이나 연한 맛 간장에 다시마와 가다랑어포, 표고버섯 등을 우린 국물에 맛술, 소금을 섞은 것.

오늘은 나도 느긋하게 먹고 싶어서 넉넉하게 만들었다.
어제처럼 추가로 만들게 되면 느긋하게 맛볼 수가 없으니까.
리바이어던 고기도 큼직하게 썰어 각 포일 구이를 큼직하게 만든 데다, 상당히 많이 만들었으니 오늘은 정말 괜찮겠지.
그런고로 배를 곯으며 기다리고 있는 녀석들에게 가져갔다.
"오늘은 포일 구이로 해봤어. 이렇게 포일을 열어서. 아 뜨거."
버터 향이 은은히 풍겨 나왔다.
"이쪽에는 이 폰즈 간장을 끼얹어서 담백하게 먹으면 되고. 이쪽에는 미소된장 마요 소스를 끼얹어둬서 맛이 진할 거야. 뜨거우니까 조심하고~."
포일을 열어서 시범을 보이며 설명해 나갔다.
『맛있어~♪』
뜨거운 것도 아무렇지도 않다는 듯 포일 구이를 먹은 스이가 몸을 푸들푸들 떨며 신이 나서 말했다.
『음. 둘 다 맛있네! 양쪽 모두 우열을 가릴 수가 없구먼.』
곤 옹도 양쪽 메뉴를 와구와구 먹으면서 고개를 끄덕이며 그런 소리를 했다.
『둘 다 맛있지만 난 맛이 진한 이쪽이 더 좋아.』
드라 짱은 미소된장 마요가 더 취향에 맞는 모양이다.
그리고…….
한 발 먼저 포일 구이를 즐기는 녀석들을 뚱한 눈으로 쳐다보며 뜨거운 그것들을 바람 마법으로 식히던 페르가 한 발 늦게 포일 구이를 먹었다.

『음. 맛있군. 채소는 필요 없지만. 역시 리바이어던은 맛있어.』
무슨 소릴 하는 거야.
포일 구이에 채소는 필수라고.
채소도 맛있잖아.
나도 포일 구이를 먹었다.
미소된장 마요 쪽을 쌀밥과 함께.
이 진한 맛이 밥반찬으로는 최고란 말이지.
리바이어던은 물론이고 가열해서 단맛이 우러난 채소에 리바이어던의 감칠맛과 미소된장 마요가 어우러져서 끝내주게 맛있네.
이러면 밥을 더 먹을 수밖에 없잖아.
그런 생각을 하고 있자 먹보 콰르텟이 곧바로 한 그릇 더 달라고 합창을 해댔다.
"후후후, 어제는 추가로 만들어야만 했지. 오늘은 잔뜩 준비해뒀으니까 괜찮아."
곧장 포일 구이를 추가로 준비했다.
『호오, 그렇다면 몇 번을 더 달라고 해도 괜찮겠군.』
『후하하, 그거 반가운 소리로군. 오늘은 어제보다 더 마음껏 먹어볼까.』
『당연히 그래야지!』
『스이도 어제보다 더 많이 잔~뜩 먹을래~!』
먹보 콰르텟은 그런 소리를 하며 의욕을 불태웠다.
내가 내뱉은 쓸데없는 한 마디가 녀석들의 위장을 활성화시킨 모양이다.

"어? 아니, 그런 뜻으로 한 말이 아니야! 적당히, 적당히 먹어!"

녀석들의 의욕적인 모습에 나는 당황했다.

『아, 주공, 요전에 마셨던 그 '맥주'라는 걸 줄 수 있겠는가? 이 요리에 무조건 어울릴 것 같아서 말이네.』

『치사해~! 그럼 스이도 검고 톡톡하는 거 마시고 싶어~.』

『콜라 말이지? 나도 콜라 마실래!』

『나는 투명한 사이다가 좋다. 그리고 한 그릇 더다.』

『나도 주시게.』

『나도!』

『스이도~!』

"잠깐, 다들 내 말을 듣기는 한 거야? 적당히, 적당히 좀 먹으라고오오오."

『좋아, 오늘은 사냥하러 간다.』

『좋구먼. 요즈음 계속 리바이어던 해체 작업에만 붙어있었으니, 이쯤 해서 몸을 움직여두는 것도 나쁘지 않겠어.』

『나도 찬성!』

『사냥~!』

“자자자자잠깐, 너희 지금 무슨 소릴 하는 거야?”

아침밥을 먹고서 한숨을 돌리던 중에 뜬금없이 입을 열더니 갑자기 사냥을 가자니.

“리바이어던 해체 작업은 아직 안 끝났잖아.”

내가 그렇게 말했지만 먹보 콰르텟인 페르, 곤 옹, 드라 짱, 스이는 들은 척도 안 했다.

『아니, 끝난 거나 다름없지 않으냐.』

『음. 중요한 리바이어던의 고기는 확보했으니 말이네.』

『맞아맞아. 그렇다고. 고기가 제일 중요하니까.』

『고기~!』

“너희들 정말…….”

그야 너희에게는 고기가 제일 중요하겠지.

눈 뜨면 고기만 찾는 고기지상주의니까.

확실히 최근 이틀 동안 몸통에서 뼈를 발라내는 작업이 끝나서 리바이어던의 고기는 다 회수했지.

내 아이템 박스에 아주 가득가득, 대량으로 쌓였을 정도니까.

하지만 그렇다고 다 끝난 건 아니잖아.

"잘 들어, 고기를 손에 넣었다고 해서 해체 작업이 끝난 건 아니야. 아직 머리 해체 작업이 남았잖아."

『흠, 머리는 아무래도 좋다. 어차피 먹지도 못 할 부분이니까.』

페르가 그렇게 말하자 동의하듯이 곤 옹과 드라 짱, 스이까지 응응, 하고 고개를 끄덕였다.

"그런 소리 말라니까. 게다가 어느 쪽이 되었건 좀 더 시간이 걸릴걸."

『뭐라고?!』

『좀 더 시간이 걸릴 거라니……. 다음 주 즈음에는 집으로 돌아갈 수 있을 줄 알았네만. 슬슬 목욕이 하고 싶어서 말이네.』

『듣고 보니 그러네. 나랑 스이는 여기 목욕탕이라도 괜찮지만 곤 옹한테는 너무 좁아서 못 들어가니까.』

『그치만 집에 있는 목욕탕이 더 크고 기분 좋아~.』

잠깐, 목욕이라니, 곤 옹은 그게 문제야?

아니 뭐, 페르와 곤 옹을 위해 집에 있는 목욕탕을 확장 공사한 셈이니 그렇게 말해줘서 기쁘기는 하지만 말이야.

하지만 리바이어던이잖아.

목욕과 리바이어던을 저울질하면, 아무리 생각해도 리바이어던이 더 중요할 텐데.

고기를 확보했으니 나머지는 아무래도 좋다고 생각하는 것 같다. 아니, 분명 그렇게 생각하고 있을 먹보 콰르텟을 나는 살짝 어이가 없다는 눈빛으로 쳐다보았다.

"하아, 하여간 너희는……. 있잖아, 아직 해체도 안 끝났고 왕도 모험가 길드와의 거래도 정해진 게 하나도 없다고. 아직 한참은 시간이 걸릴 거야."

왕도 모험가 길드도 고기 이외의 부위를 전부 매입해주지는 못할 거라고.

이미 자금적인 문제로 전부는 무리라는 식의 말도 전해 들었고.

그렇다면 당연히 남은 소재들은 내가 인수해야 하고, 거래 대금 정산 등의 자잘한 일들이 많이 남아있다고.

해체가 끝났다고 '자, 다 끝났습니다'라고 할 수 있는 일이 아니란 말이야.

"자, 오늘부터는 해체도 모험가 길드에서 하기로 했어. 다들 가자."

몸통 부분의 해체를 마쳤으니 오늘부터는 머리 부분의 해체 작업에 돌입한다.

거대하기는 하지만 머리라면 모험가 길드의 창고에서도 해체가 가능하다기에 오늘부터는 그곳으로 해체 장소를 변경하기로 한 거다.

『끄으응, 그런 건 그 녀석들에게 맡겨두면 되지 않으냐.』

"확실히 해체나 매입할 물건을 정하는 건 저쪽에 맡기는 경우가 많지만, 물건은 가져가야 하잖아."

리바이어던의 거대한 머리는 나한테 있기도 하고.

"자, 가자."

◇ ◇ ◇ ◇ ◇

왕도 모험가 길드에 도착하자 바로 창고로 안내를 받았다.

그리고 그곳에서 기다리고 있던 것은…….

"무코다 씨! 그리고 드라 짱, 곤 옹님!!"

만면의 미소와 반짝반짝…… 아니, 번쩍번쩍 빛나는 눈으로 쏜 살처럼 우리 앞으로 달려오는 엘랑드 씨였다.

그런 엘랑드 씨의 모습에 뺨을 씰룩거리며 나는 "저기, 페르랑 스이도 있거든요"라고 덧붙여 말했다.

그런 내 말을 엘랑드 씨는 "아아, 그랬죠" 하고 슬쩍 흘려 넘겼다.

이 사람, 뭔가 갈수록 심해지는 것 같지 않아?

그건가?

원래도 드래곤에 미쳐 있기는 했지만, 실제로 드래곤을 보게 된 건 나를 만난 이후부터라 조금씩 고삐가 풀리고 있는 건가?

그렇다 쳐도 최근에는 너무 자제하지 않게 된 것 같은데.

엘랑드 씨를 보며 그런 생각을 하고 있자…….

"드라 짱, 곤 옹님, 만나고 싶었습니다~!"

무슨 생각을 한 것인지 엘랑드 씨…… 아니, 변태는 그렇게 외치며 드라 짱과 곤 옹에게 돌진했다.

나는 허둥지둥 팔을 벌려 변태가 못 지나가게 떡 버티고 섰다.

"무, 무코다 씨?! 왜 방해를 하시는 겁니까!"

"왜냐니, 당연하잖아요! 카레리나에서 있었던 일을 잊으신 거예요?!"

이쪽은 똑똑히 기억한다고요!

리멤버 카레리나!

"큭, 그건 그거고, 지금은 지금이죠!"

뭔 소리야, 그게.

"왕도에 온 뒤로 계속 못 만나지 않았습니까! 하늘에서 경비를 서기도 하셨지만 어째서인지 한 번도, 계~속 만나질 못했다고요! 이렇게나 가까운 곳에 있는데!"

변태가 "그게 얼마나 안타깝고 괴로운 일인지, 아십니까?!" 따위의 역설을 토했지만…….

그건 당신을 만나고 싶지 않은 마음에 드라 짱과 곤 옹이 곧장 하늘로 날아올라서 그런 거거든요?

"아니, 그건 드라 짱이랑 곤 옹이 엘랑드 씨를 만나고 싶지 않다는 뜻이거든요. 눈치 좀 챙기시라고요."

나는 나직하게 중얼거렸다.

카레리나에서 그런 일이 있었으니 만나기 싫어할 수밖에 없잖아요.

보통은 말이죠.

게다가…….

"애초에 이러면 안 되잖아요. 왜 끌어안으려 하는 건데요."

그래.

이 엘프는 애초부터 끌어안을 생각으로 팔을 벌리고 돌진했다고.

"조금 정도는 괜찮잖아요!"

조금 정도라니…….

"드라 짱이랑 곤 옹이 엄청 싫어하고 있잖아요!"

그렇게 말하며 돌아보니, 드라 짱과 곤 옹은 예상했던 대로 엄청나게 불쾌한 얼굴로 내 말에 동의하듯 빠르게, 거듭 고개를 끄덕이고 있었다.

"그, 그럴 수가아아아! 저는 이렇게나 드라 짱과 곤 옹님을 사랑하고 있는데에에에!"

"사랑한다니, 소름 돋네."

엉겁결에 본심이 입밖으로 튀어나왔다.

"소름 돋는다니, 너무하잖아요, 무코다 씨이이이이!"

넙죽 엎드려 고개를 푹 숙인 채 소리는 엘랑드 씨는, 더더욱 소름 끼치는 데다 딱해 보였다.

누가 봐도 그렇게 보이는지, 주변에 있던 직원분들도 식겁해서 다들 얽히고 싶지 않다는 듯이 허둥지둥 물러갔다.

우리 일행과 엘랑드 씨가 남겨진 가운데, 어떻게 해야 하나 생각하고 있자…….

어떤 분이 와서 엘랑드 씨를 퍽퍽 걷어찼다.

"잠깐 눈을 뗐더니, 대체 뭘 하고 있는 게야! 일이나 해!"

"어, 잠깐, 모이라 님. 아직 드라 짱이랑 곤 옹님과 교류하지 못했다고요. 잠깐, 잡아당기지 마세요! 드라 짱, 곤 옹님~~~."

모이라 님이 달려와서 일갈을 하더니 엘랑드 씨를 끌고 갔다.

나는 조용히 모이라 님을 향해 고개를 숙였다.

그 후, 돌아온 직원에게 리바이어던의 머리를 어디쯤에 내놓으면 되겠는지를 묻고서, 아이템 박스에서 지정된 장소에 꺼내놓은 후, 드라 짱과 곤 옹의 강한 희망에 따라 다 같이 슬그머니 그곳을 뒤로한 것이었다.

◇ ◇ ◇ ◇ ◇

『좋아, 오늘은 사냥을 해야겠군.』

『음, 그게 좋겠구나. 딱히 할 일도 없으니 말이야.』

『찬성~. 어제 길드에서 안 와도 된다고 했잖아~.』

『사냥~!』

오늘의 예정은 이미 정해졌다는 듯이 페르, 곤 옹, 드라 짱, 스이가 저마다 그런 말을 했다.

"또 그 소리야? 분명 오늘의 예정은 없지만 말이야. 사냥이라면 리바이어던의 해체 작업이 시작되기 전에 했잖아. 그때 드래곤 터틀이라는 거물도 잡았고. 그 정도면 충분하잖아~. 오늘은 느긋하게 좀 지내자~."

아침 식사 후에 맛있는 커피를 마시며 쉬고 있었더니 느닷없이 '사냥 가고 싶다'는 소리나 하다니, 애들이 운치가 없어요.

뭐, 페르 일행이 저런 말을 할 것 같다고는 생각했지만.

오늘 예정이 없어진 시점에서 말이야.

어제 모험가 길드에 갔더니 작업의 중심인 엘랑드 씨가 곤 옹과 드라 짱을 보고 폭주했더랬다.

느닷없이 끌어안으려고 돌진해오는 변태 같은 모습을 보인 것이다.

요즘 들어 정말 자제고 뭐고 안 하는 상태가 됐단 말이지.

그런 일이 있었던 탓인지 어젯밤, 왕도 모험가 길드에서 머물고 있던 카레리나의 길드 마스터가 와서 "이제 머리 부분 해체 작업만 남았으니, 길드에는 안 와도 되네. 아니, 오면 일이 진행이 안 돼"라고 했다.

내 아이템 박스에 있던 리바이어던의 머리도 어제 두고 왔으니, 뭐 우리가 없어도 지장은 없겠지.

하지만 말이야, 확실히 그럴지도 모르지만 의뢰인인데 방해꾼 취급 받는 것 같아서 뭔가 찜찜하단 말이지~.

뭐, 제일 나쁜 건 자제심이 없는 드래곤에 미친 그 사람이지만.

그런고로 머리 해체 작업이 끝날 때까지는 시간적으로 여유가 생겼다.

한가하기는 하지만, 나로서는 평소 엄청 활동적인 페르 일행과 함께 여기저기 돌아다니고 있으니 이럴 때는 느긋하게 한가롭게 지내고 싶단 말이야.

한가한 시간, 얼마나 좋아.

그런데 이 녀석들은…….

『느긋하게 지내는 건 시시하다.』

『나도 주공을 만나기 전에는 던전에서 충분하고도 남을 만큼 잤으니 말이네.』

『역시 움직이는 편이 즐거워.』

『스이도 사냥이 더 좋아~.』

정말~ 너희는 지나치게 활동적이라고!

나는 원래 인도어파라 가끔은 느긋하게 지내고 싶다고.

"너희 예정에 느긋하게 지낸다는 선택지는 없는 거야?"

뚱한 눈으로 페르 일행을 보며 그렇게 물었다.

『없다.』

『동의하네.』

『나한테도 없어.』

『스이도~.』

너무도 솔직한 녀석들의 답변에 나는 고개를 푹 숙였다.

『그렇게 됐으니 가자.』

이미 사냥을 갈 생각으로 가득한 페르, 곤 옹, 드라 짱, 스이의 재촉을 받으며 나는 밖으로 나갔다.

◇ ◇ ◇ ◇ ◇

우리 일행은 터벅터벅 왕도의 거리를 걸었다.

"그래서, 어디로 사냥을 하러 갈지는 정한 거야? 아니, 이쪽이 맞아?"

당연하다는 듯이 평소…… 아니, 왕도에 들락거릴 때 지나는 대문과는 반대 방향으로 가고 있는데.

『음. 이번 행선지로 가려면, 이쪽 문으로 나가는 게 좋네.』

"헤에~. 근데, 이쪽에도 문이 있었구나."

『그런 건 다 확인해 뒀지. 그치, 곤 옹?』

『음. 나와 드라는 쓸데없이 상공에서 경비를 하고 있었던 게 아니니 말이네. 이번에 사냥하러 갈 곳도 하늘에서 보고 기억해낸 장소네.』

리바이어던 해체 현장을 경비하는 김에 상공에서 이런저런 것들을 보고 있었다는 건가.

그리고 저번에 드래곤 터틀을 사냥했던 곳과 마찬가지로 이번 사냥터도 곤 옹이 알고 있는 장소인 모양이다.

『후하하, 곤 옹에게 이야기를 들어보니, 상당히 재미있을 것 같은 장소더라고~.』

들뜬 투로 그렇게 말하며 드라 짱이 공중에서 빙글 공중제비를 돌아 보였다.

드라 짱이 재미있을 것 같다고 생각한 장소라.

심지어 들떠 있기까지 하다니.

…………뭔가 불길한 예감이 드는데.

『재미있을 것 같은 장소~?』

『그래, 스이. 듣자하니 어스 드래곤과 비슷한 사나운 녀석이 있다나 봐. 심지어 큰 것에 작은 것, 집단을 이루고 있는 녀석들까지, 좌우간 종류도 다양하대.』

『와~! 그러면 잔뜩 퓻퓻할 수 있겠네~.』

『맞아. 왕창 사냥할 수 있어!』

드라 짱과 스이가 즐거운 듯이 대화를 나누고 있지만…… 내용이 매우 어수선했다.

어스 드래곤과 비슷한 사나운 녀석은 또 뭐야?

큰 것에 작은 것, 집단을 이루고 있는 녀석들?

그런 건 전혀 만나고 싶지 않은데.

아주 우거지상을 하고 녀석들에게 가기 싫다고 어필해 봤지만, 그 정도로는 아무도 반응해주지 않았다.

『재미있는 장소다. 지금까지 갔던 사냥터와는 완전히 다를 터이니 말이야. 페르라면 아마도 가 본 적이 있지 않을까 싶구나.』

『지금까지 갔던 사냥터와는 완전히 다른 장소라고?』

『그래. 여기서도 흘끔 보이는 저 산. 저 산의 꼭대기에 자리한 구덩이에 있는…….』

『산꼭대기에 자리한 구덩이? ………………흐음, 그곳인가!』

곤 옹의 설명을 들은 페르가 납득했다는 듯이 몇 번이나 고개를 끄덕였다.

『확실히 그곳이라면 재미있을지도 모르겠군!』

『먹을 만한 고기가 별로 없다는 게 난점이지만 말이다.』

『음. 먹을 만한 고기가 아주 없지는 않지만 맛이 그저 그러니까. 그건 좀 아쉽군.』

『허나, 사냥터로는 재미있지 않으냐.』

『그곳은 특수하니까.』

더더욱 불길한 예감이 드는 단어가.

특수하다는 게 무슨 뜻인데…….

뚱한 눈으로 페르와 곤 옹을 노려보았다.

"한창 신나 있는데 미안하지만, 특수하다는 게 무슨 뜻인데. 장소 자체가 특수하다는 거야?"

『음. 뭐, 가보면 알 테지만 산꼭대기의 구덩이에 있는 숲인데. 이 주변에는 흔치 않은 마물들이 많지.』

『그렇다네, 서식하고 있는 마물은 완전히 다르지만 특수하다는 의미에서 예를 들자면 왜, 주공도 이전에 갔던 사냥터, 일부 지면이 하늘 높이 솟아나 있는 장소가 있지 않았는가. 그곳과 비슷하네. 그곳도 특수한 마물이 많았지 않았는가.』

『오오, 듣고 보니 그렇군. 그곳도 변이종이 많지. 뭐, 이번 사냥터에 많은 건 변이종이 아니지만.』

일부 지면이 하늘 높이 솟아 있는 장소…….

변이종 마물…….

윽…… 머리가………….

………………잊고 싶지만 기억은 한다.

아니, 어떻게 잊겠어.

거길 말하는 거잖아, '천공의 숲'. 별칭 '우라노스'.

"응, 관두자."

『뭐? 이제 와서 무슨 소리냐.』

『맞네, 주공.』

『맞아맞아. 게다가 말이야, 가보면 의외로 즐거울지도 모르잖아.』

『주인~ 가자~.』

"드라 짱, 즐거울 일은 절대로 없어. 단언할 수 있다고! 거긴 '우라노스'랑 비슷한 곳이라며? 그런 곳이 즐거울 리가 없잖아! 나는 그곳에 안 좋은 기억밖에 없다고!"

야생 베히모스한테 쫓겨 다니고, 마도 버너는 부서지고.

난리도 아니었잖아.

『에에잇, 말이 많다! 이 문을 나서서 곤 옹을 타면 단숨에 날아갈 수 있다. 잔말 말고 가는 거다!』

그렇게 말하며 페르가 내 등을 머리로 미는 바람에 맥없이 문 밖으로 밀려나고 말았다.

그리고…….

『곤 옹, 준비해라.』

『음.』

『드라와 스이도 당장 곤 옹에게 타라.』

『어엉!』

『알았어~!』

『너도, 어서!』

페르가 옷깃을 물어 휙 던져 올렸다.

"우와와와아악~."

털푸덕.

곤 옹의 등에 착지했다.

『곤 옹, 모두 탔다.』

『음, 그럼 간다.』

모두를 태운 곤 옹이 날아올랐다.

"아니아니, 잠깐, 안 된다니까! '우라노스'랑 비슷한 장소가 정상적인 곳일 리가 없잖아아아아아."

내 비명은 허무하게 하늘에 녹아 없어졌다.

◇ ◇ ◇ ◇ ◇

………….

“여기 정말, 산꼭대기 맞지?”

『음. 주공도 내 등에서 보지 않았는가?』

곤 옹의 말이 맞긴 하지만 말이야…….

“보통, 이런 곳에 이런 숲이 있을 거라고는 생각하지 않으니까.”

나는 그렇게 중얼거리며 멍하니 눈앞에 펼쳐진 숲을 바라보았다.

이곳은 녀석들이 사냥을 한답시고 나를 데리고 온 숲이다.

자꾸 눈을 의심하게 되지만, 이곳은 커다란 산 정상에 만들어진 칼데라 안에 있었다.

심지어………….

“뭔가 말이야, 평범한 숲과는 좀 다른 것 같은데.”

풀고사리 같은 식물이 이상하리만치 많다.

게다가 자라나 있는 나무들의 줄기가 매우 두껍고, 가지는 한참 위에 있고 나뭇잎이 무성하게 자라나 있다.

뭐라고 해야 할지, 마치 어릴 적에 도감에서 봤던 쥐라기처럼 공룡이 있었던 시대의 숲 같다.

지금까지 보아온 숲의 식생과는 명백하게 달랐다.

게다가 기후도 다르다.

왕도는 덥지도 춥지도 않아, 봄 날씨 같아서 비교적 생활하기 편했다.

하지만 이 산에 가까워질수록 눈이 쌓여있는 장소가 드문드문 보이기 시작하더니, 이 산 정상 부근은 아예 눈으로 뒤덮여 있었다.

곤 옹을 타고 있을 때는 결계도 있어서 그다지 춥게 느껴지지 않았지만, 눈이 쌓여있는 건 똑똑히 보여서 이거 꽤 추운 곳일지도 모르겠다 싶어 방한복을 꺼내야 하나 걱정했을 정도였는데.

그런데 희한하게도.

이곳은 땀이 배어날 만큼 더웠다.

페르와 곤 옹이 '우라노스'와 비슷한 장소라고 말했던 게 대충 이해가 되었다.

좌우간 특수한 것이다.

분명 이런저런 것들이.

어쩐지 또 위험한 장소에 와버린 것 같다는 생각에 조금 겁이 나서 무심결에 마른침을 꿀꺽 삼켰다.

『있지~ 있지~ 주인~ 이거 봐~. 이 나뭇잎 재미있어~.』

그렇게 말하며 스이가 근처에 있던 풀고사리 같은 이파리를 촉수로 콕콕 찔렀다.

그러자 이파리가 슉 오므라들었다.

그것을 본 스이가 신이 나서 떠들어댔다.

『뭐야, 그거~?! 나도 해볼래!』

그렇게 말하며 드라 짱이 풀고사리 같은 이파리를 스윽, 쓰다듬었다.

그러자 건드린 이파리가 또다시 슉 하고 오므라들었다.

『재미있어!』

『스이도 더 할래~!』

만지면 이파리가 닫히는 재미있는 식물.
드라 짱과 스이에게는 좋은 장난감처럼 보이는 모양이다.
만지면 이파리가 닫히는 모습을 보며 드라 짱과 스이는 신이 나서 왁자지껄 떠들어댔다.
그런 광경을 보고 나는 무의식적으로 훈훈하다는 생각을 했지만…….
"아니지, 아니야. 이곳은 그렇게 훈훈함을 느낄 수 있는 장소가 아니라고."
게다가…….
"지금 생각난 건데, 모험가 길드에 말도 안 했잖아! 메모도 안 남기고 왔고! 그대로 곤 옹을 타고 와버렸잖아! 이러면 또 길드 마스터한테 설교를 들어야 하잖아아~."
그런 소리를 하며 나는 고개를 푹 숙였다.
『무슨 소릴 하려나 했더니, 고작 그런 이야기였나.』
『이미 와버렸으니 받아들이시게나.』
등 뒤에서 페르와 곤 옹의 목소리가 들려왔다.
너희 너무 매정한 거 아냐?

◇ ◇ ◇ ◇ ◇

부스럭——.
움찔.
작은 소리만 나도 나는 움찔움찔 놀라고 있었다.

"괘, 괜찮은 거야, 정말로?"

『그냥 나뭇잎 소리네. 주공은 다소 겁이 많으시구먼.』

곤 옹이 어이가 없다는 듯이 그렇게 말했다.

"어쩔 수 없잖아! 애초에 겁을 준 건 너희면서!"

주변을 살피며 곤 옹에게 항의했지만, 그 말을 들은 드라 짱이 비웃듯이 말했다.

『크크크. 그렇다 쳐도 너무 움찔거리잖아. 우리가 있으니 괜찮다니까.』

『주인은 스이가 지킬 거야~!』

"다정한 건 스이뿐이라니까~. 고마워. 스이 너만 믿을게~."

페르의 등에 타고 있던 스이를 꼬옥 끌어안았다.

『하여간 너란 녀석은…… 하아.』

페르 넌 왜 한숨을 내쉬는 건데.

무례한 녀석 같으니.

『딱히 겁을 준 건 아닌데 말이야.』

곤 옹이 그렇게 말하며 난감하다는 듯이 뺨을 날카로운 발톱으로 벅벅 긁었다.

이번 사냥에는 나도 페르 일행과 동행했다.

사실은 녀석들을 기다리고 있으려고 했지만 말이야.

혼자 있으면 불안하기야 했겠지만, 녀석들의 사냥에 동행했다가 무서운 마물과 마주치는 것보다는 얌전하게 기다리는 편이 조금은 나을 것 같았고, 이러니저러니 해도 페르와 곤 옹의 결계는 우수하니까.

근데 페르와 곤 옹이 『괜찮겠나?』라면서 확인하듯 묻더라고.

평소에는 그런 소릴 안 해서 "뭐가?"라고 물었지.

그랬더니…….

페르와 곤 옹은 『이곳의 녀석들은 대부분이 육식이다』라느니 『머리는 좋지 않았지만 죄다 좌우간 사나워서 말이네』라느니 『결계는 치고 갈 테니 뭐, 잡아먹히지는 않겠지만』이라느니 『이런 소릴 하기에는 좀 그렇지만 주공은 그 녀석들에게 좋은 먹잇감이니 말이네. 상당한 숫자가 몰려들어 포위할지도 모르네』라느니 『너에게 손을 대지 못한다는 사실에 초조해져서 모여든 놈들끼리 서로 잡아먹는 일 정도는 벌어질 것 같군』 따위의 말을 늘어놓았다.

뭐야그거무섭거든?

페르와 곤 옹의 이야기를 듣고서 내가 얼굴이 파랗게 질려 있었더니 『너는 간이 좀 작으니 말이다. 확인차 물어본 거다』라는 페르의 목소리가 멀리서 들려오더니.

『뭐, 하지만 우리의 결계가 있으니 괜찮겠지.』

『음. 우리의 결계라면 만에 하나라도 잡아먹힐 일은 없을 게야.』

페르와 곤 옹이 그렇게 말하면서 멋대로 납득하려고 하기에.

허둥지둥 "갈게! 같이 갈게!"라고 대답했다.

결계 안에 있으면 나는 물리적으로 괜찮겠지만 주변에서 동족포식을 할 거라고?

그런 지옥도 같은 전개는 보기 싫거든?!

아니, 그런 걸 보면 한동안 잠은 다 잤다고 봐야 할 거라고!

꽤 심한 트라우마감이라니까!

잡아먹히지만 않으면 OK라는, 어떻게 보면 태평하기 그지없는 페르와 곤 옹에게 실망한 동시에 정신 건강상 좋지 않을 듯해서 나는 녀석들을 따라가기로 했다.

그런고로 나를 비롯한 일행은 어슴푸레한 숲속을 나아가고 있었다.

『마물, 안 보이네에~.』

스이가 시시하다는 듯이 그렇게 중얼거렸다.

『페르, 곤 옹~ 이 숲에 있는 녀석들, 정말 사나운 거 맞아?』

드라 짱도 시시하다고 생각했는지 페르와 곤 옹에게 그렇게 물었다.

"뭐 어때서. 안 오면 좋지. 좀 더 가보고 안 나타나면 돌아가자. 응, 그러자."

그렇게 사나운 마물이라면 안 마주치는 게 낫잖아.

『흥, 돌아가기는. 게다가 이미 왔다. 송사리지만.』

『음. 집단으로 사냥을 하는 송사리로군. 그중 소수가 우리를 정찰하러 왔구나.』

페르와 곤 옹의 그 말을 듣고 화들짝 놀라 주변을 둘러보았다.

스이와 드라 짱도 주변을 둘러보고 있다.

뭐, 저쪽은 기대가 가득한 얼굴을 하고 있지만.

그러다 보니 부스럭부스럭, 나뭇잎을 헤치는 소리가 들려왔다.

그러더니 폴짝, 작은 무언가가 뛰쳐나왔다.

『뭔가 나왔어~. 도마뱀?』

우리 앞으로 뛰쳐나온 것은 그다지 크지는 않은 작은 생물 세 마리였다.
하지만 그 모습을 본 나는 크게 놀랐다.
"어? 공룡? 어째서?"
그 모습은 두 발로 선 공룡 그 자체였다.
그 사실에는 놀랐지만 크기가 작아서 그다지 무섭다는 생각은 안 들었다.
좋은 의미로나 나쁜 의미로나 이 세계에서 여러 마물들을 보아 왔으니까.
훨씬 크고 사나운 걸 말이야.
그나저나 이 공룡, 어디서 본 적이 있는 것 같은데…….
도감이었나?
아니면 TV?
기억은 안 나지만 거대한 마물이 많은 이 세계에서는 그다지 위협적으로 보이지 않았다.
겉모습은 공룡이지만 발부터 머리까지의 길이가 내 무릎 정도밖에 안 될 만큼 작고, 머리를 좌우로 움직이는 모습이 고개를 갸웃하는 몸짓으로 보여서 우스꽝스럽고 애교를 부리는 것만 같다.
스이도 그렇게 느꼈는지 내 품안에서 뛰어내려 다가가더니 『도마뱀아~. 친구하자~』라면서 촉수를 내밀었다.
그런 교류에 훈훈함을 느끼고 있자…….
『어이, 작지만 그 녀석도 육식이다.』
페르가 그렇게 말한 직후.
덥썩――.

스이의 촉수를 작은 공룡이 물어뜯었다.

그걸 신호 삼기라도 한 듯이, 나머지 두 마리의 작은 공룡도 스이의 둥그런 몸을 물었다.

"끄아악~ 스이~?!"

『씨이~! 스이, 이 정도로는 안 당하거든? 에잇!』

스이가 그렇게 말하자마자 세 마리의 공룡이 괴로워하기 시작했다.

『『『끼기이이익.』』』

물었던 스이에게서 입을 떼고 팔다리를 버둥거리더니, 벌렁 쓰러졌다.

『으헤엑.』

『산을 뿜은 건가.』

『인정사정없구먼. 허나 확실하게 처리했다는 의미에서는 나쁘지 않은 공격법이로구나.』

공룡의 배가 부글부글 녹아내렸다.

『헤헤~ 스이는 강하거든~?』

"스이 짱……."

춤을 추듯 좌우로 몸을 흔드는 스이를 보고 나는 고개를 푹 숙였다.

『어이, 너무 긴장 풀지 마라. 곧 본대가 올 거다.』

"본대?"

『주공, 그 세 마리는 흔히 말하는 척후였다네.』

"어? 그렇다면……."

『왔다. 송사리지만 숫자가 많아. 드라, 스이, 너희끼리 처리해 봐라!』

『송사리가 상대라는 게 조금 마음에 안 들지만, 해치워주지!』

『간다~! 스이, 힘낼 거야~!』

직후, 두두두두두두, 발소리와 함께 작은 공룡의 대군이 나타났다.

"잠깐, 너무 많잖아~."

그리고 이 공룡을 어디서 봤는지 확실하게 기억이 났다.

"이 공룡, 영화에서 봤었어! 작지만 피라냐처럼 사납다고 했어!"

나의 그 말에 반응한 것인지, 일부가 맹렬하게 나에게 달려들었다.

"끄악, 이쪽으로 오지 마~!"

『주인을 괴롭히지 마~! 에잇!』

퓻퓻퓻——.

『스이 혼자만 활약하게 둘 순 없지! 하압!』

푸슉푸슉푸슉푸슉——.

스이의 산탄과 드라 짱의 얼음 마법이 난무했다.

『아, 드라, 스이. 그 녀석들에게는 너무 가까이 가지 않는 게 좋다.』

후우웅——.

『우오.』

『그것 보거라, 그렇게 불을 뿜는단 말이다.』

『쳇, 그런 건 빨리 좀 말하라고, 곤 옹!』

『미안하다, 미안해. 허나 여기 있는 것들 중엔 불을 뿜는 게 많다.』

『그래? 뭐, 하지만 그거라면 내 쪽이 훨씬 강력하단 말씀! 먹어라!』

후와아아아아아아아악――.

작은 공룡을 몽땅 불사를 기세로 드라 짱이 내뿜은 유사 드래곤 브레스가 작렬했다.

"드라 짱 너무 지나쳐~! 숲에 불나면 어쩌려고 그래!"

그나저나…….

"왜 이 세계의 공룡은 불 같은 걸 뿜는 건데에에에."

◇ ◇ ◇ ◇ ◇

『헷헤~ 전부 해치웠다~!』

『흥, 별거 없는 놈들이었네!』

드라 짱과 스이는 몸 풀기 운동이라도 하듯 작은 공룡들의 집단을 전멸시켰다.

『음. 드라와 스이라면 당연히 그래야지.』

『드라와 스이를 상대하기에는 저것들의 수준이 너무 낮았군그래.』

저 피라냐처럼 사나운 공룡이…….

심지어 불까지 뿜었는데…….

처참한 몰골로 널브러져 있었다.

"아~ 쓰러뜨린 건 좋은데 이러면 소재를 못 얻을 것 같네……."

통구이 & 일부가 녹은 시체들뿐이다.

『아무렴 어떠냐. 여기 놈들은 고기도 맛이 없는데. 게다가 그런 송사리는 가지고 가서 뭘 할 거냐.』

『소재를 얻으려면, 거물의 것이 단연 좋지.』

페르와 곤 옹이 그런 소리를 했다.

나도 듣고 보니 그러네, 하고 휩쓸릴 뻔했지만…… 아니, 잠깐 있어 봐.

페르와 곤 옹은 자꾸 송사리라고 하고 있지만 말이야, 이거 실은 희귀한 거 아니야?

그도 그럴 게, 이런 공룡 같은 마물이 있다는 얘긴 못 들어봤다고.

페르와 곤 옹의 말대로 이곳이 '우라노스'만큼 특수한 장소라면 말이야, 말 그대로 수백 년은 사람이 들어온 적이 없을 것 아냐.

그렇다면 페르와 곤 옹이 송사리라고 부르는 이 작은 공룡들도 모험가 길드측에게는 충분한 참고 자료가 될 것 같은데.

'우라노스'의 마물을 매물로 내놓았을 때, 길드 마스터가 그런 소리를 언뜻 했었던 데다 아마도 그런 이유로 '우라노스'산 마물은 전부 매입해주셨을 정도니까.

그런고로 일단 회수하기로 했다.

물론 비교적으로 말끔한 시체를.

『어이, 그런 송사리를 회수해 봐야 별 가치가 없을 거라고 했을 텐데.』

"아니 그게, 페르랑 곤 옹은 이걸 자꾸 송사리라고 하지만 말이야, 애초에 여기에 사람이 온 적이 있기는 해?"

뚱한 눈으로 페르와 곤 옹을 쳐다보며 그렇게 묻자 페르는『모른다』고 말했고 곤 옹도 『나도 모르겠군그래』라고 답했다.

"저기 말이야……."

조금 전에 생각했던 걸 페르와 곤 옹에게 자세히 설명했다.

"요컨대 그렇게 사람의 손길이 닿지 않은 장소에 있는 마물은, 모험가 길드측에도 귀중한 자료가 될 수 있다는 거야."

『끄, 끄응, 그러냐. 마음대로 해라.』

『그, 그래. 주공이 회수하고 싶다면 마음대로 하시게나.』

응. 마음대로 할 거야.

그런고로 아마도 귀중한 자료로 쓰일 마물들을 전부 회수했다.

이러면 길드 마스터의 설교를 피할 수 있을지도 모르잖아.

아니, 그게 진짜 목적이지만.

귀중한 자료는 회수해 갈 테니 길드 마스터가 화내지 말아야 할 텐데.

◇ ◇ ◇ ◇ ◇

"끄아악~ 빨리 어떻게 좀 해 봐~!"

『좀 조용히 있어라! 네가 시끄럽게 굴어서 전투에 집중할 수가 없지 않으냐!』

『주공! 그렇게 걱정하지 않아도 우리가 친 결계는 그리 쉽게 깨지지 않을 걸세!』

『맞아! 우리는 싸우는 중이니까 조용히 좀 하고 있으라고!』

『스이가 더 강하다고~! 에잇!』

페르, 곤 옹, 드라 짱, 스이, 다들 현재 절찬 전투 중.

다들 나에게 불평을 하고 있지만, 사실은 전투를 즐기고 있는 거 맞지?

나는 절찬 습격 받는 중인데~.

확실히 공격은 결계에 막히고 있지만, 이 녀석들은 그런 건 신경 안 쓰고 콱콱 물려고 달려들고 있다고!

왜 이렇게 공격적인 건데!

"어쨌든 빨리 그쪽을 끝내고 구해줘~!"

그렇게 소리치며 나는 몸을 쪼그리고 있을 따름이었다.

이렇게 되기 전, 작은 공룡을 쓰러뜨린 우리 일행은 다시 숲속을 나아가고 있었다.

그때 처음으로 그 녀석이 온 것이다.

페르가 처음으로 쓰러뜨린 공룡.

한참을 올려다봐야 할 만큼 커다란 덩치에 목 부분에 특징적인 가시 같은 돌기가 돋아나 있었다.

그리고 빨간 눈으로 우리를 노려보았다.

푸쉭~ 하고 코로 숨을 내쉬고서 쩍 벌린 입 안에는 날카로운 이빨이 주욱 늘어서 있었다.

신기하게도 그 모습은 영화라도 보는 것처럼 내 눈에 똑똑히 새겨졌다.

그 모습을 멍하니 보고 있자, 녀석은 영화에서 들었던 공룡의 포효 소리 같은, 뭐라 표현하기 어려운 목소리로 한 차례 울더니 그 거대한 몸에 어울리지 않는 민첩한 동작으로 우리를 덮쳤다.

『하, 그럭저럭 큰 놈이 걸렸군! 내가 상대하마!』

그렇게 말하며 페르가 전투에 돌입했다.

페르가 상대한다면 괜찮을 거라 생각하며 곤 옹, 드라 짱, 스이와 나는 조금 떨어진 장소로 대피했다.

사나워 보이는 공룡을 감정해 보니 '아크로칸토사우루스'라고 떴다.

물론 육식이었는데, 역시나 이상하게도 불을 뿜는단다.

그리고…….

"어이, 그 녀석 산도 뿜는대!"

『흥, 산 따위 나에게는 안 통한다!』

아크로칸토사우루스는 페르를 물려고 몇 번이나 잽싸게 머리를 놀려댔다.

하지만 그 정도의 움직임으로 페르를 잡을 수 있을 리가 없었다.

초조해졌는지 아크로칸토사우루스가 머리를 뒤로 젖히더니 무언가를 토해낼 자세를 취했다.

『글쎄 나에게 산은 안 통한다니까. 게다가 너는 이곳에서는 잽싼 편일지도 모르지만, 나에게는 멈춰 있는 거나 다름없다.』

그렇게 말하며 앞발을 내려쳤다.

좌악――.

페르의 주특기라 할 수 있는 발톱 참격이었다.

아크로칸토사우루스의 가슴팍이 쫙 찢어지더니 머리가 툭, 하고 땅에 떨어졌다.

결판이 나서 안심한 것도 잠시뿐.

페르와 아크로칸토사우루스가 싸우는 소리를 듣고 몰려들었는지, 다음 공룡이 나타났다.

심지어 하나같이 보기만 해도 사납다는 걸 알 수 있게 생긴 것들이.

당연히 싸움의 공이 울려 전투가 시작됐다.

페르가 상대하고 있는 것은 몰려든 사나워 보이는 공룡들 중에서도 유달리 큰 공룡으로, 감정해 보니 '기가노토사우루스'라고 떴다.

그리고 설명문을 보니, 이것도 불을 뿜으며 히히이로카네까지도 이빨로 깨부순다고 적혀 있었다.

곤 옹이 상대하고 있는 것은 설명이 필요 없는 폭군, 티렉스다.

이쪽도 감정의 설명문을 보니 불을 뿜으며 아다만타이트조차 이빨로 깨부순다고 적혀 있었다.

게다가 발톱에 즉사급 독도 있다고 한다.

드라 짱의 상대는 감정해 보니 '카르카로돈토사우루스'라고 떴다.

이것도 설명문을 보니 불을 뿜으며 아다만타이트조차 이빨로 깨부순다고 쓰여 있었다.

게다가 아다만타이트를 찢을 만큼 위력적인 발톱도 지녔다고 한다.

스이의 상대는 '카르노타우루스'라고 떴다.

다른 공룡과 비교하면 다소 작지만 머리에 두 개의 뿔 같은 돌기가 있었는데, 움직임이 민첩했던 아크로칸토사우르스와도 비교가 안 될 만큼 날렵했다.

그 날렵한 동작으로 스이를 맹렬하게 추적하는 모습은 공포스럽기까지 했다.

이것도 설명문을 읽어보니 불을 뿜는다고 되어 있고, 아다만타이트조차 이빨로 깨부순다고 하며 강인한 다릿심으로 사냥감을 놓치지 않는다고 쓰여 있었다.

그런 무시무시한 공룡들과 사방에서 격렬한 전투를 벌이고 있는 가운데, 나는 '아무튼 빨리 좀 끝났으면!'이라고 생각하며 가만히 기다리고 있었다. 하지만 이곳의 공룡들은 기다려주지 않았다.

내가 있는 곳으로도 공룡이 온 것이다.

페르 일행이 상대하고 있는 공룡보다 훨씬 작았지만 척 봐도 사나워 보였다.

아니나 다를까 공룡들은 나를 발견한 순간부터 집단으로 공격해 왔다.

공격은 나에게 쳐진 결계에 가로막혔지만, 그런 건 상관없다는 듯이 콱콱 물려고 할 만큼 흉포했다.

내 쪽으로 온 것은 그토록 호전적인 공룡 '벨로키랍토르'였다.

그리고 지금…….

텅, 텅, 텅――.

"우오~ 그쪽은 끝나려면 멀었어?!"

후우우욱――.

"이 녀석들 불까지 뿜기 시작했어!"

쉼 없이 쏟아지는 공격에 몸이 저절로 움츠러들었다.

그나저나…….

"이세계라고는 해도 이 공룡들은 아무리 봐도 이상하잖아! 이 세계를 만든 건 데미우르고스 님이시잖아요! 왜 이런 걸 만드신 건데요오오오!!!"

무심결에 알고 지내는 창조신에게 불평을 하자 머릿속에 목소리가 들려왔다.

『아니 뭐, 어쩌다 보니. 자네 세계의 공룡을 참고해가며 살짝 '오리지널리티'란 걸 가미해 봤다네.』

"왜 그런 경솔한 짓을 하신 건데요! 그리고 그런 오리지널리티는 가미할 필요 없거든요?!"

『그나저나 까맣게 잊고 있었네만, 살아남았었구먼. 음, 음.』

"잠깐, 잊고 있었다고요?!"

『아니 뭐, 그런 일도 있는 법이라네. 게다가 자네에게는 이 세계 최강인 펜리르와 에인션트 드래곤이 있으니 괜찮을 게야.』

"괜찮고 말고가 문제가 아니라고요!"

『어이쿠, 누가 부르는구먼. 뭐, 그렇게 된 걸세. 잘 있게나~.』

"잠깐, 데미우르고스 님?! 데미우르고스 니이이이임."

◇ ◇ ◇ ◇ ◇

"우으, 무서웠어……."

지금 거울을 보면 분명 막 병상에서 일어난 것처럼 핼쑥한 얼굴을 하고 있겠지.

진짜로 무서웠어.

몇 번 지릴 뻔했는지 몰라.

여기 공룡들, 너무 무서워.

그런 심경인 나와 달리 페르, 곤 옹, 드라 짱, 스이는 실로 개운하다는 얼굴을 하고 있었다.

그러고는 각자가 상대했던 공룡에 관해 떠들어대고 있다.

『후하하하하하. 순수하게 덤벼드는 상대를 쓰러뜨리는 건 즐겁군. 내가 처음에 상대한 녀석은 별것 아니었지만, 두 번째로 상대한 녀석은 크기도 크고, 그에 걸맞은 턱힘을 가지고 있었지. 그런 일이 일어날 리 없지만, 만약 녀석에게 물리기라도 했다면 나라도 위험했을 거다.』

『음. 페르 네 상대는 우리가 상대했던 것들 중 유달리 컸으니 말이다. 내 상대는 매우 사납더구나. 에인션트 드래곤인 나에게 겁을 먹기는커녕 오히려 잡아먹으려고 몇 번이고 공격해 왔지. 그 마음가짐은 가상하더구나. 즉사급 독도 가지고 있었던 모양이지만, 뭐, 내게는 안 통하니 말이다. 와하하핫.』

『페르랑 곤 옹의 상대도 강해 보이더라. 하지만 내 상대도 제법이었어! 물렸으면 위험했을지도 모르고, 발톱도 날카로운 게 위험해 보였어. 그 발톱이 스치기만 했어도 몸이 쫙 찢어졌을 거야. 뭐, 그런 건 내 민첩성 앞에서는 아무 짝에도 쓸모없지만! 아무리 무는 힘이 강해도, 발톱이 날카로워도 피하면 그만이거든!』

『스이의 상대도 강했어~. 엄청 잽쌌어~. 그치만 스이는 휙휙 피하다가~ 퓻해서 쓰러뜨렸어~! 스이가 더 강해~!』

싸움 직후라 그런지 다들 엄청 들떴네.

이쪽은 말 그대로 죽다 산 기분인데.

잔뜩 들떠서 이야기하는 녀석들을 무시하고 나는 혼자서 쓰러진 공룡들을 회수해 나갔다.

목이 잘려나간 '아크로칸토사우루스'에 배가 쩍 갈라져 튀어나와서는 안 될 것이 덜렁 튀어나와 있는 '기가노토사우루스'.

곳곳에 깊이 팬 발톱자국이 있고 목을 물어 뜯겨 머리가 떨어져 나갈 것 같은 '티렉스'.

입안부터 목구멍 속까지 불타 문드러진 '카르카로돈토사우루스'.

가슴부터 등까지 녹은 듯한 구멍이 뚫려있는 '카르노타우루스'.

그리고 상체와 하체가 생이별해 버린 여러 마리의 '벨로키랍토르'.

현실도피하며 마음을 비우고 회수했다…….

그리고 잔뜩 들뜬 녀석들과 또다시 숲속을 나아갔다.

도중에 몇 번이나 육식공룡들의 공격을 받았다.

그때마다 페르와 곤 옹과 드라 짱과 스이는 신이 나서 공룡들을 사냥했다.

그나저나 사람의 적응력이란 참 대단하단 말이지.

'여긴 공룡이 대체 얼마나 있는 거야!'라는 생각이 절로 들 만큼 계속 공격해 오는 바람에 싸움이 시작되면 대피하는 것도 익숙해져 버렸다.

지금도 드라 짱과 스이가 '티렉스'와 싸우고 있다.

그나저나 정말 많네.

이곳에서는 공룡들끼리 동족포식을 한다고 들었는데, 혹시 숫자가 줄지 않도록 다들 뛰어난 번식능력을 가지고 있는 걸까?

잘은 모르겠지만.

그렇다면 우연히 찾아온 우리로서는 난감하기 그지없는 일이네.

『좋았어~! 이겼다!』

『됐다~! 쓰러뜨렸다~.』

드라 짱과 스이가 티렉스를 이긴 모양이다.

오늘 몇 마리째인지 모를 이 티렉스도 회수해두자.

그러던 중에 또 쿵쿵쿵, 발소리가 들려왔다.

『또 온 것 같군.』

『어디, 이번엔 내 차례인가.』

『음. 그 다음은 내 차례다.』

연장자들까지 너무 들뜬 거 아니냐고.

하아, 빨리 집에 가고 싶다~.

◇ ◇ ◇ ◇ ◇

걷고 또 걸어 우리 일행은 숲을 지나 초원 지대로 나왔다.

그리고 그곳에는…….

"무진장 크네……."

커다랬던 그 '기가노토사우루스'가 새끼처럼 보일 크기의 목이 긴 공룡이 있었다.

그것도 세 마리.

하지만 난 알지.

저렇게 목이 긴 공룡은 전부 초식이라는 걸.

조금 안심하고 있었더니, 눈앞에서 예상치 못한 일이 벌어졌다.

초원에서 작은 공룡을 포식하고 있던 티렉스를, 목이 긴 공룡이 그 긴 목을 뻗어 덥썩 문 것이다.

"어?"

인간은 예상치 못한 일이 일어나면 아무 반응도 못 하는구나.

그저 멍하니 그 광경을 보고 있을 수밖에 없었다.

그리고 다음 순간, 또다시 예상치 못한 일이 일어났다.

티렉스를 문 목이 긴 공룡이, 그 긴 목을 구부려 티렉스를 땅바닥에 내동댕이친 것이다.

쿠웅, 커다란 소리와 함께 내동댕이쳐진 티렉스는 꿈쩍도 하지 않았다.

그 광경에 눈이 휘둥그레져 있었더니 또 예상치 못한 일이 일어났다.

목이 긴 공룡이 움직이지 않게 된 티렉스를 우걱우걱 먹기 시작한 것이다.

"우째서~."

아니아니아니, 잠깐, 잠깐만.

초식공룡 아니었어?!

왜 티렉스를 잡아먹는데?!

"저, 저기, 왜 티렉스를 잡아먹는 거야?!"

페르의 등을 찰싹찰싹 두드리며 그렇게 묻자 페르는 대수롭지 않다는 듯이 『그야 육식이라 그렇겠지』라고 대답했다.

아니아니, 그야 그렇겠지만!

『그나저나 저 녀석이 이곳의 정점이라는 건 변함이 없군.』
『음. 예나 지금이나 저 녀석이 이곳의 최강종이로구먼.』
『무진장 크네~. 쓰러뜨리는 보람이 있겠어!』
『크다~.』
아니, 너희, 저거랑 싸우게?
정말 싸울 생각이냐고?!
이미 의욕이 충만한 페르, 곤 옹, 드라 짱, 스이를 보고 깜짝 놀라고 있던 중…….
"아."
갑자기 이쪽으로 머리를 돌린 목이 긴 공룡과 눈이 마주쳤다.
아, 이건 죽었다.
긴 목을 이쪽으로 뻗는 공룡의 모습이 슬로모션처럼 보였다.
그러던 그때, 누군가가 휙 하고 뒤에서 잡아당겨서 엉덩방아를 찧었다.
『너는 물러나 있어라.』
『주공은 대기하시게.』
『뭐, 안심하고 기다리고 있으라고. 거물을 잡아와 줄 테니까.』
『주인~ 스이, 힘낼게~!』
그렇게 말하고서 페르, 곤 옹, 드라 짱, 스이는 의기양양하게 이곳의 최강종이라는 목이 긴 공룡을 향해 달려갔다.
"하하하……."
왜 저 공룡이 육식인 거지?
저건 초식이잖아?

공룡이 불을 뿜고, 초식이었던 공룡이 육식이고, 여기 있으니까 공룡에 대한 개념 자체가 이상해지는 것 같네.

정말 헛웃음밖에 안 나와.

아닌 게 아니라, 원인은 그냥 데미우르고스 님이지?

"왜 이런 창작을 해버린 건가요, 데미우르고스 님……."

무심결에 그렇게 중얼거리자, 또다시 머릿속에 목소리가 울렸다.

『아니, 그때는 그게 멋지다고 생각했다네~. 자네가 있던 세계식으로 말하자면 '내가 상상한 최강의 공룡'이라는 거네. '크다=강하다'라고 생각했었거든. 나에게도 그런 풋풋한 시절이 있었던 게야. 허어허어허어.』

저기요~ '허어허어허어'라니, 지금 웃음이 나오시냐고요!

그냥 웃어서 얼버무리려는 거잖아요!

"저기 말이죠, 이런 공룡은 이곳에만 있는 것 같고, 이곳의 입지상 이곳에서 공룡이 나갈 일은 없을 것 같으니 그나마 괜찮지만, 이런 게 사람들이 사는 곳에 나가면 엄청난 비극이 벌어질 거라고요! 정말, 왜 이런 황당한 생물을 만드신 건지……."

그런 생각을 하다가 번쩍 떠올랐다.

"데미우르고스 님, 그럴 리는 없겠지만, 이렇게 황당한 생물이 있는 곳은 더 이상 없겠죠? 황당한 생물을, 더 만드시지는 않았죠?"

『………………………………아마도.』

"한참 동안 뜸을 들이다가 하신다는 대답이 '아마도'라고요?"

『아마도 그럴 거래도! 잘 있게나~.』

"잠깐만요! 데미우르고스 님?! 그건 그냥 기억을 못하시는 것뿐 아닌가요?! 데미우르고스 니이이임?!”

제 8 장 우물우물

"…………."

내 앞에는 페르, 곤 옹, 드라 짱, 스이가 거북한 얼굴로 나란히 서 있었다.

페르, 곤 옹, 드라 짱, 스이는 연계를 통해 압도적인 전력으로 초원에 있던 목이 긴 공룡 세 마리를 눈 깜짝할 새에 쓰러뜨려 버렸다.

거기까지는 괜찮다.

아니, 괜찮지 않을지도 모르지만 녀석들이 공격해왔으니 어쩔 수 없다.

하지만 그 후, 페르가『이곳에 있는 마물들 중 이 녀석의 고기는 그럭저럭 맛있는 편이지』라고 하더니.

그 말을 받듯이 곤 옹도『음. 다소 고기가 딱딱하기는 해도 맛은 나쁘지 않지』라고 했고.

그러자 당연히 다들『더 많이 사냥하자!』는 소리를 해서.

잔뜩 신이 나 있던 녀석들은 완전히 고삐가 풀린 상태가 되어.

그토록 덩치가 큰 탓에 금방 찾아내서 말릴 새도 없이 사냥을 재개.

먹보 콰르텟은 눈 깜짝할 새에 네 마리를 처치해 버렸다.

"이렇게 커다란 걸 일곱 마리나 어떻게 하라고? 맛은 나쁘지 않다고 했지만 고기가 딱딱하다며?"

그렇게 말하며 회수하는 김에 "그러고 보니 아직 감정을 안 해 봤네"라면서 목이 긴 공룡을 감정해 보았다.

그랬더니…….

【슈퍼 사우루스】

행성 지구의 공룡을 모방하여 만든 이 땅의 고유종. 사나운 육식 공룡. 이 땅에서 가장 튼튼한 표피를 지녔다. 길고 강력한 목을 지녔으며, 그 목을 휘둘러 사냥감을 내동댕이치는 공격이 특기. 이 땅에서 최강이었다. 절멸종.

……이라고 떴는데.

데미우르고스 님과 대화를 한 탓인지 꽤 자세하게 떴다.

흠흠, 하고 읽어 나가다가 "응?" 하고 멈췄다.

최강'이었다'?

과거형으로 되어 있었다.

그리고 끝부분에는 '절멸종'이라고 적혀 있고. '절멸종'.

순간, 시간이 멈췄다.

그도 그럴 게, 좀 전까지 움직이는 걸 봤는데.

그게 '절멸종'이라니.

그 문장을 통해 알 수 있는 답은 너무도 뻔했다.

"왜 혼이 나는 건지 알겠어?"

혼이 나고 있다는 건 알겠지만 이유까지는 모르겠다는 표정인 드라 짱, 스이와 달리 페르와 곤 옹은 완벽하게 알고 있네.

"페르는 감정을 할 수 있으니 알잖아. 곤 옹도 알 테고."

『아니, 그게 말이다.』

『으, 음. 그게 말이네.』

"잘 모르는 것 같은 드라 짱이랑 스이한테 알려줘."

페르와 곤 옹에게 그렇게 말하자 말하기 거북한 듯이 시선을 피했다.

『이봐, 왜 그러는데?』

『주인, 화났어~. 페르 아저씨, 곤 할아버지 알려줘~.』

『그건, 그건 말이다…….』

『그게 말이다…….』

페르와 곤 옹이 머뭇거리기만 하고 똑바로 말을 하지 않았다.

"이 목이 긴 공룡, 너희가 멸종시켰어."

『……뭐?』

『응?』

멸종이라는 말을 들은 드라 짱은 깜짝 놀랐고 스이는 아직도 이해를 못 한 눈치였다.

"글쎄, 멸종시켜버렸다고! 이제 이 종은 없어! 스이는 이해를 못 한 것 같지만, 스이랑 같은 슬라임이 이 세상에서 전부 없어지면 어떻겠어? 스이도 없어져 버린다는 뜻이라고."

『싫어어~.』

"그런데 이 공룡은 이제 없어. 너희가 쓰러뜨려버린 탓에."

이곳에 있는 공룡들은 이 땅 고유종인 모양이라, 다른 장소에는 서식하고 있지 않다.

조금 전에 쓰러뜨린 목이 긴 공룡 '슈퍼 사우루스'는 애초에 이 녀석들이 쓰러뜨린 일곱 마리뿐이었다는 뜻이다.

"나 참, 멸종이라고, 멸종!"

원래 있던 세계에서도 여러모로 문제가 됐었다.

종의 멸종은 환경과 생태계 등에 여러 가지 문제를 일으킨다.

애초에 이 '슈퍼 사우루스'가 이곳의 최강종이었다면 지금도 육식공룡이 날뛰고 있는 이 땅이 더더욱 혼란에 빠지지 않겠는가.

"애초에 말이야, 너희는 늘 너무 지나치다고!"

내가 진심으로 화를 내고 있다는 게 전해졌는지, 페르, 곤 옹, 드라 짱, 스이는 전에 없이 풀이 죽었다.

"'적당히'라는 말이 무슨 뜻인지 알기는 해? 뭐든 다 적당히 하는 게 좋은 거라고. 그런데 너희는 맨~날 너무 지나쳐!"

『아, 아니, 나도 살짝 과했다고는 생각한다. 하지만 그때의 분위기라고 해야 할지, 기분이 고조되었던 탓에…….』

『으, 음. 나도 너무 과한가 싶기는 했다네. 하지만 피가 끓었다고나 할까.』

『미, 미안. 평소처럼 사냥을 한 것뿐이었는데. 멸종이라니, 일이 그렇게 될 줄은 몰랐어…….』

『잘못했어요. 주인~…….』

내가 강하게 말하자 조금은 반성을 했는지, 페르, 곤 옹, 드라 짱, 스이는 고분고분하게 그렇게 말했다.

"애초에 말이야, 페르와 곤 옹은 연장자들이니 그런 면을 좀 더 고려해서 움직이라고. 하물며 스킬도 다양해서 많은 것들을 알 수 있잖아.”

페르는 감정도 할 수 있고 기척 감지에도 능하다.

곤 옹도 하늘을 날 수 있어 주변 상황을 파악하는 데 능하고, 감정 스킬도 있고, 기척 감지도 페르만큼은 아닐지 몰라도 충분히 능숙하다.

하지만 그 이전에 근본적인 문제를 말하자면…….

“펜리르와 에인션트 드래곤은 최강종이라 불리는 강자면서, 온 힘을 다하면 어떡해.”

『아니, 온 힘을 다하지는 않았다만.』

『음. 우리가 온 힘을 다했다간 이 땅은 물론이고 산 자체가 없어졌을 테니 말이네.』

“입 다물어!”

내가 날카롭게 말하자 페르와 곤 옹은 입을 다물었다.

“온 힘을 다하지 않았는데도 하나의 종을 멸종시켰을 정도니, 명백하게 너무 지나쳤던 거잖아! 강자이기에 더더욱 적당히 하는 게 중요하다고. 언제 어디서든 적당히 해야 한다는 걸 명심해둬.”

혈기가 왕성한 건지 어떤 건지는 모르겠지만, 기분이 들뜨면 꼭 사고를 친단 말이지~ 페르랑 곤 옹은.

“드라 짱, 스이, 이번에 페르와 곤 옹이 한 짓은 나쁜 어른의 예시야. 흉내 내면 안 돼.”

드라 짱이 『아니, 난 어른인데……』라고 했지만 못 들은 척했다.

“페르와 곤 옹은 이미 나이도 먹을 대로 먹었으니 좀 더 냉정하게 행동해줬으면 좋겠어. 애초에 평소에도…….”

평소에도 과한 면이 있는 페르 일행의 행동에도 다소 울분이 쌓인 탓에 자꾸만 잔소리가 길어졌다.

『에에잇, 언제까지 주절주절 시끄럽게 잔소리를 늘어놓을 거냐!』

"뭐가 시끄럽다는 거야!"

『애초에 말이다, 끝나버린 걸 어쩌란 말이냐!』

"뭘 잘했다고 큰소리야, 페르!"

『주공, 나도 사고를 쳐버린 건 좀 그렇지만, 원래대로 되돌릴 수는 없으니 어쩔 수 없지 않나.』

"곤 옹까지 뻔뻔한 소리를?!"

페르와 곤 옹의 풀 죽은 표정이 평소의 매우 뻔뻔한 표정으로 돌아와 있었다.

"페르랑 곤 옹은 내 얘기를 들은 거 맞아?! 애초에 말이야………….."

또다시 설교를 늘어놓았지만, 이번에는 아주 대놓고 무시를 했다.

쓰러진 '슈퍼 사우루스'가 눈에 들어오자, 허무하다는 생각이 들었다.

"하아, 이제 됐어. 어쨌든 이 '슈퍼 사우루스'가 되살아나는 것도 아니고, 멸종시켰다는 사실은 변하지 않을 테니까……."

페르와 곤 옹은『드디어 끝났군』이라고 했지만, 이걸로 끝이 아니라고.

"그러니 너희들에게는 제대로 된 벌을 주도록 하겠어~."

『뭐, 뭣이?!』

『버, 벌이라니 무슨 소린가?!』

『벌?!』

『버얼~?』

"뭐, 일단 집에 가자. 왕도로 돌아가자~."

이곳의 최강종이었던 '슈퍼 사우루스'는 멸종해 버렸지만, 애초에 이곳은 육식공룡이 서로서로 잡아먹는 혼돈의 땅이었으니 응, 괜찮겠지.

분명…… 아마도 괜찮을 거야.

그런 생각을 하며 '슈퍼 사우루스'를 회수한 우리 일행은 왕도로 돌아간 것이었다.

◇ ◇ ◇ ◇ ◇

출발했을 때와 마찬가지로 왕도의 대문과 반대 방향에 있는 뒷문 앞에 곤 옹이 착륙하자…….

문 앞에 길드 마스터가 팔짱을 낀 채 떡 버티고 서 있었다.

아차…….

곤 옹의 모습이 보인다는 게 전해져, 이쪽에서 기다리고 있었던 거겠지.

어쩌지?

길드 마스터와 최대한 눈을 마주치지 않으려 하며 "다, 다녀왔습니다"라고 말했다.

"왜 내가 여기 있는지는 알겠지?"

모, 목소리가 무서운데요.

"저기, 그게, 죄송합니다."

"내가 분명히 말하지 않았나? 꼬박꼬박 보고를 하라고."

"정말 진짜로 죄송합니다!"

정말로 변명할 말이 없었다.

페르 일행이 재촉해서 끌려갔다고는 해도 보고를 안 한 건 진짜로 문제였으니까.

하지만 이번에는 선물을 챙겨왔거든요.

"저기 말이죠, 이번 사냥터는 특수한 장소라고 해서, 선물을 가져왔습니다. 모험가 길드에게도 나쁜 이야기는 아닐 것 같은데요……."

무진장 화가 난 길드 마스터의 안색을 살피며 그렇게 말했다.

"선물이라고오?"

"네. 저기, 이번에 저희가 간 장소가 말이죠……."

이러쿵저러쿵, 우리가 갔던 칼데라의 위치며 그 내부에 관한 것, 거기 있던 여러 공룡들에 관한 것 등을 길드 마스터에게 설명했다.

그러자 어째서인지 길드 마스터의 얼굴이 순식간에 파랗게 질리더니.

"자네에에에, 또 사고를 쳤구우운."

무시무시하도록 낮은 목소리로 그렇게 말하며 내 어깨를 잡고 덜컥덜컥 흔들었다.

자세히 이야기를 들어보니…….

"아이들이 읽는 이야기책 중에 '헤이덴 모험기'라는 게 있네. 살짝 가정환경이 좋아서 책을 읽을 형편이 되는 아이들에게는 영웅

담과 함께 인기가 있는 이야기지. 교회 같은 곳에서 글을 배우는 아이들에게도 읽어줘서 잘 알려진 이야기야. 자네가 좀 전에 말한 식물과 마물은, 그 이야기에 나오는 것과 정확히 일치해. '헤이덴 모험기'란 건 언제 쓰인 건지도 확실치 않지만, 누군가가 상상해서 쓴 이야기로 여겨졌다고. 방금 전까지는!"

사람의 손길이 별로 닿지 않은 땅 같다고 생각하기는 했지만, 상상해서 쓴 이야기라니…….

뭔가 일이 꼬일 것 같은 예감이 드는데.

아무도 들어선 적이 없고, 누구도 모르는 땅이었다면, 아무도 본 적이 없는 생물이라 해도 사람들이 납득을 했겠지만 이야기에 나오는 상상 속 생물의 실물이 존재한다면…….

상상했더니 몸이 부르르 떨려왔다.

"실물을 자세히 확인해야겠네. 그리고 이건 상부의 판단을 들어봐야 할 사태야. 그런고로, 지금부터 모험가 길드에서 자세히 설명해주어야겠어."

"네에……."

나는 죄인처럼 찍소리도 못하고 모험가 길드로 연행되었다.

페르, 곤 옹, 드라 짱, 스이는 표표한 얼굴로 내 뒤를 따라왔지만…….

다 너희들 때문이거든~?

◇ ◇ ◇ ◇ ◇

카레리나 길드 마스터인 빌렘 씨에 의해 왕도 모험가 길드로 연행된 나는 왕도 모험가 길드의 길드 마스터인 브람 씨를 비롯한 높으신 분들 앞으로 끌려갔다.

그리고 길드 마스터가 높으신 분들에게 이러쿵저러쿵 설명을 했고, 그렇게 안색이 붉으락푸르락해진 높으신 분들에 의해 왕도 모험가 길드의 커다란 창고로 끌려오게 되었다.

리바이어던의 해체는 거의 끝난 상태라, 대부분 정리가 되어 있었지만 당연히 성가시기 그지없는 그 사람, 엘랑드 씨도 있었고…….

안색이 붉으락푸르락해진 높으신 분들과 우리가 들어온 시점에서 뭔가 있구나, 하고 알아챈 엘랑드 씨가 설레는 얼굴로 우리 일행을 따라왔다.

분위기 파악도 않고 우리에게 말을 걸려 했지만, 딱 붙어 있던 모이라 님이 후려쳐서 입을 다물게 했다.

하지만 지금 엘랑드 씨는 아무래도 좋다.

말이 없는 높으신 분들 & 길드 마스터가 무진장 무섭거든…….

"이봐, 꺼내게."

길드 마스터가 무서운 얼굴로 그렇게 말했다.

"네. 저, 저기, 전부 다요?"

"전부 다."

"저기, 전부는 여기 다 안 들어갈 것 같은데요."

"알았으니까 일단 꺼낼 수 있는 만큼 꺼내게."

히익, 원래도 험상궂은 얼굴이 악귀 같이 변해서 무섭다니까요.

"그, 그럼 종류별로 한 마리씩."

나는 아이템 박스에서 공룡을 꺼내기 시작했다.

"""""""""""………………."""""""""""

말없는 시체가 된 공룡을 높으신 분들 & 길드 마스터가 말없이 응시했다.

정적이 깔린 창고에 "우호오오오"라는 그 사람의 기이한 목소리가 울렸지만, 그건 그냥 무시하기로 했다.

그런 것보다…….

나는 나란히 선 높으신 분들 앞에서 고개를 푹 숙인 채 흘끔흘끔 안색을 살피려 했다.

침묵은 이제 거둬주세요. 무진장 불안하니까. 뭐라고 말 좀 해주세요.

그 후 시간이 한참 지나, 높으신 분들의 한숨 소리가 들려왔다.

"리바이어던 다음은 이건가……."

"쉴 새 없이 골칫거리를 물어오는구먼……."

"하하, 정말로 있었군그래……."

"말이 안 나오네……."

"솔직히 말하자면, 보고 싶지 않았는데……."

왕도 모험가 길드의 높으신 분들 다섯 명이 나란히 머리를 싸쥐고 있었다.

카레리나 길드 마스터도 이마에 손을 짚은 채 "자네는 정말 자제란 걸 모르는군……"이라고 하며 고개를 푹 숙이고 있었다.

초상집 같은 분위기인 높으신 분들 & 길드 마스터는 아랑곳 않고 혼자서만 기운이 넘치는 인간이 있었는데.

"이, 이건, 설마, 신종 드래곤입니까?! 그런 건가요~?!"

그렇게 말하더니 엘랑드 씨가 필사적으로 말리는 모이라 님도 뿌리치고 창고 바닥에 널려 있는 공룡들 사이로 돌진했다.

그러고는 공룡들을 차닥차닥 만지고 외관을 관찰했다.

여전히 자유로운 사람이다.

"아니, 공룡이기는 하지만 드래곤과는 다른……. 응? '공룡'도 '용'이기는 하니, 완전히 다르다고는 할 수 없나?"

"오호~! 역시 그런 건가요!"

그렇게 말하며 엘랑드 씨…… 아니, 변태는 미친 듯이 기뻐했다.

"여러 종류가 있는 것 같은데 이거! 이건 어스 드래곤과 똑같네요!"

직후, 엘랑드 씨는 티렉스에게 뺨을 비빌 기세로 가까이 가서 관찰하더니 "하지만 만져보니 피부의 감촉이 어스 드래곤과는 다르고, 치열도 완전히 다르단 말이죠~. 그런 면을 보면 어스 드래곤과는 다른 종인 것 같습니다!"라는 소리를 했다.

하지만 그대로 이 변태를 내버려둘 수는 없는 일이라…….

"작작 좀 해라!"

철썩――.

모이라 씨에게 머리를 세게 얻어맞은 엘랑드 씨는 원래 있던 장소로 질질 끌려갔다.

왕도 모험가 길드의 길드 마스터인 브람 씨가 "하아~" 하고 요란하게 한숨을 내쉬었다.

"이 멍청이는 되도록 빨리 돌려보내고 싶었지만, 그럴 수도 없게 되었구먼."

자잠깐, 말이 좀…….

멍청이라고 하고 싶은 심정은 이해하지만, 변태이기는 해도 이 나라 던전 도시에 있는 모험가 길드의 길드 마스터니까 대놓고 말하지는 말자고요~.

"무코다, 이건 이쪽에서 매입하겠네."

브람 씨는 "이걸 그냥 못 본 체할 수는 없으니 말이네"라고 했다.

'헤이덴 모험기'인가 하는 동화 같은 책의 배경이 된 장소가 현실에 있다는 증거니까.

물론 그렇게 해준다면 이쪽으로서는 만만세지만.

"저기, 매입 말고, 기부를 해도 상관없는데요……."

"그럴 순 없네. 모험가 길드의 긍지가 걸린 일이니. 처음 보는 마물이기에 가격이 정해져 있진 않네. 약간 적다고 느낄 만한 금액이 될지도 모르지만, 빠짐없이 매입하도록 하겠네."

"네에."

그렇다면 이쪽은 그래도 상관없지만.

다만 진짜로 처음 보는 마물이다 보니 산정에도 시간이 걸릴 거라고 해서.

매매 대금은 카레리나 모험가 길드에서 받기로 했다.

나로서는 전혀 문제가 없어서 승낙했다.

나와의 이야기가 끝나자 브람 씨는 당장에라도 공룡에게 어슬렁어슬렁 다가갈 듯한 엘랑드 씨와 그를 제지하는 모이라 님에게 말을 걸었다.

"이봐라, 엘랑드. 내 말 잘 들어라. 이 마물들은 말이다……."

그러고는 카레리나의 길드 마스터인 빌렘 씨에게서 들은 설명을 전달했다.

그 후, 이것들의 해체를 맡기겠다는 취지로 이야기하자 그 말을 들은 엘랑드 씨는 매우 흥분해서.

흥분도 MAX상태가 되어 연신 거친 콧김을 내뿜기 시작했다.

아무리 맡길 만한 사람이 이 사람뿐이라지만, 진심 어린 위로를 표하겠습니다…….

"오호오오오, 역시, 역시 무코다 씨, 최고입니다~! 저의 친우(親友)는 언제나 저를 기쁘게 해주시는군요~!"

아니, 친우 같은 게 된 적은 없거든요?

멋대로 친우 취급하지 말아주시죠.

"모이라 자네가 고생이 많네."

"아니. 오히려 같은 엘프로서 미안할 따름이야……."

모이라 님이 의기소침해졌다.

그럴 만큼 변태는 심각했다.

괜찮아요, 저 엘프가 보통 특이한 게 아니란 건 다들 아니까요.

그건 그렇고, 이것만은 말해둬야지.

아마 해체에 지장이 있을 테니까.

"저기, 거기 있는 제일 큰 건 아마 아다만타이트제 나이프로도 못 자를지도 모릅니다."

나의 그 한마디에 그 자리에 있던 모두가 주목했다.

'슈퍼 사우루스'는 아다만타이트조차도 이빨로 부순다느니, 아다만타이트를 찢는다느니, 공룡 중에서도 가장 튼튼한 표피를 지녔다느니 하는 내용이 적혀 있었으니까…….

『아마 마검이라면 괜찮을 거다.』

『음. 같은 아다만타이트라도 마력을 띤 마검이라면 벨 수 있을 게야.』

계속 장식품처럼 입을 다물고 있던 페르와 곤 옹이 그제서야 입을 열었다.

브람 씨가 피곤한 얼굴로 "그렇군요"라고 말하더니 나에게 마검 임대 계약을 제의했다.

당연히 나는 승낙했다.

임대 대상은 엘랑드 씨가 가장 손에 익었다고 하는 '마검 칼라드볼그'다.

계약서는 며칠 내로 작성하기로 하고 대략적인 내용만 정했는데, 임대 기간은 한 달이고 임대료는 금화 800닢으로 하기로 했다.

이게 말로만 듣던 불로소득인가?

불로소득 달달하네.

"그나저나 빌렘, 자네도 지금까지 고생이 많았겠군."

그렇게 말하며 브람 씨가 길드 마스터의 등을 두드리자…….

"알아주시는 겁니까."

길드 마스터는 그렇게 답하며 조용히 눈물을 흘렸다.

높으신 분들이 그런 길드 마스터를 위로했다.

그런 가운데, 드래곤에 미친 그 엘프는 신이 나서 기이한 소리를 지르며 돌아다니고 있었다.

으아, 이 혼돈스러운 광경은 뭐냐고…….

뭐라 형용하기 어려운 감정이 치밀어 떨떠름한 표정을 짓고 있자, 녀석들의 목소리가 들려왔다.

『어이, 고기는 어떻게 되는 거냐?』

『저것들은 팔기 위한 것 아닌가? 우리가 먹을 것도 어떻게 안 되겠는가?』

『저 커다란 놈의 고기는 먹어보고 싶거든~. 부탁 좀 하자~.』

『주인~ 스이도 먹어보고 싶어~.』

그래, 이쪽 분량도 챙겨야지.

이 녀석들은 고기를 먹을 때까지 포기하지 않을 테니까.

"저, 저기, 추가로 이것도 해체를 부탁드려도 될까요?"

쭈뼛거리며 추가로 슈퍼 사우루스 한 마리를 더 꺼냈다.

"하아~ 해줘라. 단, 그것의 소재는 전부 반납하는 거네."

리바이어던을 제외해도 이 공룡들에 마검 임대료까지 치면 자금이 바닥날 게 뻔하니.

조금이라도 절약해야 한다는 모양이다.

페르 일행이 재촉을 해대서 되도록 빨리 해달라고 부탁을 했더니, 연습용으로 써도 된다면 그러겠다고 했다.

그리고 연습용으로 쓰게 해준다면 해체 비용도 안 받겠다기에 그렇게 해달라고 했다.

드래곤에 미친 그 엘프는 의욕이 충만해져서 "철야 해체 작업에 들어가겠습니다~!"라고 소리치고 있었다.

높으신 분들과 모이라 님은 지친 얼굴을 하고 있고, 길드 마스터는 눈물을 줄줄 흘리고 있고, 변태는 쓸데없이 기운이 넘치고…….

눈뜨고 봐주기 힘든 혼돈스러운 상황을 목격한 우리 일행은 잽싸게 그 자리에서 실례하기로 했다.

그나저나 페르 일행의 재촉에 못 이겨 한 말이기는 했지만 그 상황에서 슈퍼 사우루스를 한 마리만이라도 해체해달라고 해서 승낙을 받아냈으니, 잘했다고 나 자신을 칭찬해주고 싶네.

◇ ◇ ◇ ◇ ◇

"하아~ 겨우 돌아왔네."

아침, 이 집을 나선 이후 노도와 같은 전개가 펼쳐졌었다.

오늘은 사냥을 하자는 녀석들에게 육식공룡이 사방에 깔린 터무니없는 장소로 끌려가고, 왕도로 돌아왔다 싶었더니 이번에는 모험가 길드로 연행당하고.

진짜로 터무니없는 하루였어.

게다가 그 사냥이라는 것에서 우리 녀석들이 사고를 쳐서 그곳에 있던 육식공룡의 일종인 '슈퍼 사우루스'를 멸종시켜버리기도 했고.

그 만악의 근원으로 말하자면…….

『어이, 배고프다. 밥을 내놔라.』

『음. 오늘은 점심도 먹지 않고 정신없이 사냥을 했으니 말이네.

너무도 배가 고프구먼.』

『그러게~. 밥 줘, 밥~.』

『스이도 배고파~.』

다들 태평하게 배가 고프니 밥을 먹자는 소릴 지껄이고 있다.

다들, 내가 한 말을 잊은 것 같네.

뭐, 됐어.

"다들 배가 고프다고?"

『음. 오늘 사냥은 오랜만에 제법 운동이 됐으니 말이다.』

『맞네. 오랜만에 좋은 사냥을 했어.』

『꽤 많이 움직였으니까! 마력도 썼고.』

『잔뜩 퓻퓻했어~. 그래서 배가 꼬륵꼬륵해~.』

"그래? 그럼 밥해줄 테니 다들 거실에서 기다려."

그렇게 말하고서 나는 부엌으로 향했다.

그리고…….

"내가 분명, 너희에게 제대로 된 벌을 주겠다고 했지이?"

그렇게 중얼거리며 나는 천천히 인터넷 슈퍼를 띄워서 어떤 물건을 잔뜩 구입했다.

어떻게 보면 이건 채소 듬뿍인 메뉴보다 효과적이지 않을까 싶네.

그리고 도착한 종이상자 안에 빽빽하게 들어있던 물건을 꺼냈다.

슈퍼에서 흔히 볼 수 있는 봉지에 든 5장들이 식빵이다.

식빵만 먹으면 스테이터스 상승치도 지속시간도 얼마 안 되니 문제없다는 것도 다 알거든.

식빵의 봉지를 차례로 찌지직 뜯어서 페르, 곤 옹, 드라 짱, 스이의 그릇에 산더미처럼 쌓는다.

눈 깜짝할 새에 식빵이 산처럼 쌓였다.

"좋아, 이 정도면 되겠지. 어이쿠, 내가 먹을 것도 준비해야지."

내가 먹을 걸로는, 갓 구운 상태로 아이템 박스에 보관해둔 테레자 특제 시골 빵을 갈라서 준비하고.

내가 먹으려고 만들어 쟁여둔, 앨번이 정성껏 재배한 엄청 맛있는 채소가 잔뜩 들어간 건더기 듬뿍 채소 수프.

그리고 역시나 내가 먹으려고 만들어 쟁여둔 토마토 콩 스튜.

만드는 법은 완전 간단하다.

다진 마늘을 올리브 오일에 볶다가 향이 올라오면 다진 양파를 숨이 죽을 때까지 볶는다. 그런 다음 베이컨과 물기를 뺀 찐 콩을 같이 볶다가 토마토 홀과 듬성듬성 썬 엄청 맛있는 앨번표 토마토를 넣고 소금 후추로 간을 한다. 그런 다음 토마토 홀을 뭉그러뜨리며 끓이기만 하면 된다. 수분이 절반 이하가 될 만큼 졸아들면 완성이다.

콩이 들어가서 영양가도 높고 빵에 얹어 먹으면 이게 또 맛있단 말씀.

채소가 듬뿍 들어가 엄청 건강에 좋아서, 나한테는 이상적인 메뉴지, 응.

"자아, 내가 먹을 것도 준비했으니 가져다줄까."

◇ ◇ ◇ ◇ ◇

“응? 다들 안 먹어?”

나는 내가 먹을 테레자 특제 시골 빵에 토마토 콩 스튜를 얹어서 먹으면서 시치미를 떼며 물었다.

『이걸 먹으라니, 너…….』

『아니 그게, 주공…….』

『아니아니아니, 이건 좀…….』

『주인~…….』

그릇에 산더미처럼 쌓인 식빵 앞에서 먹보 콰르텟은 난감한 기색이 가득했다.

“그게 너희 저녁밥이야.”

『뭣.』

『엑.』

『잠깐.』

『싫어~.』

내 말에 먹보 콰르텟은 깜짝 놀랐다.

“내가 한 말, 잊은 거 아냐? 제대로 된 벌을 주겠다고 했잖아.”

‘슈퍼 사우루스’를 멸종시킨 게 없었던 일이 된 건 아니라고.

『너, 진심으로 한 말이었냐?』

『큭, 유야무야된 줄로만 알았건만.』

『평소에는 이러니저러니 해도 맛있는 밥을 줬는데.』

『말도 안 돼애~.』

후후, 내가 매번 그렇게 호락호락하기만 할 줄 알았다면 착각이야.

"밥을 굶기지 않은 것만으로도 고마운 줄 알아."

식빵뿐이라고는 해도 안 먹는 것보다는 낫잖아.

"뭐, 먹기 싫으면 안 먹어도 상관없지만."

전혀 식빵을 먹을 낌새가 없는 먹보 콰르텟에게 그렇게 말했다.

"하지만 안 먹고 버티기는 힘들 텐데에."

매 끼니마다 배불리 먹고 있는 너희에게는 말이야~.

게다가 오늘은 다들 사냥에 정신이 팔려서 점심도 안 먹었잖아?

내 말에 페르, 곤 옹, 드라 짱은『크윽』하고 신음했다.

스이는 만화였다면 배경에 추우우우우욱~ 이라는 효과음이 떠 있지 않을까 싶을 만큼 풀이 죽어서 굳어져 있었다.

살짝 불쌍한 것도 같지만 마음 독하게 먹고 속행하기로 했다.

나는 쌀쌀맞게 구는 척을 하며 내 몫의 채소 수프를 홀짝였다.

『네, 네가 먹고 있는 것도, 안 주는 거냐?』

내가 홀짝거리고 있는 채소 수프와 빵에 얹어 먹고 있는 토마토 콩 스튜를 보고 페르가 발버둥을 쳤지만 이건 말이지…….

"채소 수프랑 토마토 콩 스튜인데? 평소 너희가 별로 안 먹는 채소가 잔뜩 들어간 거지. 아니, 거의 채소만 넣은 거야."

그렇게 말하자 채소를 싫어하는 페르는 절망적인 표정을 지었다.

"게다가 내가 먹으려고 만든 거라 애초에 양이 얼마 안 돼. 내가 먹고 있는 것과 같은 양 정도밖에 못 내놔. 그래도 괜찮다면 줄게."

이어진 내 말에 채소를 싫어하지는 않는 곤 옹과 드라 짱과 스이도 절망적인 표정을 지었다.

양이 절대적으로 부족하니까.

내가 저녁 식사를 마쳤을 즈음이 되어서야 포기한 것인지, 페르, 곤 옹, 드라 짱, 스이까지 모두 식빵을 우물우물 먹기 시작했다.

맛은 없겠지만.

잼이라도 발랐으면 그나마 나았겠지만, 아무것도 안 바른 맨 식빵이니까.

다들 무표정한 얼굴로 우물우물 먹고 있다.

식빵 때문에 입안이 바짝 말랐는지 마실 것을 요구했다.

그릇을 준비해서 따라준 것은, 당연히 물이었다.

콜라나 사이다나 달콤한 주스를 기대했었는지, 이번에도 다들 절망스러운 표정을 지었다.

이건 벌이니 너희가 좋아할 만한 걸 줄 리가 없잖아.

마실 것이 물이라는 걸 알아챈 순간, 스이가 울음 섞인 목소리로 『주인~……』이라고 하는 바람에 가슴이 아파왔지만, 어찌어찌 견뎌냈다.

나도 할 때는 한다고.

후하하하하하하~ 막 이래.

◇ ◇ ◇ ◇ ◇

『맛있어…….』

『맛있구먼…….』

『역시 고기는 좋아아…….』

『맛있어~…….』

아침 메뉴인 돼지고기 덮밥을 먹으며 페르, 곤 옹, 드라 짱, 스이가 진지하게 그렇게 말했다.

녀석들과는 별개로 만든 내 전용 담백한 아침 메뉴(참고로 오늘은 미역과 두부를 넣은 된장국에 가다랑어포와 다시마로 만든 츠쿠다니를 넣은 주먹밥, 맛국물 계란말이와 오이 절임이다) 중 맛국물 계란말이를 꿀꺽 삼키다가 평소와 다른 페르 일행의 반응에 놀랐다.

"왜 그래?"

그렇게 묻는 나를 먹보 콰르텟이 뚱한 눈으로 쳐다보았다.

『왜 그러기는. 그렇게 잔인한 짓을 해놓고.』

『벌이라고는 해도, 어제의 그것은 심했네…….』

『우윽. 그거, 꿈에도 나올 것 같아.』

『하나도 맛이 없었어…….』

어제의 식빵뿐인 저녁 식사가 상당히 괴로웠던 모양이다.

"잔인한 짓이라니, 벌이니 당연하잖아. 아아, 그래서 일어나자마자 다들 사과를 한 거야?"

그랬더랬다.

아침에 일어났더니 페르와 곤 옹, 드라 짱과 스이가 사과를 했다.

그리고 두 번 다시는 종을 멸종시키지도, 너무 지나친 행동도 안 하겠다고 맹세했다.

연장자팀인 페르와 곤 옹은『앞으로는 제대로 주변을 살피고 행동하마』라는 맹세까지 해줬다고.

그걸 봐서 평소와 같은 아침 메뉴를 내준 것이다.

"이거 예상했던 것보다 효과가 끝내주는걸? 또 무슨 일이 생기면 써먹을 수 있겠어."

내가 나직하게 중얼거리자 페르, 곤 옹, 드라 짱, 스이가 움찔했다.

『하, 하지 마라. 그딴 건 다시는 먹고 싶지 않아.』

『음. 그런 건 다시는 사양이네. 그건 아무 맛도 나지 않았으니 말이야. 아니, 씹다 보면 다소 단맛이 나기는 했지만, 그뿐이라…….』

『나는 먹으면 먹을수록 입안의 수분이 바짝 말라서 절망했어…….』

『그런 밥은 싫어어~.』

어제의 식빵뿐인 저녁밥이 떠올랐는지 페르는 온몸의 털이 바짝 곤두섰고, 곤 옹은 퀭한 눈을 하고 있고, 드라 짱은 얼굴에서 표정이 사라졌고, 스이에 이르러서는 당장에라도 울 것만 같았다.

"에이~ 그 정도라고? 채소가 듬뿍 들어간 식사보다 싫어?"

『그건 그나마 낫다. 싫어하기는 해도 맛이 또렷이 느껴지니까.』

『음. 주공이 요리한 것이니 말이네. 허나 어제 그것은…….』

『그야 고기가 제일이기는 하지만, 채소를 못 먹는 건 아니니까.』

『주인이 만든 채소 요리는 맛있는걸…….』

고기지상주의인 먹보 콰르텟에게도 어제의 식빵뿐인 저녁밥보다는 채소를 듬뿍 넣은 식사가 훨씬 낫게 느껴지는 모양이다.

완전히 트라우마가 됐네.

이거이거, '식빵만 주기'는 최강이구만.

그런 이유로 오늘 아침밥은 다들 평소의 두 배 정도는 먹어서 추가로 만드느라 고생을 했지만, 간단하게 만든 평범한 돼지고기 덮밥인데도 맛을 음미하듯 꼭꼭 씹으며 먹는 녀석들의 모습에 나는 조용히 쿡, 하고 웃고 말았다.

떨어졌던 조미료를 보충하고자 인터넷 슈퍼를 띄웠더니 '호쿠리쿠 지방 – 겨울 별미 페어 개최중!'이라는 컬러풀한 글씨가 함께 떴다.

"헤에~ 호쿠리쿠(北陸) 지방의 별미라. 그러고 보니 노토(能登)로 여행을 갔을 때 먹었던 굴이 맛있었지이."

크기는 작아도 통통한 데다 맛도 농후해서 매우 맛있었다.

그걸 생으로, 구워서, 전골에 넣어서, 영양밥에 넣어서 여러 가지 방법으로 즐겼던 게 생각났다.

"으아, 생각했더니 군침이 날 것 같네. 그나저나 굴 먹고 싶다아~. 특히 생으로."

이쪽의 생선이나 조개는 엄청 위험한 벌레가 들어있어서 생으로는 절대로 못 먹으니까.

생으로 먹으면 진짜로 죽을 거야.

"아~ 굴 먹고 싶다……."

그런 생각을 하며 '호쿠리쿠 지방 – 겨울 별미 페어'의 특설 페이지를 보고 있던 중…….

"어, 굴을 파네?!"

노토산 신선한 석화굴을 팔고 있었다.

"세상에~. 먹고 싶다~."

추억의 노토산 굴이, 손가락만 까닥하면 바로 손에 들어온다.

사고 싶다. 엄청 사고 싶다.

그리고 오랜만에 생굴을 배불리 만끽하고 싶다.

“사버릴까? 하지만 혼자서 먹으면 보나마나 페르와 녀석들이 불평을 해댈 테고……. 하지만 먹고 싶은데~. 가만, 회도 있잖아!”

굴에만 시선을 빼앗겨 있다가 옆을 보니 호화스러운 회가 있었다.

“심지어 겨울 방어! 지방이 올라서 맛있겠다~. 어디 보자, 이쪽은 겨울 방어 샤부샤부라고?!”

겨울 방어 샤부샤부.

먹고 싶어~~~!

겨울 방어에 정신이 팔려 있다 보니 그 옆의 것도 눈에 들어왔다.

그것은 무려…….

“게! 대게다!”

게회에 게구이, 게 샤부샤부, 게 전골………….

상상만 해도 군침이 돈다.

너무도 맛있을 것 같아서 머리가 어떻게 되기 시작한 것 같다.

“하~ 먹고 싶어! 이건 무조건 먹고 싶어! 아니, 먹을래!”

실로 맛있어 보이는 호쿠리쿠의 해산물을 보고 있었더니 기분이 완전히 고조되었다.

오늘 저녁은 무조건 호쿠리쿠의 해산물이다.

이걸로 하자.

하지만 문제는 그 녀석들인데.

“페르네 몫까지 준비하려면, 회 같은 걸로는 아무리 많아도 부족할 것 같고……. 그리고 그 녀석들은 고기도 준비하라고 할 것 같단 말이지."

그런 생각을 하던 중, '고기'라는 단어가 눈에 들어왔다.

"오오, 고기도 있잖아!"

호쿠리쿠 하면 어패류라는 이미지가 강하지만 고기의 명산지이기도 했다.

"어디 보자, 노토산 소에 돼지라. 좋아, 페르랑 녀석들에게는 해산물 말고도 이 고기를 추가해서 주자."

뭐, 스테이터스가 너무 올라가면 또 성가신 일이 벌어질 것 같으니 양은 적당히 조절할 거지만.

그 외에는 던전 소와 던전 돼지로 채워야지.

"그러면 던전 소는 스테이크가 좋겠지. 던전 돼지는…… 돈가스로 할까."

둘 다 먹보 콰르텟이 아주 좋아하는 것들이니 이러면 불평하지 않겠지.

스테이크를 굽고 돈가스까지 튀기려면 좀 힘들겠지만.

그래도…….

"호쿠리쿠의 해산물을 위해 힘내자! 우오~!"

◇ ◇ ◇ ◇ ◇

『우오오오오오! 이, 이게 다 뭐냐?!』

『호오~ 오늘은 상당히 호화스럽구먼!』

『야호~ 온통 맛있어 보이는 것들뿐이네!』

『꺄~! 고기에 생선~ 맛있어 보이는 게 잔뜩 있어~!』

"후하하, 그렇지? 인터넷 슈퍼에서 맛있어 보이는 걸 발견해서, 오늘은 분발 좀 해봤어."

페르, 곤 옹, 드라 짱, 스이는 호화스러운 식탁을 보고 놀람과 동시에 눈을 떼질 못했다.

산더미처럼 쌓인 던전 소 스테이크에 던전 돼지 돈가스, 그리고 인터넷 슈퍼에서 산 호쿠리쿠 명물인 노토 소와 돼지로 만든 스테이크.

노토산 소와 돼지는 고기 맛을 더욱 잘 느낄 수 있도록 일부러 소금 후추만 뿌려서 구웠다.

그리고 호쿠리쿠 어패류의 모둠회에 겨울 방어 샤부샤부, 거기에 게회에 게구이, 게 샤부샤부, 게 전골.

전부 다 매우 맛있어 보였다.

"참고로 이 던전 소 스테이크와 던전 돼지 돈가스는 추가가 가능하지만, 여기 있는 인터넷 슈퍼에서 산 노토산 소와 돼지로 만든 스테이크랑 어패류는 이게 다야~."

그릇을 가리키며 페르 일행에게 그렇게 덧붙여 말했다.

『뭣이?! 이 맛있어 보이는 고기는 추가 못 하는 거냐?』

"너희가 만족할 만큼 사려면 난리가 날 테니까. 그러니 그것만 먹어. 그 대신 던전 소 스테이크랑 던전 돼지 돈가스는 평소의 두 배는 준비했어."

『흠. 그렇다면 됐다.』

『주공, 당연히 맥주는 주시는 것이겠지? 돈가스와 맥주는 떼려야 뗄 수 없는 조합 아닌가.』

곤 옹은 뭐, 그렇게 나오겠지.

튀김과 맥주의 조합은 최고니까.

"뭐, 적당히 마신다면야."

『허허허, 돈가스와 맥주라니 최고로군!』

『돈가스도 맛있으니 나는 좋아! 튀김은 최고야!』

『스이도 스테이크랑 돈가스 너무 좋아~!』

스테이크와 돈가스가 평소의 두 배는 있다는 말에 먹보 콰르텟은 기뻐했다.

후후후, 계획대로 됐군.

먹보 콰르텟이 스테이크와 돈가스에 정신이 팔려 있는 동안, 나는 당연히 호쿠리쿠의 어패류를 맛볼 거다.

"어떤 걸로 할까나~."

고민하기는 했지만 역시 일단은 회부터지.

그런고로 겨울 방어회에 와사비를 살짝 묻혀 작은 접시에 따른 간장에 찍어서 덥석.

"맛있어어~."

기름이 오를 대로 올라서 방어의 감칠맛이 씹을 때마다 입안에 퍼졌다.

"끝내준다. 최고야~."

오랜만에 먹는 회, 그것도 최고로 맛있는 회에 감동하며 다시 겨울 방어회 한 점을 집어 만끽했다.

이거 다른 회도 기대해도 되겠다.

생굴은 기본인 폰즈 간장에 찍어 먹는다.

"하아, 맛난다."

바다 향, 그리고 크리미하고 농후한 굴의 감칠맛.

최곱니다.

그것 말고는 표현할 말이 없어.

단새우(아마에비)도 촉촉하고 달고 맛있고, 넙치도 담백하면서도 고급진 맛이라 맛있다.

"역시 날로 먹는 어패류는 맛있다니까~. 일본인은 역시 회지."

그러고 보니 날로 먹을 게 또 있었지.

"게회."

게회는 얼마 만에 먹는 거더라.

샐러리맨이었을 때는 이렇게 비싼 걸 선뜻 먹을 수가 없었으니까.

하지만 지금은…….

은은한 붉은빛을 띤, 윤기가 자르르 흐르는 게의 다리가 그릇에 가득 늘어서 있다.

"후후후, 한 입에 왕창, 넣어볼까?"

간장을 살짝 찍어서 게살을 입 안 가득 베어 문다.

"달아아~. 입 안이 행복한 맛으로 가득해애애애."

게회 최고. 너무 맛있어서 두 개, 세 개, 게회를 먹다가 퍼뜩 정신을 차렸다.

"이런이런, 회로 배를 채울 뻔했네."

이것 말고도 방어 샤부샤부, 게 샤부샤부, 게구이, 게 전골을 준비해뒀으니 그쪽도 먹어야지.

그런고로 다음은 겨울 방어를 샤부샤부 국물에 살짝 데쳐서 폰즈 간장에 찍어 먹었다.

"으음~ 이것도 맛있어어."

적절하게 기름기가 빠져 회로 먹을 때와는 맛이 또 다르다.

이건 얼마든지 먹을 수 있을 것 같다.

국물에 데쳐서 덥썩. 국물에 데쳐서 덥썩.

"맛있다는 말밖에 안 나오네. 최고야~."

조금 더 먹고 싶기는 하지만, 나에게는 그밖에도 먹어야만 하는 것이 있었다.

"게 샤부샤부우."

어쩌다 보니 인생 첫 게 샤부샤부라, 무진장 기대된다.

그런고로 곧장 게 다리를 샤부샤부 국물에 데쳤다.

그리고 아무것도 찍지 않고 덥썩.

"달아, 맛나."

반만 익은 상태의 게살은 달고 감칠맛이 농후했다.

"아무것도 안 찍길 잘했네. 하아, 맛있어."

왜 게는 이렇게나 맛있는 걸까아.

다음으로 먹은 게구이도 게 전골도 당연히 맛있었다.

아닌 게 아니라…….

"먹을 것들이 전부 다 맛있어서 완전 행복하네."

호쿠리쿠 어패류 최고~.

그런 식으로 내가 어패류만 맛있게 먹고 있어서인지, 페르 일행도 회며 샤부샤부에 관심을 가지고 먹기 시작했다.

『음. 나쁘진 않군. 나쁘진 않지만, 역시 고기가 더 좋구나.』
『옳은 말이다. 맛은 있지만 먹은 것 같지가 않으니 원.』
『그러게 말이야~. 고기가 더 배부르고 맛있는 것 같아.』
『맛있지만, 고기가 더 좋은 것 같아~.』
큭, 이 고기지상주의자들 같으니.
너희가 이 호쿠리쿠 어패류의 맛을 이해 못 하는 것뿐이야.
『그런고로 이세계의 고기를 좀 더 추가해다오.』
『그거 괜찮구먼.』
『찬성~.』
『이 고기 맛있어~.』
이것 보세요~ 어디서 당연하다는 듯이 추가 요리를 요구하시는 겁니까.
"안 돼. 처음에 추가는 안 된다고 말했잖아."
『칫, 안 넘어오나(중얼).』
"야, 다 들리거든, 페르."
뚱한 눈으로 페르를 노려보자 『나는 아무 말도 안 했다』 하고 시치미를 뗐다.
"아, 페르는 스테이크랑 돈가스, 추가 안 해도 된다는 거지?"
『뭣?! 누가 그렇다고 했냐! 먹을 거다!』
"페르는 더 안 먹겠대~. 너희는 먹을 거지?"
『당연하네.』
『당연하지.』
『먹을래~!』

“그럼 페르는 빼고. 곤 옹, 드라 짱, 스이는 곱빼기로 더 줄게.”

『어이, 장난하지 마라! 내 추가 요리! 나도 먹을 거란 말이다아~!』

후기

에구치 렌입니다. 『터무니없는 스킬로 이세계 방랑 밥 16권 흰살 생선 뫼니에르 × 해룡의 장송』을 구입해주셔서 진심으로 감사합니다!

오랫동안 이렇게 간행할 수 있었던 것은 모두 독자 여러분들 덕분이라 진심 어린 감사의 말씀을 드릴 따름입니다.

여러 사정으로 WEB판 갱신이 멈춰서 독자 여러분께 걱정을 끼쳐 죄송합니다. 그런 때에도 독자 여러분께서 여러 격려의 말을 해주셔서 매우 마음이 든든했습니다.

자, 16권의 무대는 왕도입니다. 처음 방문한 왕도지만 그 목적이 리바이어던을 해체하는 것이라는 점이 실로 무코다 일행답습니다. 그리고 거의 관광도 하지 않고 페르 일행의 재촉에 못 이겨 사냥에 나섭니다. 그 다음에도 위험한 장소를 찾는 등, 무코다 일행다운 한 권이 되었으니 즐겁게 봐주셨으면 좋겠습니다.

애니메이션 2기 제작 결정에 관한 말씀은 이전에도 드렸지만, 그 후로 어떻게 되고 있는지 궁금해 하실 분들이 많을 줄로 압니다. 괜찮습니다. 차근차근 진행되고 있습니다. 모쪼록 기대해 주시면 감사하겠습니다.

일러스트 담당인 마사 선생님, 본편 코미컬라이즈 담당인 아카기시 K선생님, 그리고 외전 코미컬라이즈 담당인 후타바 모모 선생님, 계속해서 애니메이션 제작을 맡아주고 계신 한 MAPPA,

애니메이션 제작에 관계하고 계신 여러분, 담당 편집자인 I씨, 오버랩사 여러분, 정말로 감사합니다.

마지막으로 여러분, 앞으로도 느긋하고 훈훈한 이세계 모험담 『터무니없는 스킬로 이세계 방랑 밥』을 잘 부탁드립니다. 17권에서 다시 뵙게 되기를 기대하고 있겠습니다.

터무니없는 스킬로 이세계 방랑 밥 16

흰살 생선 뫼니에르×해룡의 장송

2025년 10월 1일 1판 1쇄 발행

저　　자 에구치 렌
일러스트 마사
옮 긴 이 정대식
발 행 인 유재옥

이　　사 조병권
편집 2 팀 정영길 조찬희 박치우
편집 3 팀 오준영 이소의 권진영 정지원
디자인랩팀 김보라 전세연
디지털사업팀 김지연 윤희진 장혜원
라이츠사업팀 김정미 이지현 유아현
영업마케팅팀 최원석 윤아림
물 류 팀 백철기 이새롬
경영지원팀 최정연
발 행 처 (주)소미미디어
인쇄제작처 코리아피앤피
등　　록 제2015-000008호
주　　소 서울시 마포구 토정로 222, 502호(신수동, 한국출판콘텐츠센터)
판　　매 (주)소미미디어
전　　화 편집부 (070)4164-3962, 3963 기획실 (02)567-3388
판매 및 마케팅 (070)8822-2301, Fax (02)322-7665

ISBN 979-11-384-8777-1
ISBN 979-11-6190-011-7 (세트)

에구치 렌 지
author • Ren Eguch
마사 일러스트
illustration • Masa
정대식 옮김

터무니없는 스킬로 이세계 방랑 밥

16 흰살 생선 뫼니에르 × 해룡의 장송

[터무니없는 스킬로 이세계 방랑 밥] 16권 출간 기념
초판 한정 소책자

돼지고기 숙주나물 덮밥

부엌에서 오랜만에 아이템 박스의 내용물(특히 식재료 관련)을 확인하던 중…….

"어라? 숙주나물이 왜 이렇게 많지?"

숙주나물이 한가득 나왔다.

비닐봉투에 들었으니 인터넷 슈퍼에서 산 것―― 아니, 앨번도 숙주나물 농사는 안 지었으니 분명 내가 인터넷 슈퍼에서 산 것일 텐데, 언제 샀더라?

으~음………….

아! 그래, 기억났다.

한 달쯤 전에 인터넷 슈퍼에서 특가 세일을 할 때 왕창 샀던 거다.

숙주나물이라면 채소볶음을 비롯해서 쓸데가 많을 거란 생각에 잔뜩 샀었지.

아이템 박스에 넣어두면 소비 기한도 상관없어지니까.

아~ 그래그래. 그때 그거구나~.

분명 스태미너 볶음*을 할 때 한 번 쓰고 그대로 남겨뒀었지.

그러면 이왕 찾은 김에 이 숙주나물을 써볼까.

내 아이템 박스에 시간 정지 기능이 있기는 하지만, 아무래도

---

*일본에서 말하는 생강, 마늘 등을 듬뿍 넣고 만든 볶은 요리.

오래된 식재료는 얼른 써버리고 싶으니까.
슬슬 점심 준비도 해야 하니 꺼낸 김에 점심밥에 쓰자.
그렇다면 후딱 만들 수 있는 그게 좋겠네.
숙주나물을 보니 오랜만에 먹고 싶어졌으니까.
월급날 전이지만 든든히 먹고 싶을 때 몇 번이나 신세를 졌던 그 메뉴.
"오늘 점심은 돼지고기 숙주나물 볶음으로 하자."
재료도 돼지고기랑 숙주나물이랑 야키니쿠 양념, 이 세 개만 있으면 된다.
아무튼 간단하고 싸고 맛있다.
야키니쿠 양념은 만능조미료라 진짜 쓸 데가 많단 말이지. 야키니쿠 양념님 감사합니다.
무시무시하게 쌀밥과 어울리니 페르와 녀석들도 먹기 쉽게 그걸로 덮밥을 하려고 한다.
돼지고기 숙주나물 덮밥이다.
그런고로 후딱 점심밥을 만들어보실까.
우선 고기.
으~음, 요전에 녀석들이 잔뜩 잡아온 오크 고기면 되겠지.
그걸 얇게 썬다.
고기라면 사족을 못 쓰는 녀석들을 위해 좌우간 잔뜩 준비한다.
두께가 일정하지 않아도 신경 쓸 것 없다.
어차피 모양새가 중요한 요리가 아니니까.
열심히 칼질을 해서 얇게 썬 오크 고기를 잔뜩 준비한다.

"좋아, 이만큼 있으면 되겠지."

특대 사이즈 볼 그릇 여러 개에 오크 고기가 가득 찼다.

이 오크 고기에 야키니쿠 양념(물론 자주 사용하는 야키니쿠 양념을 사용했다)을 부어서 재워둔다.

다음은 숙주나물.

아니 뭐, 숙주나물은 씻지 않고 그대로 쓸 수 있는 거라 봉투를 뜯기만 하면 되지만.

"근데……."

특대 사이즈 볼 그릇에 든 오크 고기와 남아 있던 숙주나물을 번갈아 쳐다보았다.

"숙주나물을, 좀 더 추가해둘까."

숙주나물은 남아돈다고 생각했지만 고기에 비해 적은 것 같아 인터넷 슈퍼에서 추가로 구입했다.

"이제 됐다. 특가 세일할 때보다 조금 비싸기는 하지만 숙주나물은 언제나 싸서 좋단 말이야."

여기까지 준비했으면 이제 볶기만 하면 된다.

프라이팬에 참기름을 두르고 달궈지면 야키니쿠 양념에 재워둔 오크 고기를 볶아 나간다.

오크 고기의 색이 변하면 숙주나물을 투입.

숙주나물의 숨이 죽으면 야키니쿠 양념을 둘러서 전체적으로 잘 어우러지게끔 볶으면 돼지고기 숙주나물 볶음 완성이다.

이제 녀석들 전용 그릇에, 아이템 박스에 보존해 두었던 갓 지은 밥을 곱빼기로 퍼 담고 그 위에 돼지고기 숙주나물 볶음을 마구 얹는다.

그런 다음, 오늘은 살짝 호화스러운 느낌이 나게 한가운데에 계란 노른자를 얹고 참깨를 솔솔.

“돼지고기 숙주나물 덮밥 완성~.”

그럼, 녀석들에게 가져가 볼까.

◇ ◇ ◇ ◇

『그냥 그렇군.』

『나는 꽤 괜찮은 것 같네. 밥과 잘 어울리는 맛이야. 맥주가 당기는 맛이기도 하고.』

『나는 이 계란과 섞였을 때의 맛이 부드러워서 좋아.』

『맛있어~! 스이도 좋아~.』

“꽤 괜찮지?”

엄청 간단하고 재료비도 무진장 싸게 먹히지만.

오랜만에 만들었지만 돼지고기 숙주나물 볶음은 역시 맛있다니까.

밥이랑 같이 술술 잘 넘어가.

먹다가 위에 얹은 계란 노른자를 깨뜨려 돼지고기 숙주나물과 비벼서 합.

음. 이것도 맛있네.

맛이 부드러워져서 이건 이것대로 맛있어.

게다가 이쪽도 밥이랑 잘 어울리고.

『어이, 한 그릇 더다. 계란을 하나 추가해서.』

"응? 너희 그릇은 커서 계란 노른자도 두 개씩 얹었는데 부족했어?"

『음. 하나 정도는 더 있는 편이 좋겠군.』

"알았어. 하나 더 추가해서 세 개 얹어줄게."

『나도 한 그릇 더 부탁하네. 그리고 나도 계란을 하나 더 추가해 주시게.』

"그럼 페르랑 곤 옹 건 계란 노른자를 세 개씩 얹어주면 되지?"

『나나, 나도 한 그릇 더! 난 계란이랑 섞였을 때의 맛이 좋으니까 계란 두 개 추가해 줘.』

『스이도 계란 두 개 더~.』

"그래그래, 드라 짱이랑 스이는 계란 노른자 두 개 추가해서 네 개인 걸로~."

계란 노른자를 추가로 얹은 추가 음식을 내주었다.

다들 맛있게 우걱우걱 먹었다.

곤 옹이 『맥주가 있으면 최고일 것 같은데 말이야아』라고 중얼거리면서 이쪽을 흘끔거렸지만 당연히 무시했다.

대낮부터 술을 줄 리가 없잖아.

바보 같은 소리나 하는 곤 옹은 내버려 두고 나도 돼지고기 숙주나물 덮밥을 입에 넣었다.

역시 맛있는 건 언제나 옳다니까.

돼지 삼겹살 덮밥

『드디어 그 고기를 먹겠군.』

『음. 드디어 때가 왔구나.』

『사흘이나 기다렸다고.』

『스이가 쓰러뜨린 고기 기대돼~!』

"그래그래, 알았어. 마침 점심때가 됐으니 준비해 올게."

『배 근처의 고기가 맛있다.』

『주공, 기대하고 있겠네.』

『그 고기는 지방 부분이 맛있다고~.』

『주인~ 맛있는 고기~.』

"그래그래."

먹보 콰르텟의 말에 나는 쓴웃음을 지은 채 부엌으로 향했다.

"어디 보자, 배 근처의 고기라면 삼겹살. 이쪽 덩어리인가?"

지방과 살코기가 세 겹으로 겹쳐 있는 고깃덩이.

이건 요전에 다 같이 사냥을 가서 잡아온 거다.

자이언트 보어라는 덤프트럭만큼 거대한 멧돼지 마물이었다.

그때 사냥에서는 그 밖에도 와이번이나 도마뱀 마물, 뱀 마물에 박쥐 마물까지 여러 가지를 잡았지만 녀석들이 가장 기대하고 있었던 게 이 자이언트 보어였다.

녀석들은 곧바로 먹을 생각이었던 것 같지만, 마물의 크기가 덤프트럭만큼 거대했던 만큼 모험가 길드에서도 뚝딱 해체를 할 수는 없어서 사흘 후에나 받게 되었다.

그렇게 녀석들이 기대했던 자이언트 보어의 고기(그 밖의 고기도 있지만)를, 재촉에 못 이겨 아침 일찍 가지러 가서 좀 전에 돌아온 것이다.

"이 삼겹살을 어떻게 할지가 문제인데. 녀석들이 기대했던 만큼 든든하게 먹을 수 있는 게 좋으려나. 그렇다면…….

좋아, 그걸로 하자. 돼지 삼겹살 덮밥!"

정확히 말하자면 멧돼지 삼겹살 덮밥이려나.

뭐, 어느 쪽이든 상관없지만.

메뉴를 정했으니 인터넷 슈퍼에서 부족한 토핑용 쪽파……를 사려고 봤더니 오늘은 무순이 더 싸니 무순으로 할까. 그리고 계란이 필요하다.

인터넷 슈퍼에서 후다닥 구입해서 준비를 마쳤다.

"우선 이 자이언트 보어의 삼겹살을 두껍게, 1cm 정도의 폭으로 썰자."

지방과 살이 포개진 층이 꽤나 보기 좋네.

이거 좋은 돼지 삼겹살 덮밥…… 아니, 멧돼지 삼겹살 덮밥이 되겠어.

"다음은 간장, 술, 맛술, 설탕을 섞어 양념을 만들어 두자. 그러고 나서 굽기만 하면 끝이니까."

프라이팬에 기름을 두르고 달궈지면 자이언트 보어의 삼겹살을 굽는다.

앞뒤가 노르스름하게 익으면 만들어둔 양념을 부어 볶는다.

자이언트 보어의 삼겹살이 다 익고 양념이 걸쭉해지면서 전체적으로 잘 베어들면…….

"좋아, 됐어."

이제 아이템 박스에 넣어둔 갓 지은 밥을 꺼내 그릇에 담고 다 구워진 자이언트 보어의 삼겹살을 밥이 보이지 않을 만큼 수북이 쌓고 한가운데에 계란 노른자를 올린다.

그리고 그 계란 노른자를 에워싸듯이 무순을 흩뿌리면…….

"완성~."

그림으로 그린 든든한 고기 덮밥 같은 모양새라 먹보 콰르텟의 취향에 딱 맞을 거다.

그리고 나는 알 수 있다.

이건 무조건 맛있다.

녀석들도 엄청 기대하고 있었지만, 이거 나도 기대되는걸.

◇ ◇ ◇ ◇

페르는 말없이 걸신들린 듯이 우걱우걱 먹었다.

곤 옹은 마찬가지로 우걱우걱 먹으면서도 『맛있구먼. 그런데 이건 맥주가 당기는데……』라고 중얼거리며 나를 흘끔 쳐다봤다.

드라 짱은 입 안 가득 욱여넣었던 걸 꿀꺽 삼키고는 신이 나서 『역시 이 녀석은 기름져서 맛있단 말이지!』라고 말했다.

스이도 마찬가지로 신이 나서 좌우로 몸을 흔들며 『맛있어맛있어맛있어~♪』하고 노래를 불렀다.

다들 무척이나 마음에 든 모양이다.

응, 이해해.

내가 만들어놓고서 말하려니 좀 그렇지만, 이건 진짜 무진장 맛있거든.

고기 자체가 맛있기도 하지만, 누가 뭐래도 이 매콤달콤한 양념이 이 고기에 딱 맞아.

밥과의 궁합도 끝내주고.

이 고기와 밥을 같이 입에 욱여넣으면 얼마나 행복한지.

토핑으로 얹은 계란 노른자를 깨뜨려 버무리면 맛이 부드러워져서 또 다른 맛이 난다.

젓가락을 멈출 수가 없다고.

“후우, 잘 먹었다.”

식후에는 현미차지.

아이템 박스에서 현미차 티백을 꺼내자…….

『어이, 무시하지 마라.』

『좀 전부터 추가 음식을 요청하고 있었는데 말이네.』

『나 참, 좀 들으라고.』

『한 그릇 더~…….』

“아, 미안미안.”

너무 맛있어서 정신없이 먹어댔네.

“여기. 고기를 곱빼기로 올려줄 테니 봐 줘.”

『이제야 말이 통하는군.』

『고기 곱빼기라. 이거 좋군그래.』

『후하, 고기 곱빼기 최고야!』

『고기가 잔뜩 있어~!』

먹보 콰르텟은 신이 나서 고기 곱빼기 덮밥을 먹기 시작했다.

그런 녀석들을 바라보며 식후의 현미차를 홀짝거렸다.

그리고 속으로 '참 단순하다니까'라고 생각했더랬다.

카오만까이

“그럼, 오늘 저녁 식사를 준비해 올게.”

거실에서 느긋하게 커피를 마신 후, 녀석들에게 그렇게 말했다.

『고기겠지?』

『아무래도 고기였으면 좋겠구먼.』

『고기~.』

『고기가 좋아~.』

저녁 식사라는 말을 듣자마자 고기 타령을 하는 먹보 콰르텟을 보니 쓴웃음만 났다.

“그래그래, 알았어. 오늘 메뉴는 이미 정해뒀거든. 물론 고기도 쓸 거지만 왜, 요전에 찾아낸 라이-스도 쓸 거야.”

『라이-스……? 음, 말 먹이 말이군!』

『오~ 그러고 보니 주공이 말 먹이를 사두었지.』

『그거 말이구나! 맛이 없지는 않다고 했는데, 정말 괜찮은 거야?』

『주인이 만드는 밥은 언제나 맛있어. 괜찮을 거야~.』

“고맙다, 스이.”

듣기 좋은 소리를 해준 스이를 쓰다듬어주었다.

“애초에 말 먹이라고들 하는데, 그건 평소 내가 먹는 쌀의 일종이라고.”

『흠, 그런 거냐?』

『그런 것치고는 모양이 좀 다른 듯한데.』

『그러게 말이야. 말 먹이는 뭔가 좀 길고 가늘었잖아.』

"우리가 평소 덮밥 같은 걸 해서 먹는 쌀은 이거야."

인터넷 슈퍼에서 구입한 쌀을 아이템 박스에서 꺼내 녀석들에게 보여주었다.

"자포니카 쌀이라고 하는데 모양은 둥그스름한 타원형이고, 익히면 부드러워지고 탄력과 찰기가 생겨. 그리고 씹을수록 단맛이 나고."

다음으로 요전에 장을 보다가 찾아낸 라이-스를 보여주었다.

"이게 요전에 산 인디카. 이쪽에서 라이-스라고 불리고 주로 레드 호스의 먹이로 쓰이고 있는데, 길고 가늘게 생겼고 익히면 찰기가 별로 없고 푸석푸석한 느낌이 나. 맛도 담백한 편이고."

녀석들이 『헤에~』 따위의 영혼 없는 대답을 했다.

"뭐, 아무튼 먹어보면 알 거야."

『난 고기만 있으면 된다.』

"괜찮아. 고기랑 잘 어울리는 요리니까. 아무튼 메뉴는 정해놨으니 저녁밥 준비해 올게~."

◇ ◇ ◇ ◇

"그럼 카오만까이를 만들어 볼까!"

라이-스를 손에 넣었을 때 가장 먼저 만들어보자는 생각을 한 게 바로 카오만까이였다.

"재스민쌀* 하면 역시 이거지. 여러 번 만들어보기도 했고."

그때는 전기밥솥으로 밥을 했었지만.

뭐, 질냄비로도 만드는 법은 거의 비슷하겠지.

그런고로 우선은 쌀.

재스민쌀…… 아니, 라이-스를 씻어서 소쿠리에 올려둔다.

그런 다음 코카트리스의 다릿살을 포크로 푹푹 찔러 구멍을 내서 소금 후추를 치고 술을 끼얹은 후 잘 버무려 잠시 놔둔다.

그다음은 생강을 얇게 썰어 대파의 파란 부분을 준비한다. 대파의 하얀 부분은 양념 쪽에 쓸 거다.

"좋아. 이제 질냄비에 씻어둔 라이-스를 넣고 물을 붓자."

거기에 치킨 스톡(과립형)을 넣고 섞어준 후, 그 위에 코카트리스의 고기를 얹고 얇게 썬 생강과 대파의 파란 부분도 얹는다.

"이제 질냄비의 뚜껑을 덮고 불에 올려 익히면 돼."

익는 동안 이번에는 양념을 만든다.

간장, 설탕, 식초, 참기름, 다진 생강과 다진 마늘(튜브에 든 것도 OK), 남플라 소스 조금에 아까 남겨둔 대파의 하얀 부분을 다져서 넣고 휘적휘적휘적.

살짝 맛을 보면.

"응. 괜찮네."

남플라는 없어도 괜찮지만 이왕 카오만까이를 하는 거니까.

향과 감칠맛을 내기 위해 아주 살짝만 썼다.

---

*인디카 쌀 장립종의 일종. 참고로 인디카는 안남미라고도 불린다.

인터넷 슈퍼에서 산 것도 평소 사용하던 무난한 맛의 남플라 소스였지만 독특한 풍미는 있으니까.

이 정도라면 페르와 녀석들도 문제없이 맛있게 먹을 수 있을 거다.

"오, 다 됐으려나?"

뚜껑을 열어 코카트리스 고기와 얇게 썬 생강, 대파의 파란 부분을 꺼낸다.

꺼낸 코카트리스 고기는 먹기 좋은 크기로 썰어둔다.

"이제 그릇에 라이-스를 퍼 담고 코카트리스 고기도 담고."

고수는 내가 못 먹으니 먹기 좋게 찢은 양상추와 방울토마토(물론 이쪽도 앨번표)를 곁들이고서…….

"양념을 끼얹으면 완성~."

질냄비로도 완벽하게 됐다.

그럼, 녀석들한테 먹여보실까.

말 먹이라고 실컷 얕봤는데, 어떤 감상을 늘어놓는지 보자.

"어때?"

『분하지만 맛있군.』

『이게 말 먹이라는 게 믿기지 않는구먼.』

『평소 먹는 밥과 달리 푸석푸석하네. 이건 이것대로 나쁘지 않아.』

『이 고기랑 먹으면 맛있어~!』

"그치그치? 코카트리스도 이 라이-스도 담백해서, 이 진한 맛의 양념이랑 잘 어울리거든."

나도 덥석 먹어봤다.

응, 평소 만들던 카오만까이네.

맛있어.

『한 그릇 더. 채소는 필요 없다.』

『나도 한 그릇 더 주시게. 마찬가지로 채소는 빼고.』

『나도 채소 빼고 줘.』

『스이도~.』

색을 내려고 곁들인 채소라 그렇게 양이 많지도 않을 텐데.

너희 정말 채소 안 먹는구나.

보는 맛이라고는 하나도 없는 라이-스와 코카트리스 고기를 특곱빼기로 녀석들에게 내주자 만족스러운 얼굴로 우걱우걱 먹어댔다.

그나저나 다들 말 먹이라고 무시하기는 했지만 인디카 쌀도 괜찮나 보네.

오랜만에 먹은 카오만까이도 맛있었으니, 그거나 저것도 만들어 볼까?

동남아시아의 향토요리나 인도 커리에도 한때 푹 빠져 지내서 조금은 만들 줄 아는데.

후하하, 뭔가 기대가 되는 걸?

아무튼 재스민 쌀이 손에 들어와서 만만세네.

무코다 씨의 요리 교실 ~모두가 좋아하는 달걀 편 제8탄~

아이아와 테레자가 또 달걀 요리 교실을 개최해달라고 간절하게 부탁을 해왔다.

우리 종업원들은 다들 달걀을 참 좋아한단 말이야.

심지어 지금까지 달걀 요리를 이것저것 가르친 덕에 최근에는 다들 입이 고급스러워진 모양이다.

다들 '계란 샌드위치가 최고야'라느니 '아니아니, 달달한 계란말이지'라느니 '노른자가 녹진한 수란이 최고' 따위의 소리를 하며 말다툼을 했더랬다.

참고로 아이들에게 인기 있는 건 반숙 계란 고기말이라는 모양이다.

어른부터 아이들에게까지 압도적인 지지를 받고 있는 부동의 인기 No.1 계란 요리는 역시 계란프라이라는 듯하지만.

역시 심플 이즈 베스트라니까.

계란프라이에 뭘 끼얹느냐를 두고 소스파와 소금 후추파로 나뉘어 싸운다는 이야기는 전에도 들었지만(참고로 간장파는 없었다. 영원한 간장파인 나로서는 서글픈걸) 최근에는 '반숙으로 해줘'라느니 '계란프라이는 완숙이 최고'라면서 익히는 정도까지 세세하게 주문을 한다나.

얼마 전까지만 해도 반숙 계란을 보고 표정이 얼어붙었다고 들었는데.

내가 수란을 비롯해서 이런저런 반숙 계란 요리를 가르쳐준 덕에, 거기에 맛이 들린 사람들은 반숙 계란에 대한 저항감이 완전히 사라졌다는 모양이다.

그렇다면 계란 요리의 정점이라 할 수 있는 계란간장밥도 괜찮을 것 같은데, 아무리 그대로 완전 날계란은 진입 장벽이 너무 높을 것 같아서 아직 안 가르쳐줬다.

계란간장밥 맛있는데~.

뭐, 그건 일단 넘어가기로 하고.

다음은 어떤 계란 요리가 좋을까 생각해 봐야지.

역시 간단한 게 좋겠지?

아니 뭐, 애초에 내가 간단한 것밖에 못 만들기도 하고~.

으음~ 하고 고민하던 중 머릿속에 뭔가가 번쩍 떠올랐다.

"맞아, 오야코소보로도 괜찮을지도."

어제 다진 고기를 만들어뒀던 게 생각나서 떠오른 거지만 꽤 괜찮을 것 같은데?

밥에도 엄청 잘 어울리고, 빵에 얹어 먹어도 의외로 이게 또 괜찮거든.

게다가 무진장 간단하기도 하고.

"응, 오야코소보로로 하자!"

◇ ◇ ◇ ◇

우리집 부엌에 평소와 같은 멤버인 아이야와 테레자, 그리고 세리야가 집결했다.

"그럼 시작해 볼까."

말은 이렇게 해도 엄청 빨리 끝날 것 같지만 말이야.

"오늘 알려줄 건 엄청 간단한 요리야. 하지만 맛은 보장할게."

그렇게 말하자 테레자가 "간단하면 좋죠~"라고 말했다.

아이야도 "맞아요"라면서 동의했고 세리야도 고개를 끄덕였다.

뭐, 사실상 이 세 명이 종업원들의 식사를 만들고 있으니까.

그럭저럭 많은 인원이 먹을 양을 만들어야 하니, 손이 많이 가는 것보다는 후딱 만들 수 있는 게 제일이겠지.

"이번에 만들 건 오야코소보로야. 뭐, 간단하니까 바로 만들어 보자."

"오야코."

"소보로……."

"그래. 간단한 반찬으로 딱이야."

코카트리스와 인터넷 슈퍼에서 산 계란이라 정확히 말하자면 오야코*가 아니지만.

그 부분은 깊이 생각하지 말고 그냥 넘어가자고.

"그런고로 우선은……."

코카트리스 고기를 다져 나간다.

코카트리스 고기를 어느 정도 얇게 썬 후, 두 손에 부엌칼을 들고 탕탕탕 두드려 더욱 잘게 다진다.

부엌칼로 다진 고기를 만들면 덩어리진 고기도 있어서 씹는

---

*일본어로 '부모와 자식'을 뜻하는 말.

맛도 있고 좋거든.

살짝 귀찮기는 하지만 우리 집처럼 다진 고기를 자주 쓰지는 않을 테니, 일단은 고기분쇄기 없이 부엌칼로 분발하게끔 둬 봐야지.

"다진 고기가 준비되면 다음은 계란을 풀어둬."

볼 그릇에 계란을 깨서 넣고 휘적휘적휘적.

"이제 프라이팬에 다진 코카트리스 고기와 간장, 술, 설탕을 넣고 볶아. 덩어리지지 않도록 잘 풀어주는 게 중요하니 조리용 젓가락 네 개로 섞어줘."

다진 고기가 익어서 수분이 없어지고 보슬보슬해지면 계란물을 둘러가며 넣고 다시 조리용 젓가락 네 개로 뭉치지 않도록 저으며 익혀 나간다.

그런 다음 계란이 익으면…….

"자, 완성. 그런데 이건 살짝 간을 세게 했으니까."

그렇게 말하며 아이템 박스에서 질냄비를 꺼냈다.

질냄비의 뚜껑을 열자 통통하고 윤기가 좔좔 흐르는 밥이 나타났다.

그 밥을 작은 덮밥 그릇에 퍼서 갓 완성된 오야코소보로를 얹는다.

"자, 먹어 봐."

아이야, 테레자, 세리야에게 작은 오야코소보로 덮밥을 건넸다.

한 입을 덥썩 베어 문 세 사람은…….

"맛있어."

"그러게."

무심결에 새어나온 듯한 아이야와 테레자의 말에 세리야가 몇 번이나 고개를 끄덕였다.

"그렇지? 이 요리는 밥하고 엄청 잘 어울려."

그렇게 말하며 나도 한 입을 욱여넣었다.

응, 맛있어.

"쌀도 지급했는데 별로 안 먹는 것 같아서. 이걸 계기로 조금은 먹을 기회가 늘었으면 좋겠어."

그렇게 말하자 아이야와 테레자가 난감한 표정을 지었다.

"아뇨, 그게, 쌀로 지은 밥? 이라는 것도 맛이 없지는 않지만……."

"아무래도 익숙한 빵을 좋아하다 보니……."

뭐, 아마도 그럴 거라고 생각은 했다.

나는 일본인이다 보니 아무래도 밥에 어울리는 요리를 가르칠 때가 많다.

그래서 종업원들에게 지급하는 식량 중에도 쌀이 들어 있고, 아이야와 테레자에게도 밥하는 법을 가르쳐줬는데 거의 줄어들질 않고 있단 말이지.

밀가루와 소금, 건조 허브 같은 건 현금을 줘서 알아서 사라고 했고, 그 이외의 고기(물론 가지고 있던 걸 지급해야 하니 오크나 코카트리스처럼 지나치게 고급지지 않은 고기를 중심으로), 조미료, 술 등은 요청이 있으면 보충하는 식으로 지급하고 있는데 쌀만은 보충 요청이 전혀 없었거든.

뭐, 이쪽에서는 빵이 주식이니 그럴 수밖에 없는 것 같지만.
그러면 오야코소보로가 빵과도 잘 맞는다는 걸 보여줘 보실까.
"테레자, 부탁했던 빵은 가져왔어?"
"오늘 아침에 구운 걸 가져왔어요. 여기."
바구니에 든 테레자 특제 시골빵을 건네받았다.
"오오, 고마워. 사실 이 오야코소보로는 빵하고도 잘 어울리거든."
테레자 특제 시골 빵을 얇게 썰어서 단면에 마요네즈를 바른다.
그리고 그 위에 오야코소보로를 얹은 다음 피자치즈를 듬뿍 얹는다.
"이걸 치즈가 녹을 때까지 오븐으로 굽는 거야."
5분 후.
"좋아, 이 정도면 되려나."
오븐에서 꺼내 세 사람에게 맛을 보라고 했다.
"이, 이거 맛있네요. 오야코소보로와 이 피자치즈가 정말이지……."
"네에. 빵과도 엄청 잘 어울려요. 이건 다들 좋아할 것 같아."
"응. 엄청 맛있어!"
"그치? 오야코소보로는 빵에도 잘 어울려."
나도 오야코소보로 치즈 토스트를 맛봤다.
빵은 맛있지만, 그래도 난 일본인이다 보니 밥이 더 좋네.
"아무튼 뭐, 이걸 계기로 가끔씩은 밥도 먹어줘."
내가 그렇게 말하며 밥을 권하자 세 사람 모두 쓴웃음을 지은 채 고개를 끄덕였다.

나의 요즘 최애 음식

"자 그럼, 만들어 볼까."

부엌에서 허벅지를 철썩 때리며 기합을 넣었다.

지금부터 만들려 하는 건 내 전용 아침밥 저장분이다.

내 전용 아침밥은 진짜 중요하다고.

아침부터 고기를 찾아댄다고 해야 할지, 언제나 고기만 찾는 먹보 콰르텟과는 다른 담백한 아침밥.

최근에는 완전히 일식만 먹고 있다. 말은 거창하게 했지만 정말 간단하게 된장국과 주먹밥, 소소한 절임, 거기에 곁들여 먹을 요리 하나 정도만 있으면 충분하단 말이지.

아니, 그 정도가 딱 적당하고 정말로 맛있게 느껴지거든.

게다가 요즘 들어 아침엔 역시 밥이지~ 라는 생각이 저절로 들기도 하고.

이번에 만들 건 정석이라 할 수 있는 두부와 미역을 넣은 된장국에 양파, 당근, 표고버섯, 유부를 넣은 건더기 듬뿍 된장국. 고구마, 당근, 만가닥버섯을 사용하되 고구마의 단맛에 중점을 둔 된장국까지 세 종류다.

그리고 간단하게 절임용 배합초를 사용해서, 역시나 정석적인 오이 가지 절임과 양배추 당근 절임, 두 종류를 만들 거다.

거기에 맛국물이 주륵 스며 나오는 계란말이, 멸치와 쪽파를 넣은 계란말이, 이전에 만들어둔 다진 코카트리스 고기로 만든

소보로를 듬뿍 넣은 계란말이.

또 가다랑어포와 다시마를 넣은 조림과 명란을 넣은 주먹밥.

그것들을 부지런히 만들어 나갔다.

………………

…………

……

"좋아, 이 정도면 되려나."

다 만든 것을 아이템 박스에 차곡차곡 넣었다.

"그리고 마지막은……."

준비해뒀던 것을 아이템 박스에서 꺼내 작업대 위에 턱턱 늘어놓았다.

지금부터 만들려 하는 건 맥주 안주도 돼서 곤 옹도 자주 먹거든.

뭐, 술은 적당히 마셨으면 하지만, 평소에는 고기 타령만 하고 채소를 잘 먹지 않는 곤 옹이 맛있게 먹는 귀중한 메뉴이기도 하다.

그런고로 넉넉하게 만들어야지.

우선 참치캔. 오늘은 기름을 뺀 제품을 쓸 거다.

얼마 전에 참치캔을 사용한 무침을 만들었다가 '참치캔도 맛있네?' 하고 푹 빠져버렸더랬다.

요즘엔 상비하고 다닐 정도다.

다음 재료는 볼 그릇에 가득 든 풋콩.

이전에 삶을 때 바로 쓸 수 있도록 스이의 도움을 받아 깍지를

까두었다.

스이가 얼마나 고맙던지. 야금야금 먹은 양도 꽤 되지만 덕분에 살았다.

물론 앨번표 풋콩이라 무진장 맛있다.

그리고 다음은, 역시나 앨번표 엄청 맛있는 오이.

그리고 마요네즈와 멘쯔유.

“그럼 만들어보실까.”

만들 메뉴는 풋콩을 넣은 일본식 참치마요 샐러드다.

엄청 간단하다.

우선 오이를 소금에 치대다가 씻어준 후, 다소 작은 크기로 아무렇게나 썰어준다.

그런 다음, 썰어둔 오이와 풋콩, 물기를 짜낸 참치를 볼 그릇에 넣고 마요네즈와 멘쯔유로 버무리면 완성이다.

완전 간단하지만 이게 또 맛있단 말이지.

이대로 먹어도 물론 맛있지만 그릇에 담은 후에 참깨를 뿌리거나 김자반을 뿌리면 풍미가 더해져서 더 맛있다.

참을 수가 없어서 조금 떠서 맛을 보니.

“아~ 역시 맛있는걸. 이 포슬포슬한 풋콩의 식감이 좋단 말이지. 참치마요의 감칠맛도 끝내주고. 멘쯔유를 넣어서 일식 느낌이 나는 것도 좋은걸.”

게다가 술안주로도 좋지만, 평소 내 아침밥 반찬으로도 쓸 수 있어서 아주 고마운 메뉴다.

너무 맛있어서 맛보기용으로 떴던 걸 날름 비우고 말았다.

"크~ 맥주 땡긴다."

하지만 지금은 아직 한 잔 하기에는 이른 시간이다.

저녁때까지 기다려야지.

오늘 밤엔 맥주다!

◇ ◇ ◇ ◇

맥주를 마시자고 마음을 먹었더니, 어째서인지 저녁 메뉴도 맥주와 잘 어울리는 것이 되고 말았다.

비축해뒀던 돈가스를 카츠동으로 만들었다.

카츠동과 낮에 만든 풋콩을 넣은 일본식 참치마요 샐러드.

난 얼얼하도록 식힌 캔맥주를 그것과 같이 먹으려 했는데.

캔맥주를 보자마자…….

『주공, 설마 나를 빼놓으려는 것은 아니겠지?』

"그래그래, 알았어. 여기."

큼직한 볼 그릇에 맥주를 가득 따라주었다.

"이제 됐지? 딱 세 잔만 하는 거다?"

『큭……. 그런 잔인한 소리를.』

"매번 과음하니까 안 돼. 딱 세 잔만 마셔. 그게 싫으면 마시지 말고."

『아, 알았네. 딱 세 잔만 마시도록 하지.』

맥주를 뺏기기는 싫었는지 곤 옹은 자신 앞에 있던 맥주가 담긴 대형 볼 그릇을 끌어당기며 말했다.

『학습 능력이 없군.』

『그러게 말이야.』

『곤 할아버지, 또 배 내놓고 잘 거야~?』

페르와 녀석들한테도 놀림 받고 있네.

최강의 드래곤이면서 술이라면 사족을 못 쓰니 그럴 수밖에.

『뭐, 뭐어, 알았으니 먹기나 하자꾸나.』

아, 얼버무렸어.

딱 세 잔만 마시기로 한 약속을 지켜준다면 상관은 없지만~.

『돈가스도 맛있지만. 이렇게 카츠동으로 만든 것도 맛있군.』

『흐물흐물한 계란이랑 돈가스가 최고야~.』

『맛있어~.』

그럼그럼. 돈가스도 좋지만 카츠동도 맛있지~?

카츠동과 차가운 맥주의 궁합은 최고라고.

그런고로, 어디…….

카츠동을 입 안에 욱여넣는다. 그리고 얼얼하게 식혀둔 맥주를 한 입 쭈욱.

"후우~. 최고야."

그러고 있자, 곤 옹도 카츠동을 우걱우걱 먹더니 맥주를 벌컥벌컥 들이켰고…….

『이거 좋구먼!』

"카츠동과 맥주의 궁합은 최고지?"

『음. 그리고, 이것도 좋네.』

곤 옹은 풋콩을 넣은 일본식 참치마요 샐러드를 아구아구 먹었다.

『흠, 주공, 맥주, 맥주를 주시게!』

"알았어."

대형 볼 그릇에 맥주를 추가로 따라주었다.

벌컥벌컥벌컥, 곤 옹은 단숨에 대형 볼 그릇을 비웠다.

『푸하~! 맛 좋다!』

"그래그래, 맛있게 먹어주는 건 좋은데 이제 한 잔 남았어."

『나, 나도 아네!』

허세를 부리듯 그렇게 말하기는 했지만, 곤 옹은 그 후 나에게 한심한 목소리로『한 잔만 더』라고 애원을 한 것이었다.

무한 배추

"이제 이것만 남았네."

내가 아침에 먹을 비축 음식을 만드는 중이다.

지금까지 된장국이며 맛국물 계란말이, 채소 중심의 볶음, 절임, 그리고 각종 주먹밥을 만들었다.

문제는 어중간하게 남은 배추다.

이건 나흘 전 저녁에 전골을 하고 남은 건데.

다들 고기만 먹어 대서 배추가 남고 말았다.

전골에 넣은 배추는 맛있어서 다들 먹어줄 줄 알고 평소보다 살짝 많이 준비했더니 이렇게 됐단 말이지.

어중간하게 한 통 정도가 남았다.

된장국이나 절임에 써도 괜찮았겠지만 된장국은 아무래도 미역, 파, 두부를 넣은 게 좋단 말이지.

게다가 돼지고기 된장국도 만들었고. 이쪽은 페르와 녀석들도 좋아해서 고기를 듬뿍 넣고 채소도 기본적인 맛만 나게 최소한으로 썼다.

절임은 앨번에게 받은 오이가 있어서 그쪽을 썼고.

그런 탓에 배추는 그냥 아이템 박스에 보관해둘까 했지만, 양도 어정쩡하고 전골에 쓰려고 듬성듬성 썰어둬서 그냥 써버리자는 생각에 마지막까지 미뤄두었다.

아무튼 지금부터 만들려 하는 건 무한 가다랑어포 배추 무침이다.

엄청 간단한 데다 살짝 입가심도 되고 아침 반찬으로도 딱이다.

그런고로 후딱 만들어보실까.

"우선 이 배추를……."

전골에 쓰려고 듬성듬성 썰어뒀던 배추를 1cm 폭 정도로 다시 썬다.

그걸 끓는 물에 살짝 삶는다. 딱딱한 심지 부분을 먼저 넣어야 한다.

배추가 반투명해지면 건져내 소쿠리에 얹어두고, 식으면 물기를 짜낸다.

그런 다음 소금에 버무려 수분이 나오면 또 꼭 짠다.

수분을 짜낸 배추를 볼 그릇에 넣고 멘쯔유, 설탕 조금과 가다랑어포를 넣고 휘적휘적휘적.

자, 이제 다 됐다.

맛은 어떨까…….

"응. 완벽해."

맛이 배어들게끔 조금 더 두는 편이 좋겠지만 이대로도 충분히 괜찮네.

담백해서 입가심을 하기에는 딱이다.

그릇에 담아 참깨를 뿌리면 번듯한 일품 반찬처럼 보인다.

마도 냉장고에 잠시 보관해서 맛이 배어들게 한 후에 아이템박스로 옮겨야지.

난 아침엔 이렇게 담백한 음식들이 좋더라.

◇ ◇ ◇ ◇

아삭아삭아삭――.

구운 명란젓 주먹밥을 먹은 후 입가심으로 어제 만든 무한 가다랑어포 배추 무침을 먹었다.

담백한 맛에 입안이 개운해졌다.

그런 다음 두 번째 주먹밥을 베어 물었다.

주먹밥은 김으로 싼 후 전부 같은 그릇에 담아 먹기 전까지는 뭐가 들었는지 알 수 없게 해뒀다.

먹고 나서 '아, 오늘은 이거구나' 하고 무작위성을 즐길 수 있도록 해둔 거다.

오늘의 두 번째 주먹밥은…….

"참치마요네. 이것도 맛있지."

참치마요 주먹밥을 먹다가 미역과 파, 두부를 넣은 된장국을 호로록 마셨다.

응. 된장국도 맛있어~.

그리고 다시 참치마요 주먹밥을 먹는다.

이어서 맛국물 계란말이를 베어 물고, 다시 참치마요 주먹밥을 먹는다.

참치마요 주먹밥을 다 먹고 나서는 다시 무한 가다랑어포 배추 무침을…….

아삭아삭아삭——.

아~ 소박하게 맛있네.

역시 아침밥은 이래야지.

그런 생각을 하고 있자, 페르가 뚱한 눈으로 나를 쳐다보았다.

"음~ 왜? 뭐 더 줄까?"

벌써 음식을 다섯 번이나 추가로 내줬는데.

참고로 페르와 녀석들의 아침 메뉴는 곤 옹의 요청으로 생강구이 덮밥이다.

심지어 그 말을 들은 드라 짱이『이왕이면 좋은 고기로 해줘~』라고 하는 바람에 오크 제너럴 고기를 사용한 생강구이가 되었다.

당연히 고기라면 사족을 못 쓰는 먹보 콰르텟은 아침부터 우걱우걱 잘도 먹었다.

『아니. 먹고 싶기는 하지만, 곧 사냥을 가야 하니까 이 정도만 먹기로 하지.』

"헤에~. 그럼 왜 그러는데?"

『너, 곧 사냥을 가야 하는데 그런 것만 먹어도 괜찮은 거냐?』

『그 부분은 나도 신경 쓰였네. 너무 적지 않은가?』

『그러게 말이야~. 게다가 고기를 안 먹으면 기운이 안 나잖아.』

『주인~ 스이 고기 먹을래~?』

스이가 먹다 만 생강구이 덮밥을 나에게 내밀었다.

"고마워, 스이. 하지만 괜찮아. 스이가 먹어."

착하기도 하지.

그나저나…….

"아니아니, 이거면 충분해. 아침부터 과식하면 속이 더부룩한데다 고기는 더더욱 위장에 부담이 되니까. 애초에 난 아침엔 늘 이렇게 먹잖아."

너희와 달리 난 아침마다 이렇게 먹었다고.

『그건 그렇지만 사냥 전이 아니냐. 이전부터 생각한 거지만 사냥 날까지 매번 이렇게 궁상맞은 식사를 해서 네가 힘을 발휘하지 못하는 것은 아닐까.』

페르의 말에 곤 옹과 드라 짱도 연신 고개를 끄덕였고, 스이까지『고기 먹으면~ 힘이 나~』라고 말했다.

너, 너희들, 그렇게 생각하고 있었어?

"이것 봐, 좀 전에도 말했지만 난 이거면 충분해. 아침부터 과식하거나 고기를 먹으면 배탈 난다니까. 아닌 게 아니라 사냥 날이니 더더욱 조심해야지."

『왜지?』

"왜긴, 사냥을 하러 가서지, 페르나 곤 옹을 타고 가야 하잖아. 그런데 아침부터 과식하거나 고기를 먹으면 최악의 경우에는 토할지도 몰라."

『너, 너무 나약한 거 아니냐?』

"나약하다니. 실례잖아~. 애초에 사냥을 가도 거의 너희가 사냥을 하지 나는 따라가는 것뿐이니 괜찮아."

『그도 그렇군.』

그렇다니까.

애초에 너희 같은 강철 위장을 기준으로 생각하지 말라고.

난 평범한 인간이니까.

오늘 사냥도 평소와 같이

평소처럼 페르와 녀석들의 재촉에 못 이겨 우리 일행은 카레리나를 떠나 사냥을 하러 왔다.

그런데…….

"곤 옹을 탈 만큼 멀리 사냥을 올 거란 말은 없었잖아."

『다소 멀리 와야 좋은 사냥감이 있을 것 아니냐.』

『음. 이 근처는 별로 알려지지 않은 사냥터지.』

『히야~ 별로 안 알려진 곳이라고? 확실히 분위기가 있는 숲인걸. 기대된다.』

『기대돼~! 스이, 퓻퓻해서 잔뜩 쓰러뜨릴 거야~.』

그러신가요.

너희는 어딜 가나 평소랑 똑같구나.

내가 신경 쓰이는 건…….

"여기가 어딘데?"

……라는 부분이랑.

"당일치기라고 했는데 정말 오늘 안에 돌아갈 수 있는 곳 맞아?"

……라는 부분인데 말이야.

『주공, 걱정 마시게. 내가 있으면 문제없을 걸세.』

『그렇다는군.』

"아, 그래? 무조건 오늘 안에 돌아가는 거야."

『알다마다.』

정말 알아들은 거 맞지?

『이제 됐지~? 빨리 가자고!』

『스이, 엄청 힘낼 거야~.』

『음. 저쪽 방향에서 그럭저럭 큰 기운이 느껴지는군그래.』

『그렇군. 좋아, 가자. 너는 어떨 거냐? 여기서 기다릴 거냐?』

"아니아니아니, 어딘지도 모를 이런 숲속에 혼자 남겨지기는 싫다고."

카레리나 근처 숲이나 비교적 도시와 가까운 다른 숲이라면 모를까, 이런 어디인지 모를 깊은 숲속에 혼자 있기는 싫다.

『그럼 어서 나에게 타라.』

그렇게 재촉을 하기에 페르에게 기어 올라갔다.

『가장 먼저 발견한 자가 우선적으로 공격을 하는 건 어떨까?』

『호오, 재미있겠구먼.』

『좋아, 하자!』

『아싸~! 스이가 1등으로 찾을 거야~!』

스이가 휙 뛰쳐나갔다.

『앗! 치사하게 그럴래, 스이?!』

뛰쳐나간 스이를 쫓듯이 드라 짱이 날아올랐다.

『저 녀석들도 못 말리겠군. 당연히 1등은 나이건만.』

『네가 1등이라고? 어림도 없는 소리.』

페르와 곤 옹이 눈싸움을 벌였다.

그러더니…….

"우와아아아아아아악."

페르가 급발진했다.

나는 날 듯이 달리는 페르의 등에 납작 엎드려 필사적으로 버텼다.

"야, 야아아아, 내가 타고 있잖아~!"

『참아라! 너한테 맞춰주다가는 내가 1등을 놓칠 것 아니냐!』

"1등이 아니라도 상관없잖아아아아~."

『무슨 소리냐. 첫 사냥감이란 말이다! 절대 질 수 없지! 큭, 영감이 날아가는군. 나는 편이 반드시 빠르다는 법은 없지!』

아무래도 곤 옹은 하늘로 가기로 한 듯했고, 페르는 그에 대응하듯 더욱 속도를 높였다.

"히이이이이이이익."

롤러코스터도 울고 갈 탑승감에 나는 비명을 지를 수밖에 없었다.

◇ ◇ ◇ ◇

"우욱……. 죽는 줄 알았네…………."

『하여간 너는 한참을 봤는데도 나약하군.』

"시끄러워……. 내가 나약한 게 아니라 너희가 늘 과한 거라고……."

나 참, 뭐든 다 너희 기준으로 생각하지 말라고.

『주공은 모험가니 좀 더 단련을 하는 게 좋을 것 같네만.』

『그러게. 안 그럼 우리 사냥에 못 따라올 것 아냐.』

"이것 봐, 모험가이기는 하지만, 난 너희가 잡아오는 사냥감을 해체하기 위해 모험가가 된 거나 다름없거든? 너희가 대식가라 고기를 확보해야 하니까. 난 사실 장사를 주력으로 하고 싶었는데. 그런 사람한테 단련하는 게 좋을 거라니, 난 너희가 사냥하는 데 따라가고 싶은 생각이 별로 없거든?!"

진짜 웃기지들 말라지.

내가 사냥을 오고 싶어서 온 줄 알아?

너희가 사냥 좋아하고 밥도 많이 먹는 데다, 잡아오는 사냥감도 덩치 큰 게 많은데 도저히 나 혼자 해체할 수가 없어서 이렇게 된 거잖아.

나 참. 이 녀석들, 또 채소로만 된 밥을 먹고 싶은가 보지?

『주인~ 괜찮아~?』

"고마워, 내 마음을 알아주는 건 스이뿐이야~."

스이를 꼭 끌어안고 뺨을 비볐다.

『주인 놔줘~. 스이가 1등이었으니까 저거 쓰러뜨릴 거야~!』

스이는 그렇게 말하며 쭈욱 늘어나 내게서 빠져나가려 했다.

『칫, 스이가 1등을 차지할 줄이야.』

『나보다 빨리 사냥감에 도달하다니, 스이도 제법이로구나.』

『스이, 돌을 던지는 건 반칙이잖아! 그것만 아니었어도 내가 더 빨랐을 텐데!』

『돌 던지면 안 된다는 말은 없었는걸. 그러니까 스이가 1등~ 스이가 이겼어~!』

『스이의 작전이 한 수 위였군.』

『그렇구나.』

『젠장~.』

아아, 그렇지.

아니 근데, 누가 1등인지는 아무래도 좋아.

"저거, 뭐야? 너무 크지 않아?"

갑자기 숲에 탁 트인 공간이 나타났다. 아니, 주변에 있던 나무들이 죄다 부러진 것 같은 느낌이다.

덤프트럭만큼 거대한 멧돼지가 그곳에 생긴 진흙 연못에 몸을 담근 채 진흙을 철벅철벅 뒤집어쓰고 있었다.

여긴 멧돼지가 진흙 목욕을 하는 곳인가?

『이곳으로 사냥을 오길 잘했구먼. 저건 자이언트 보어라는 마물이네. 개체 수가 적어서 찾기가 쉽지 않지.』

『음. 그리고 맛있다.』

『나도 딱 한 번 먹어본 적 있어. 저 녀석, 지방 부분이 꽤 맛있단 말이지~.』

『특히 배 근처의 고기가 맛있다.』

『스이, 분명 녀석의 엄니와 모피도 인간들에게는 귀중한 물건이었을 게다. 되도록 흠집이 나지 않게 처리하거라.』

『알았어~. 으음~ 그러면, 이렇게 해야지! 에잇!』

스이가 촉수를 가늘고 길게 뻗어 그 끄트머리에서 작은 산탄(酸彈)을 쏘았다.

그 순간, 거대한 자이언트 보아가 철퍽~ 하고 진흙탕 속에 옆으로 쓰러졌다.

“으아아…….”

『흠. 미간에 한 방이라. 그럭저럭 괜찮은 공격이었다.』

『음. 잘했구나, 스이.』

『나도 저런 건 한 방에 쓰러뜨릴 수 있다고.』

『아싸~! 쓰러뜨렸다~!』

미간에 한 방이라니…….

저격수 같네.

기쁜 듯이 통통 뛰고 있는 스이에게로 시선을 돌렸다.

스이의 전투력이 또 오른 것 같다고 생각하는 건 나뿐인가……?

『주인~ 스이가 쓰러뜨렸어~!』

“그, 그래. 대단한걸?”

『헤헤~. 스이, 대단해~!』

나는 기쁜 듯이 빠르게 통통 튀는 스이를 복잡한 심정으로 바라보았다.

『좋아, 끌어내지.』

『음. 그리고 물 마법으로 씻어내자꾸나.』

『그래. 아무리 그래도 흙내 나는 걸 먹고 싶지는 않으니까.』

『스이 물 마법도 할 줄 알아~!』

곤 옹이 공중에 뜬 채 힘으로 자이언트 보어를 끌어올리자 스이가 물 마법으로 진흙을 깨끗하게 닦아냈다.

그런 다음 내 아이템 박스에 수납했다.

“이제 이 정도면 충분하지 않아? 고기도 충분히 확보했잖아.”

좌우간 덤프트럭만한 걸 잡았으니까.

『무슨 소릴 하는 거냐. 사냥은 이제 시작인데.』

『음. 찾아보면 이 숲에 사냥감이 더 있을 테니 말이야.』

『사냥을 한 건 스이뿐이잖아! 사냥을 하러 왔으니 나도 사냥할 거야!』

『스이도 더더 많이 쓰러뜨릴 거야~!』

『그렇게 됐으니 얼른 타라.』

"크……."

이곳에 혼자 남겨지고 싶지는 않아서 어쩔 수 없이 페르의 등에 다시 기어 올라갔다.

『흠, 저쪽에서 기운이 느껴지는군. 가자.』

"잠깐, 또야~?!"

또다시 나는 롤러코스터도 울고 갈 탑승감을 맛보게 되었다.

"조금이라도 날 배려해주면 어디 덧나냐~!"

돼지고기 부추 계란 볶음

전직 농부였던 앨번의 밭.

앨번이 키운 채소는 어느 것 할 것 없이 엄청 맛있다.

정기적으로 수확한 채소를 이것저것 받고 있기는 하지만, 그래도 내 눈으로 보고 그때그때 먹고 싶은 신선한 채소를 고르고 싶기도 했다.

뭐, 먹는 건 나뿐이지만.

그런고로 이렇다 할 일이 없으면 사흘에 한 번 정도 앨번의 밭에 실례하고 있다.

오늘도 그런 날이다.

밭에서 작업 중인 앨번에게 평소처럼 가볍게 인사를 하고서 밭을 물색하다 보니, 그곳 한편에…….

"에에엑?!"

익숙한 밭에 녹색 이파리가 우뚝 솟아 있었다.

"이건, 부추잖아?"

"무코다 씨, 부-추를 아십니까? 별일이군요."

별일이라니, 이건 부추잖아.

그런 생각을 하며 앨번에게 이야기를 들어보니…….

앨번의 말에 따르면 이 부-추는 향이 강해 시장에는 거의 나돌지 않지만, 자라기도 빨리 자라고 금방 먹을 수 있어서 농촌에서는 짬짬이 키우는 경우가 꽤 많다고 한다.

"원래는 잡초에 속하지만, 별로 공을 들이지 않아도 금방 자라서 저희처럼 가난한 농가에게는 고마운 채소라 우리 집에서도 신세를 많이 졌지요."

부-추…… 부추는 '빈곤 농가를 위한 채소'라 불릴 정도라 앨번 가에서도 이걸 건더기로 넣은 수프가 자주 식탁에 올랐다는 모양이다.

향은 강하지만 익숙해지면 그렇게 나쁘지 않은 데다, 배를 곯는 것보다는 훨씬 낫다나.

확실히 익숙지 않은 사람들은 부추의 강한 향을 싫어할지도 모르겠다.

이 부추 특유의 풍미가 장점이기도 한데 말이야.

뭐, 그런 추억의 부-추를 시장에서 발견해 엉겁결에 사버렸다는 모양이다.

가게 주인은 카레리나에서 조금 떨어져 있는 마을에서 온 사람으로 여기까지 왔으니 돈 되는 건 다 팔아보자, 팔리면 좋고 아니면 말고, 정도의 생각으로 부-추도 내놓았다는데 그게 그대로 앨번의 심금을 울린 모양이다.

이곳에서는 배를 곯기는커녕 맛있는 음식을 먹을 수 있고 생활도 안정적이다.

하지만 그걸 당연하다고 여겨서는 안 되고 과거의 생활을 잊어서는 안 된다는 생각에 앨번은 농가를 꾸리던 시절의 고난의 상징이라 할 수 있는 부-추를 키우기로 했다는 모양이다.

오호라.

뭐, 결국 먹는 건 앨번뿐이라는 모양이지만.

가족인 테레자나 올리버 군, 엘릭 군, 롯테는 압도적으로 '이제 와서 그런 걸 먹을 필요는 없잖아'라고 생각한다나.

그야 그렇겠지.

이곳의 밭에서는 언제나 엄청 맛있는 채소가 나고, 나도 식재료는 아낌없이 제공하고 있으니까.

식사는 생활의 기본이잖아.

하지만 부추는 그렇게 나쁜 채소가 아닌데 말이지.

나는 좋아한다고.

그런고로 나는 어떤 채소를 가져갈지 결정했다.

"저기, 이 부추 가져가도 될까?"

"네? 부, 부-추를요?"

"응."

"아니아니, 하지만 좀 전에도 말씀드렸다시피 '빈곤 농가를 위한 채소'라니까요?"

"괜찮아괜찮아."

"아, 아니, 저기, 부-추보다 여기 있는 가지나 토마토가 더 낫지 않겠습니까? 그, 그래, 이 오이와 오크라도 최고로 잘 자랐는데요."

"그럼 부추하고 그쪽도 가져가도록 할까?"

"저기, 제 이야기를 듣기는 하신 거죠?"

들었어. 그런데도 부추가 좋다고.

당황한 앨번을 본체만체하고 부추를 집었다. 겸사겸사 가지와 토마토, 오이에 오크라도.

앨번이 키운 부추니 보나마나 맛있을 거라고.

부추하면 역시 그거지.

생각했더니 엄청 먹고 싶어졌다.

저녁 메뉴는 밥이 술술 들어가는 그걸로 해야지.

◇ ◇ ◇ ◇

"후후. 부추하면 역시 부추 계란 볶음이지~."

부엌의 작업대 위에 놓인 앨번표 부추를 보고 히죽거리며 그렇게 혼잣말을 했다.

"페르랑 녀석들이 있으니 고기도 넣어야겠지? 그러면…… 던전 돼지고기까지 넣어서 돼지고기 부추 계란 볶음이 되겠네."

돼지고기 부추 계란 볶음도 맛있지만 부추와 계란만 넣은 심플한 것도 맛있단 말이지.

오히려 나한테는 그쪽이 더 익숙하다.

필요한 게 부추와 계란뿐인 데다 집에 있는 조미료로도 충분히 맛을 낼 수 있어 지갑에도 상냥한 메뉴다.

동시에 쌀밥과의 조합이 환상적이라 최고의 반찬이기도 하다.

"돈 없을 땐 자주 신세를 졌었지."

하지만 고기를 빼면 페르와 녀석들이 비난을 쏟아낼 게 뻔하니까.

오늘은 던전 돼지, 그것도 상위종의 고기를 써서 살짝 호화스러운 돼지고기 부추 계란 볶음을 해 봐야지.

"그걸 갓 지은 따끈따끈한 밥 위에 얹어 돼지고기 부추 계란 볶음 덮밥으로 하는 거야. 내가 생각한 거지만 최고인 걸!"

보나마나 맛있을 거라고.

그야말로 맛있을 게 약속된 덮밥이라니까.

"그러면 만들어 보실까!"

우선 던전 돼지의 상위종의 삼겹살을 먹기 쉽도록 얇게 썬다.

그런 다음 오늘 아침 수확한 앨번표 부추를 씻어서 4센티미터 정도의 길이로 듬성듬성 썬다.

계란은 인터넷 슈퍼에서 구입한 걸 볼 그릇에 깨서 넣고 잘 풀어둔다.

"좋아. 이제 고기를 재워둬야지."

던전 돼지의 고기를 볼 그릇에 넣고 술과 간장을 넣고서 잘 주무른 후 전분 가루를 뿌려둔다.

설거지감을 최소한으로 줄이고 싶을 때는 비닐 봉투를 쓰면 된다.

이제 사전 준비는 끝났다.

다음은…….

"프라이팬에 참기름을 두르고 달궈지면 계란을 부어서 크게 휘저으며 부드러운 반숙이 되도록 볶고."

계란이 적당히 익으면 일단 그릇으로 옮겨둔다.

계란을 볶은 프라이팬을 키친타월로 대충 닦은 후, 다시 참기름을 둘러 달군다.

거기에 미리 재워뒀던 던전 돼지의 고기를 볶는다.

전체적으로 기름기가 돌고 먹음직스럽게 익으면 빼뒀던 계란과 간장, 굴소스, 치킨 스톡을 섞은 조미료를 넣고 부추의 숨이 죽을 때까지 섞으며 볶아주면…….

“좋아, 완성~.”

완성됐으니 역시 맛을 봐야지.

응, 이건 빼먹으면 안 되지.

그런고로 덥썩.

“맛있어어.”

밥이 땡기네~.

덮밥용으로 쓸 거라 살짝 간을 세게 하길 잘한 것 같다.

이거 정말 밥이 술술 넘어가겠어.

그런 생각을 하며 아이템 박스에서 꺼낸 갓 지은 질냄비밥을 그릇에 퍼 담고 완성된 돼지고기 부추 계란 볶음을 수북하게 얹어 나갔다.

『흠. 오늘 저녁은 고기가 적지 않나?』

『그렇군. 같이 있는 건 계란인가?』

『이 녹색은 향이 강한데. 맛있나?』

『그치만 맛있어 보여~.』

오늘 저녁 메뉴인 돼지고기 부추 계란덮밥을 내놓자 먹보 콰르텟이 저마다 그런 소리를 해댔다.

"고기가 적다고 했지만, 이래 봬도 꽤 듬뿍 넣은 거라고. 참고로 던전 돼지 상위종의 고기야."

『호오. 그럼 맛이 없지는 않겠군.』

"당연하지~. 이건 돼지고기 부추 계란 볶음이라고 하는데 엄청나게 밥이랑 잘 어울려."

『호~ 그래서 덮밥인 건가.』

"맞아. 무진장 맛있으니까 먹어 봐."

『이 녹색인 것도?』

"드라 짱, 그건 부추라고 해. 드라 짱이 좋아하는 만두에도 들어있는 채소라고."

『듣고 보니 맡아본 적 있는 냄새 같네.』

"풍미가 독특하지만 의외로 잘 어울린다니까?"

『맛있어~!』

참을 수가 없었는지 스이가 한 발 먼저 먹기 시작한 듯했다.

"봐. 미식가인 스이가 맛있다고 하니 믿어보라고."

그렇게 말하자 페르, 곤 옹, 드라 짱도 먹기 시작했다.

『고기는 적지만 확실히 밥과 잘 어울리는군.』

『음. 술술 넘어가는구먼.』

『뭐야, 맛있잖아?』

"그러게 내가 뭐랬어~. 맛있다고 했잖아."

모두가 와구와구 먹는 모습을 보니 나도 모르게 의기양양한 표정을 짓게 되었다.

어이쿠, 나도 먹어야지.

쌀밥과 함께 덥썩.

"맛있어어. 역시 밥이랑 잘 어울린다니까."

한 입을 먹으니 계속해서 술술 넘어갔다.

먹보 콰르텟도 마찬가지인지…….

『『『『한 그릇 더!』』』』

"그래그래."

밥과의 궁합이 끝내주게 좋은 돼지고기 부추 계란덮밥은 예상보다 훨씬 먹보 콰르텟의 식욕을 자극했는지 한 그릇 더 무한 반복이 발동했고.

결국 만들어두었던 갓 지은 질냄비밥이 바닥나고 말았다.

페르도 곤 옹도 드라 짱도 배가 불룩해져서 만족스러운 표정을 짓고 있었다.

스이도 기분 탓인지 좀 커진 것 같고.

식욕에 불이 붙은 나도 오랜만에 추가로 더 먹어버렸지 뭐야.

"후후. 역시 쌀밥에 어울리는 음식은 언제나 옳다니까."

간이 레시피 # 7 ~소프트 초코칩 쿠키~

“그러면 오늘의 간식을 만들어 볼까?”

『네~에!』

오늘은 스이가 『돕고 싶어~!』라고 하면서 나서주어서 함께 간식을 만들기로 했다.

너무너무 좋아하는 간식을 만들게 된 덕에 스이도 아주 의욕이 넘쳤다.

『주인~ 어떤 간식 만들 거야~?』

“오늘은 말이야, 이걸 쓸 거야.”

익숙한 핫케이크 믹스 상자를 두둥, 하고 꺼냈다.

『아~ 스이 그거 알아~. 오늘 간식은 핫케이크~?』

“땡~. 핫케이크도 좋지만 오늘은 이걸 사용해서 소프트 초코칩 쿠키를 만들 거야.”

『소프트 초코칩 쿠키~?』

“그래.”

평소 신세를 치고 있는 간이 레시피에서 스이가 좋아할 것 같은 레시피를 골라보았다.

재료도 얼마 안 들어가면서 간단해서 고마울 따름이다.

이거라면 스이하고도 같이 만들 수 있을 것 같다.

“스이가 아주 좋아하는 초콜릿이 들어가니까 맛있을 거야~.”

『초콜릿~! 스이 너무 좋아~!』

"하하, 그치? 그래서 오늘 간식으로 고른 거야. 아, 참. 오늘은 처음부터 끝까지 전부 같이 만들어볼까?"

간단한 레시피이기는 해도 지금까지 스이가 도와주기로 했을 땐, 부엌칼을 쓰거나 마도 버너로 불을 쓰는 등의 작업이나 스이에게는 조금 어려울 것 같은 작업은 되도록 내가 해서 처음부터 끝까지 전부 함께 만든 적은 없었다.

하지만 오늘 만들 소프트 초코칩 쿠키는 간단하기도 하고 부엌칼을 쓸 일도 없고, 조리에는 오븐을 쓸 거라 모든 작업을 스이와 함께 할 수 있을 것 같기에 물어봤다.

『할래~! 아싸~! 스이가 과자 만든다~.』

스이가 통통 튀며 기쁜 듯이 소리쳤다.

"많이 만들자."

『응.』

◇ ◇ ◇ ◇

"우선은 여기 있는 볼 그릇에 핫케이크 믹스를 넣습니다."

『네~에.』

스이가 뜯어둔 핫케이크 믹스 봉투를 힘차게 뒤집는 바람에 우수수 떨어진 가루가 흩날렸다.

"콜록, 콜록, 콜록. ……스, 스이, 조금만 살살 하자."

『알았어~. 어라~ 주인의 얼굴이 하얘~.』

내 얼굴을 본 스이가 푸들푸들 떨며 웃었다.

"나 참~ 스이가 너무 세게 넣어서 얼굴에 묻은 거라고."

얼굴에 묻은 핫케이크 믹스 가루를 손으로 털어냈다.

『미안해~ 주인~.』

"먹을 거니까 살살 조심스럽게 다뤄야지."

『네~에!』

마음을 다잡고, 다음은…….

"여기에 설탕과 계란, 식용유를 넣습니다~."

『네~에.』

내가 사전에 계량해서 그릇에 덜어둔 계란, 설탕, 식용유를 스이가 볼 그릇에 넣었다.

"그런 다음 이걸 이 고무 주걱으로 이렇게 가르듯이 섞어줍니다."

내가 시범을 보여주자 스이가 마찬가지로 고무 주걱을 써서 볼 그릇의 내용물을 섞어 나갔다.

"잘 하고 있어~."

『헤헤~.』

고무 주걱으로 섞어주자 내용물이 뭉치기 시작했다.

"이런 식으로 뭉치기 시작하면, 손으로 주물러줍니다. 가루가 없어질 때까지."

『네~에.』

스이도 나를 흉내 내서 촉수로 볼 그릇을 잡고 또 하나의 촉수로 능숙하게 내용물을 섞었다.

『주물주물~♪ 주물주물~♪』

반죽 작업이 즐거운지 스이가 노래까지 불렀다.

"좋아, 가루가 안 보이도록 반죽했으니 이 정도면 됐어. 이제 여기에 이 초코칩 쿠키를 넣습니다."

쏴아~ 초코칩을 볼 그릇에 넣는다.

초콜릿을 좋아하는 스이를 위해 초코칩은 살짝 넉넉하게 넣었다.

"그런 다음, 전체적으로 잘 섞이도록 주물러 줍니다."

『네~에.』

초코칩이 골고루 섞이면 하나씩 둥글납작하게 빚어준다.

"이런 식으로 둥글고 납작하게 만드는 거야."

『이렇게~?』

"그래그래. 잘했어. 다 빚었으면 여기 가지런히 놔."

둥글납작하게 빚은 쿠키 반죽을 쿠킹 시트를 깐 트레이에 올린다.

나와 스이는 반죽을 차례차례 둥글납작하게 빚어 나갔다.

스이가 빚은 것들 반죽은 조금 작거나 모양이 비뚤배뚤한 것도 있지만 그 정도는 애교로 봐주자.

부엌에 비치된 마도 버너의 오븐과 내 아이템 박스에 들어있는 마도 버너의 오븐을 써서 구울 거라 꽤 많이 빚었다.

다 같이 간식으로 먹기에는 충분할 거다.

"좋아, 이제 구워줍니다. 다 구워진 게 식으면 완성이야."

『와아~ 기대돼~.』

스이는 그렇게 말하더니 소프트 초코칩 쿠키가 다 구워지기를 오븐 앞에서 기다렸다.

『주인~ 이제 다 됐어~?』

"아직이야. 좀 전에 넣었잖니."

몇 분 후.

『다 됐어~?』

"좀 더 걸릴 거야."

또다시 몇 분 후.

『주인~?』

"조금만 더."

…………

……

……

"좋아, 다 됐다."

『아싸~!』

"식으면 다 같이 간식으로 먹자."

『응.』

◇ ◇ ◇ ◇

『간식, 간식~♪』

스이가 푸들푸들 몸을 좌우로 흔들며 신이 나서 말했다.

『스이가 매우 신이 났군.』

『음. 그렇게나 간식이 기대되는 겐가?』

『스이가 이렇게 신이 난 걸 보면, 오늘 간식은 케이크인가?』

『후흐응~ 있잖아~ 오늘 간식은 있지~ 주인이랑 스이가 같이 만든 거야~.』

『응? 또 도와준 거야?』

『맞아~. 그치만~ 오늘은 전~부 다 만들었어~.』

『『『전부?』』』

스이의 말을 듣고도 이해가 안 된 듯한 페르와 곤 옹, 드라 짱에게 설명해주었다.

"지금까지는 도와주기는 했어도 칼을 쓰거나 불을 쓰는 작업은 위험하다고 생각해서 안 시켰거든. 하지만 오늘 간식은 그런 위험한 작업이 없어서 처음부터 끝까지 전부 같이 만들었어."

그렇게 설명하고서 나와 스이가 만든 소프트 초코칩 쿠기가 담긴 그릇을 녀석들에게 내밀었다.

"자, 스이도 먹어."

『고마워~ 주인~.』

그렇게 말하며 기쁜 듯이 하나를 촉수로 조심스럽게 집어 탱글탱글한 몸 안으로 집어넣었다.

"어때?"

『맛있어~! 스이가 만든 거 엄청 맛있어~!』

"다행이네."

『응!』

그리고 스이는 나를 비롯한 다른 녀석들이 뭐라고 할지 궁금한지 모두를 보고 좌우로 몸을 흔들며『어때, 어때?』하고 물었다.

그런 스이를 귀엽다고 생각하며 소프트 초코칩 쿠키를 덥썩.

"응, 맛있다."

핫케이크 믹스를 사용해 완전 간단하게 만든 것치고는 꽤 괜찮다.

간식으로 딱이다.

『음. 상당히 맛있구나. 스이, 잘했다.』

『그러게. 맛있어, 스이~.』

『에헤헤~. 다행이야~.』

곤 옹과 드라 짱이 스이를 배려해 평소처럼 게걸스럽게 먹지 않고 하나씩 맛보며 감상을 말하는 가운데.

그릇에 든 걸 한꺼번에 입에 넣는 분위기 깨는 녀석이 있었다.

심지어 맛에 대한 감상도『음. 그럭저럭이군』이었다.

그 말을 들은 순간, 스이는 풀이 확 죽어버렸다.

『스이, 열심히 만들었는데…….』

"아~ 스이, 이 쿠키 엄청 잘 됐다! 맛있어!"

『음. 맛있구나, 스이.』

『맞아. 분명 난 이렇게 못 만들 거야.』

나에 이어 곤 옹과 드라 짱이 칭찬을 늘어놓았다.

곤 옹과 드라 짱도 제법 눈치가 빠르다니까.

그에 비해…….

"페르, 넌 분위기 파악 좀 해라."

『그러게 말이다. 방금 전엔 네가 전면적으로 잘못했다.』

『맞아. 페르는 생각이란 걸 좀 하는 게 좋겠어~.』

『뭐, 뭐야? 왜 나를 나무라는 거냐?』

우리가 따가운 시선을 보내자 페르는 영문을 모르겠다는 듯이 말했다.

『어, 어이! 내가 뭘 잘못했다는 거냐?!』

하여간 너는 그런 면이 문제라니깐.

터무니없는 스킬로 이세계 방랑 밥 16

흰살 생선 뫼니에르×해룡의 장송
초판 한정 소책자

2025년 10월 1일 1판 1쇄 발행

저 자 에구치 렌
일 러 스 트 마사
옮 긴 이 정대식
발 행 인 유재옥

이 사 조병권
편 집 2 팀 정영길 조찬희 박치우
편 집 3 팀 오준영 이소의 권진영 정지원
디자인랩팀 김보라 전세연
디지털사업팀 김지연 윤희진 장혜원
라이츠사업팀 김정미 이지현 유아현
영업마케팅팀 최원석 윤아림
물 류 팀 백철기 이새롬
경영지원팀 최정연
발 행 처 (주)소미미디어
인쇄제작처 코리아피앤피
등 록 제2015-000008호
주 소 서울시 마포구 토정로 222, 502호(신수동, 한국출판콘텐츠센터)
판 매 (주)소미미디어
전 화 편집부 (070)4164-3962, 3963 기획실 (02)567-3388
판매 및 마케팅 (070)8822-2301, Fax (02)322-7665

ISBN 979-11-384-8777-1
ISBN 979-11-6190-011-7 (세트)